太陽の子

日本が
アフリカに
置き去りにした
秘密

Hideyuki Miura
三浦英之

集英社

太陽の子

日本がアフリカに置き去りにした秘密

斧は忘れる。木は忘れない。

——アフリカのことわざ

目次

カイロ
エジプト
スーダン
ナイジェリア
南スーダン
ジュバ
ケニア
コンゴ民主
共和国
（旧ザイール）
ナイロビ
コンゴ共和国
ルワンダ
キンシャサ
ブルンジ
タンザニア
ルブンバシ
ムソシ鉱山
ザンビア
モザンビーク
ジンバブエ
ヨハネスブルク
南アフリカ共和国
アフリカ大陸

序章

不可解なルポルタージュ

その不可解なメッセージが私の短文投稿サイト「ツイッター」に投稿されたのは二〇一六年三月だった。

〈朝日新聞では、一九七〇年代コンゴでの日本企業の鉱山開発に伴い一〇〇〇人以上の日本人男性が現地に赴任し、そこで生まれた日本人の子どもを、日本人医師と看護師が毒殺したことを報道したことはありますか？〉

私はそのとき朝日新聞のアフリカ特派員として南アフリカのヨハネスブルクに駐在していた。ツイッターを使い始めたのはその約三年前の二〇一三年六月。それまではＳＮＳ（ソーシャル・ネットワーキング・サービス）にはほとんど興味を持てないでいたが、職場で急遽《きゅうきょ》ＳＮＳを利用して取材を行う企画が立ち上がり、私もその取材班の一員として加わることになったため、職務上どうしてもアカウントを開設せざるを得なくなってしまったというのがそもそものきっかけだった。

ところが実際に使い始めてみると、一見面倒くさそうに思えたツイッターは現場記者にとっては非常に小回りの利く、予想以上に使い勝手の良いツールだった。取材現場で感じた疑問や感情をその場から、第三者であるデスクを通さずに直接読者に発信することができる。新聞紙面では通常一枚、多くても二、三枚しか掲載できない写真も、ツイート（つぶやき）を複数に分けて投稿することで無制限に——しかもモノクロではなくカラーで——読み手に届けることができるのだ。私は取材班での企画を終え、海外特派員としてアフリカに赴任した二〇一四年九月以降も、月に一、二回の割合でアフリカの取材現場で感じた怒りや不条理などを十数回の「つぶやき」に分けて写真と共にツイッターに投稿し続けていた。

現役の新聞記者が実名と顔写真をさらして投稿するアカウントとしては開設時期が比較的早かったこともあるのだろう、私の「つぶやき」は客観的に見ても利用者の話題に上ることが多いアカウントだったように思う。日本人のフリージャーナリストが「イスラム国」によって殺害された事件やアフリカの紛争地におけるルポルタージュ、自衛隊が派遣されていた南スーダンにおける内戦の状況を伝える一連の「つぶやき」は毎回数千人から数万人にリツイート（再配信）され、その都度立ち上がる「まとめサイト」には毎回数万人から数十万人が閲覧に訪れるようになっていた。

通常、その後しばらくは私の「つぶやき」に対する膨大な数の意見や批評がネット空間を飛び交うことになる。想像に難くなく、そこには大量の非難やヤジが含まれている。「朝日新聞は慰安婦問題を捏造《ねつぞう》した。死んでお詫《わ》びしろ」という私の投稿とはまったく関係のないものから、「反日勢力は中国へ帰れ」といったわけのわからないものまで、ありとあらゆる罵声がそこには紛れ込んでいる。

もちろん、寄せられるコメントの大半は好意的な感想や建設的な意見で占められていたが、私はそのいずれの投稿にも返信や返事は極力出さないように努めていた。私は職業記者であり、特定分野の研究者でもなければ、政治的指導者でもない。海外における事実をわかりやすく日本語で発信することが私に託された唯一であり、議論や世論を正しい方向へ導いたり、現象を多面的に分析したりすることは私の役割ではないと個人的には考えていた。

しかしその日、私のツイッターに投稿されたその奇妙なメッセージには、いつものようには簡単に読み飛ばすことのできない、鋭い棘《とげ》のようなものが付着していた。

〈朝日新聞では、一九七〇年代コンゴでの日本企業の鉱山開発に伴い一〇〇〇人以上の日本人男性が現地に赴任し、そこで生まれた日本人の子どもを、日本人医師と看護師が毒殺したことを報道したことはありますか?〉

これは一体何を意図した投稿なのだろう——私はわずか九七文字のメッセージに思わず考え

込んでしまった。

文面を読む限り、それは一見、所属新聞社の報道姿勢を批判する内容のようにも読むことができる。戦前戦中には大本営発表を垂れ流した新聞社の記者が、いまさら偉そうにアフリカのテロを批判的に報じるな、というよくあるヤジと同じような趣旨である。投稿者はアフリカにおける日本絡みの過去の事例を報じることなく、現在のアフリカの事件や事故ばかりを追い回している私を非難しているのかもしれなかった。

しかし、そのときの私はそれらの文面を素直に情報提供として受け止めることにした。そこには私がそれまで聞いたことのない、未知なるキーワードがいくつも埋め込まれていたからである。

〈子ども〉〈日本人医師〉〈毒殺〉……?

私は九七文字のメッセージを再読しながら、これらの言葉につながるような事象のヒントを脳内に探した。アフリカ中部の一大資源国コンゴ民主共和国（旧ザイール）にかつて日本の鉱山企業が進出し、そこで多くの日本人が働いていたことは、私もアフリカ特派員としてある程度の知識があった。しかし、そこでいわゆるミックス・ルーツの子どもが産み落とされ、医療従事者によって毒殺されていたという「疑惑」は、それまで耳にしたことも、何かの本で読んだ記憶もなかった。

「電波」かな、と私は一瞬疑った。メディア業界では虚言や暴言を振り回して新聞社やテレビ局にメールや電話で執拗《しつよう》に嫌がらせを続ける「お得意様」を「宇宙から未知なる電波を受けている人」＝「電波」と呼ぶ。しかし、その投稿をよく見ると、メッセージの下に一見東洋人に見えなくもない女性の写真と、その情報ソースとみられるサイトのリンクが添付されているのに気がついた。

半信半疑でリンクをクリックしてみると、パソコンの画面いっぱいにフランスの国際ニュースチャンネル「フランス24」の英語サイトが立ち上がった。画面のトップには二〇一〇年三月一六日に配信された動画付きの記事が掲載されている。

タイトルは《Katanga's forgotten people》。

直訳すると「カタンガの忘れられた人々」といった意味になりそうだった。

興味本位で動画の「再生マーク」にポインターを合わせてみると、短い広告動画に続いて専用のニューススタジオから配信された約一〇分半のニュース映像がパソコン画面に流れ始めた。

言語は英語である。私はその内容を視聴しながら、次第に正気を失っていった。

《カタンガの忘れられた人々》

キャスター　「コンゴ民主共和国の南東部、鉱物資源が豊富な旧カタンガ州では今、中国による銅やコバルトの需要増加や中国人による巨大な投資を受けて、新たなルネサンス期を迎えています。しかし、これらの事業はある種の人々に残虐な記憶を呼び起こさせています。一九七〇年代、この地域で操業していたのは日本人でした。彼らは地元のコンゴ人女性との間に子どもをもうけ、その子どもは頻繁に死亡しました。女性たちはこの子どもたちが殺されたと話しています。今日、生き延びた子どもたちは互いに集い、答えを模索しています」

衝撃的なリード（前文）に私が驚きを隠せないでいると、映像はやがてニューススタジオから十字架が立ち並ぶ墓地へと移り、音声も男性リポーターのナレーションへと変わった。

リポーター「彼女たちはつらい記憶を抱えていると言います。我々を共同墓地へと案内してくれました」

コンゴ人女性「これが日本人の子どもの墓です」

リポーター「この女性によると、ここが日本人との間に生まれ、組織的に殺された赤ん坊の墓地だと言います」

コンゴ人女性「日本人の医師と彼の友人が私の赤ん坊を取り上げました。私は外にいました。彼らは互いに何かを話していました。（中略）赤ん坊は死亡しました」

別の女性「朝、私は日本人の父親に赤ん坊を預け、水を取りに行きました。戻ってくると、赤ん坊は元気がなく、病院に行きました。赤ん坊は衰弱し、病院に着いたときに死亡しました。私には他に八人の子どもがいますが、死んだのは日本人との子どもだけです」

リポーター　「ナナさんはこの地域でコンゴ人の母親と日本人の父親の間に生まれました。自らを『生き残り』だと言います」

ナナ　「私たちはブッシュ（疎林）で生きていました。祖父母が街で暮らせば殺されると言ったからです」

リポーター　「この地域は地下資源に満ちあふれています。毎日数百のトラックが中国市場向けの銅やコバルトでその荷台を満杯にして南アフリカへと向かいます。ナナさんはシングルマザーです。お金が必要なため、通り過ぎていくトラックドライバーに彼女の『魅力を売って』（筆者註・売春の意味）お金を稼いでいます。彼女は自分の身に何が起きたのか、真実を追い求めています。彼女は私たちをかつての父親の同僚のもとへと案内してくれました」

元鉱山労働者　「私は日本人の労働者と一緒に働いていました。彼はこう言っていました。日本人がコンゴ人と一緒になり、赤ん坊が生まれたときは、子どもを置いていかなければならない。日本の憲法が異人種との間にできた子を祖国に連れて帰ることを認めていないから、この地を去る前に殺さなければならない、と」

リポーター　「あなたは死んだ赤ん坊を見ましたか？」

元鉱山労働者　「ええ。四体か五体の殺された赤ん坊の遺体を見ました。母親たちは泣きながら遺体を埋めに行きました」

パソコンの画面上を流れるニュースらしき映像を見ながら、私はあまりの衝撃に頭がくらくらしてきそうだった。動画で紹介されているコンゴ人の女性たちはいずれも「日本人との間にできた子どもが殺された」という趣旨の発言を繰り返している。その文言の一つひとつが蟻のように私の思考を蝕《むしば》んでいく。

番組ではその後、取材者が実際に閉鎖中の鉱山にも足を運び、当時の責任者とみられる人物に話を聞いていた。当時の責任者の見解は疑惑に否定的なものだったが、取材者はそれらを「公式見解」と切り捨て、別の鉱山関係者の証言によってその責任者の発言が「虚偽」である可能性を視聴者に印象づけていた。

リポーター　「当時、ここは一日五〇〇〇トンの銅を製造する世界有数の鉱山で、一〇年以上にわたり一〇〇〇人以上の日本人男性が家族のもとを離れて働いていました」

元鉱山責任者　「この地域一帯が鉱山でした。ここに住んでいた日本人たちはとても厳格でした。女性を買った人々は解雇され、日本に送還されました。彼らはとても厳格な人々。日本人はその規則を尊重していました」

リポーター　「しかし、これは『公式見解』です。異なる証言もあります」
鉱山関係者　「彼らも我々と同じ男だよ。美しいコンゴ人の女性と同じ屋根の下でベッドを共にしたんだ。でも、子どもを連れて行くことができなかった」

映像の中で私が最も驚かされたのは、日本人男性とコンゴ人女性との間に産み落とされた子どもたちが現在、組織のようなものを作って独自に救済を求める活動に乗り出していると紹介されていることだった。「日本人の父親から生まれた」と主張する彼らは映像の中で次のように証言していた。

リポーター　「現在、五〇人の日本人の子どもたちが組織を作っています。彼らは薬局で会合を重ねています」
コウヘイ　「みんなそれぞれのアイデンティティーを求めている。でも、自分が生まれた病院に行っても、記録がないと言われるのです」
リポーター　「出生証明書がない？」
コウヘイ　「ありません」
リポーター　「あなたは？　出生証明書を持っている？」
ナナ　「いいえ、ありません」

コウヘイ「彼らは病院で赤ん坊を殺していました。その方が簡単だからです。私たちの祖父母は決して病院には連れて行かなかった。だから生き延びているのです」

リポーター「彼らは事実を追求するため、コンゴの国会議員でもある一人の弁護士を雇っています」

国会議員「私は国会議員として国会に委員会を設置して調査を始めるべきだと提案しました。個人ではこの問題で真実を見つけることは不可能だからです」

最後に、取材者は疑惑の真相を確かめるため、子どもを失った母親や当時働いていた看護師と一緒に鉱山にあったという医療施設へと向かっている。看護師たちは日本人医師による「毒殺」の疑惑を明確に否定するが、それでもなお、取材者はやはり別の関係者の証言をもとに、日本人による「嬰児《えいじ》殺し」の疑惑が存在していることをにおわせて「ニュース」を締めくくっていた。

元看護師「ここが診療所でした。ここで何が起きたかは話せません」

コウヘイ「日本人医師が働いていた場所ですか？」

元看護師「はい。日本人医師と日本人女性」

コウヘイ「コンゴ人医師はいましたか？」

元看護師　「いません」
コウヘイ　「日本人医師の振る舞いに何か疑いを持ったことは？」
元看護師　「いいえ。もし母親たちが診療所に来て（赤ん坊の死因などを）尋ねていたら、彼女たちはわかったはずです。でも、母親たちは来なかった。赤ん坊は病気で死んだのです」
コウヘイ　「当時、誰もあなたに不満を言わなかった？」
元看護師　「言いませんでした」
リポーター　「医療従事者は死亡に関する疑いはなかったと否定しています。しかし、年老いた鉱山労働者が暮らす村ではこんな話を耳にします。これはかつて病院で働いていたという年老いた盲目の元看護師の話です」
盲目の元看護師　「死亡率が高かった。母親たちは子どもたちを毒殺していると疑っていた」
リポーター　「ナナさんやこの地域の住民たちは生き残るために闘っています。三〇年以上も前に起きたコンゴにおける子どもたちのミステリアスな死に、彼女たちは光をあてるだけの手段を持ち合わせていません」

（https://www.france24.com/en/20100316-katangas-forgotten-people）
（二〇二一年現在、動画は閲覧できなくなっている）

これは一体何なんだ——パソコンで動画を視聴し終えた直後、私は原因不明の疲労感に襲われ、しばらくの間書斎のイスから立ち上がれなくなってしまった。

動画の配信日時は二〇一〇年三月。私が視聴したときにはすでに六年もの月日が過ぎ去っていた。配信元であるフランス24はフランス政府が所有する国際放送統括会社フランス・メディア・モンド傘下の国際ニュース専門チャンネルであり、フランス語圏の主要メディアである。

一方、疑惑の舞台となっているコンゴ民主共和国（以下、コンゴと表記）は、サハラ砂漠以南のアフリカで最大の面積を有する「資源国」であり、今も「世界最悪」と呼ばれる「紛争国」である。一九九四年に隣国ルワンダで発生したジェノサイド（集団虐殺）が国内に飛び火して内戦状態に陥った後、周辺八カ国が豊富な資源や政治的利権を狙って軍事介入し、「アフリカ大戦」と呼ばれる地域戦争に発展した。約二〇年間の戦闘で死亡した兵士や市民の数は約五四〇万人。これは第二次世界大戦後に起きた紛争としては世界最悪の犠牲者数であり、今も武装勢力が支配する東部を中心に戦闘や殺人、誘拐やレイプなどが頻発する紛争状態が継続している。その「世界最悪の紛争国」でかつて、日本人との間に生まれた子どもが置き去りにされたり、医師によって毒殺されたりしていたというのだろうか——。

インターネットで調べてみると、一連の内容はどうやらフランス語の記事としても報じられているらしく、何人かのネットユーザーが記事の原文とその日本語訳を個人のブログにアップしていた。目を通してみると、そこには動画では表記されていなかった取材者の名前も明記されていた。一人はAという名前の人物で、もう一人はMという名の記者だった。内容は概《おおむ》ね英語の動画バージョンと変わらないものだったが、それでも使用言語の違いだけとは言い切れない、微妙なニュアンスの違いも読み取ることができた。


〈数十人のコンゴ人女性が日本人との間にできた子どもを殺されたと言っている。日本人の父親たちは七〇年代に旧カタンガ州に働きに来ていた〉

〈イボンヌ・カインバとその隣人たちにとって日本人のことは悪い思い出だ。(中略)彼女たちによれば、子どもたちは日本人の父親が帰国する前に計画的に殺された〉

〈フランス24からも質問したが、日本大使館は回答を拒否した〉


一連の文章は私を深く混乱させた。私は少し頭を冷やそうとノート型パソコンの電源を落とし、深夜の台所でミネラルウォーターをグラスに注いだ。頭の中を一度まっさらの状態に戻し、これまで目にした出来事を頭の中で再構築してみようと努めたが、それには随分と時間がかかった。


正直、パソコンで視聴した映像がどれも事実だとは思えなかった。

二つの疑問が私の脳内にはあった。

まずは内容の「信憑性《しんぴょう》」に関する疑問だ。

思考を落ち着けて考えてみればみるほど、私には動画で報じられている内容が実際に起きた出来事であるようにはどうしても思えなかった。たとえ日本人の鉱山労働者が赴任先のアフリカで現地の女性と子どもをもうけたことまでは事実だったとしても、果たして「日本に連れて帰れない」という理由だけで彼らが自らの子どもを手に掛けたり、駐在している日本人医師に殺害を依頼したりすることが現実的にあり得るだろうか。

もう一つはフランス24の「報道姿勢」に対する疑念だった。

放映されたネット動画を見る限り、フランス24の取材陣は現地のコンゴの人々の証言を一方的にしか伝えていない。子どもを何人も殺害していたという国際的にも極めて影響の大きい「犯罪事案」であるにもかかわらず、彼らは当事者である日本人の鉱山労働者はおろか、日本の鉱山会社にも、さらには取材が比較的容易な日本政府や日本大使館にさえその事実関係を確認していない。つまり、「裏取り」の形跡がまったく示されていないのだ。それなのにその報道内容は「日本人との間に生まれた子どもが殺された」という現地の人々の証言に寄りかかり、日本人による「嬰児殺し」の存在を強くにおわせるような内容になっている。このような中途半端な取材で——何が事実で何が嘘かもわからないような状態で——フランス24の上層部はこの疑惑を報じることにゴーサインを出したのだろうか——。

〝取材してみようか……〟

一瞬そう考えてはみたものの、冷静になって考えてみればみるほど、一連の事案は職業記者として取材に乗り出すにはとかく筋が悪そうだった。「足掛かり」はなくはない。動画では、日本人男性とコンゴ人女性との間に産み落とされた子どもたちが組織のようなものを作って活動していると紹介されていた。実際に彼らを訪ねてみれば、あるいは事実かどうかの感触ぐらいはつかめるかもしれない。でも、「裏付け」取材はどうするか。日本に出向いて鉱山企業や労働者たちを取材したところで、彼らは口を閉ざすか、取材を拒否するに違いない。どんなに取材を続けても記事にならないだけでなく、ガセネタであることでさえ裏付けることができずに行き詰まってしまう可能性が高かった。

私は台所にあったウイスキーに氷を浮かべ、脳内に蓄積された記憶を意図的に消去しようと試みた。しかし、心のざわめきに邪魔されてその試みは思うようには進まなかった。目に見えない何かが心に引っかかっていた。それらはおそらく問題の背後に見え隠れする当時の時代的背景のようなものだった。

戦後、日本を敗戦の泥沼から引き上げたのは朝鮮戦争による特需とそれを支えた石炭産業だった。GHQによる占領行政のもと鉄道輸送や重工業に欠かせない石炭の緊急増産対策が実施され、国内における石炭生産の増大がこの国を工業先進国へと押し上げた。しかし、その石炭は一九六〇年代に入ると採掘コストの上昇などにより、エネルギーの主役を徐々に国内では生産できない石油に譲り渡していく。

それは同時に日本が資源を求めて再び世界へと大きく身を乗り出していく転換点でもあった。一九六四年にアジアで初めて東京オリンピックを開催し、一九七〇年には大阪万博を成功させ、世界から「ジャパン・アズ・ナンバーワン」と称えられたかつての日本が、その熱気の裏側で密かに打ち棄てたものは何だったのか。国家がエネルギーの軸足を石炭から石油へと移したことにより、東北や九州などの地方では炭鉱の閉山が相次ぎ、無数の労働者が巷にあふれた。その生活の糧を失った労働者たちの送り先の一つとなったのが、私の赴任地であるアフリカだったのだとしたら――。

〝会いに行ってみようか……〟

琥珀色の液体を見つめながら一人思った。頭で考えるだけではわからないことがある。ならば労をいとわずに現場へと足を運び、自らの目と耳で確かめることだ。私はルポルタージュを専門とする職業記者として、実際に自分の目で見てみないことには物事をうまく理解することができない人間だった。

日本がアフリカに開設した巨大鉱山で一体何が起きたのか。日本人の父親から生まれたと主張する「子どもたち」はなぜ、最貧国のアフリカの地に「置き去り」にされなければならなかったのか――。

タイル張りのリビングに向かうと、開けっ放しの窓からアフリカ特有の乾燥した風が穏やかな円を描くようにして吹き込んできた。南半球に位置する南アフリカの最大都市ヨハネスブルクは秋の三月を迎え、空には巨大な赤い月が浮かんでいた。

未知なる暗闇の向こう側からいくつもの瞳が私をのぞき込んでいるような気配を感じた。

第一章　真実への距離

1

南アフリカの航空会社が運航する七八人乗りの小型ジェット機「リージョナル・ジェット・CRJ700」は、まるで水面から跳び上がるフラミンゴのように短く滑走路を疾走した後、大地を蹴って大空へと舞い上がった。無機質なアスファルトに覆われたヨハネスブルクの都市部を抜けると、頭上にはアフリカ南部特有のまるで宇宙の漆黒が透けて見えてしまいそうな碧《あお》くて深い空が広がった。翼下には強烈な太陽光にさらされて真っ赤に焼けただれたサバンナがどこまでも続いている。瑠璃色の空と薔薇色の大地。おそらく太古から何一つ変わっていないのだろう、そんな苦悩の芸術家マーク・ロスコが描く二色絵のような風景に目を奪われていると、機内のBGMが突然、南アフリカの国歌へと替わった。ネルソン・マンデラによって一九九七年に制定された「神よ、アフリカに祝福を」。五つの現地語によって歌われるその賛美歌のような国歌を聞きながら、私はそのときなぜか、神とは何かについて考えていた。

人類の起源に関する一大ニュースが南アフリカで発表されたのは、私がアフリカに着任してから一年が過ぎた二〇一五年九月のことだった。南アフリカの名門ウィトウォーターズランド大学の調査により、ヨハネスブルクの北西約五〇キロにある世界遺産の遺跡群「人類のゆりかご」の洞窟の中から新種のヒト属の骨一五体分が見つかったのだ。

当時、研究者たちはまだ骨の年代までは特定できていなかったが、それらは死後、洞窟内に人為的に置かれたものだと推測され、プロジェクトリーダーのリー・バーガーは「死者に向けた儀礼行為であり、その概念はホモ・サピエンス特有のものである」と新種のヒト属であると結論づけていた。骨は見つかった洞窟の名前にちなみ、「ホモ・ナレディ」と命名された。

ホモ・ナレディの発見はアフリカ特派員としては久方ぶりの人類学的なビッグ・ニュースだったが、大学院で人間環境学を専攻した私が個人的により興味をひかれたのは、その発見から約半年後の二〇一六年二月に英科学雑誌『ネイチャー』に掲載された、我々の祖先であるホモ・サピエンスと旧人類ネアンデルタール人による交配に関する論文だった。

ロシアとカザフスタンの国境付近にある洞窟で見つかったネアンデルタール人のゲノムを解析したところ、二一番目の染色体からヒト由来のＤＮＡが検出されたというのである。我々の祖先であるホモ・サピエンスと絶滅したネアンデルタール人がかつて性交渉していたことを指し示す最古の事例にあたるとその論文は指摘していた。

『ネイチャー』誌上におけるその発見は複雑な感情を――どちらかと言えばネガティブな感情を――私の心の柔らかい部分に植えつけた。もしそれらの論文が正しいのだとするならば、世界には今、二種類の人間が存在していることになる。すなわち、かつてネアンデルタール人と交配し、ネアンデルタール人由来の遺伝子を持つ者たちと、ネアンデルタール人とは交配をせずに、それらの遺伝子を持たない人間と。

人類学者たちの研究によると、我々の祖先であるホモ・サピエンスは今から約二〇万年以上前、この真っ赤に染まったアフリカ南部のどこかの洞窟で産声を上げたことになっている。その後、我々は着実に子孫を増やし、約一〇万年前にアフリカ大陸を飛び出して、ある者はヨーロッパへ行き白人となり、ある者は中近東に留《とど》まってアラブ人となり、ある者はユーラシア東部へと向かってアジア人へと姿を変えた。

アフリカに留まった人々とアフリカを旅立った人々をその後明確に区別したのは、中近東で当時暮らしていたというネアンデルタール人の存在だったのだろうか。アフリカから世界各地へと拡散する際、中近東に生息していたネアンデルタール人と交配した人々は、その身体的特徴を遺伝子によって如実に変化させている。最先端の研究結果によれば、今日の非アフリカ人のゲノムの約二％がネアンデルタール人由来の遺伝子であるとも言われている。

もしそれらが事実だとするならば、当然、一つの疑問が浮かぶ。

ネアンデルタール人の遺伝子を持つ非アフリカ人と、それらを持たないアフリカ人とでは、どちらが生存上有利だったのか――。

私が初めて人が銃で撃たれるのを見たのは二〇一四年八月のエジプトだった。

「アラブの春」で約三〇年間続いた独裁政権が倒れ、史上初の民主選挙で新たな大統領が選ばれたはずのエジプトで、政権奪還を狙った軍によるクーデターが起こり、その凶行に反発する人々が各地でデモを繰り広げていた。前日には首都のカイロ中心部で治安部隊が無防備の市民に水平射撃し、八〇〇人を超える犠牲者が出ていた。応援取材でカイロに入った私はカイロ支局で昼食を食べながら、市民がデモ行進する様子を川に面する支局の窓から遠巻きに眺めていた。

そのときだった。突然、軍用ヘリコプターが上空から現れ、支局のすぐ近くの橋の上を旋回したかと思うと、タタタタッと市民に向かって機関銃を掃射し始めたのだ。デモ行進していた市民は隠れる場所を失い、蜘蛛《くも》の子を散らすように橋の上を逃げ回った。人の群れが逃げてできた円形状の空白の中心で、貧しい身なりをした青年が一人、尻餅をついたように倒れ込んでいるのが見えた。青年はそのまま仰向けになって動かなくなったが、すぐに駆けつけた二人の若者に体を抱きかかえられ、橋の向こう側へと運ばれていった。

数秒後、ズドンという重低音が遠方で響き、対岸の遠くのビルから黒煙が上がった。支局の電話がけたたましく鳴り、しばらくの間銃声が続いた。私は窓枠の下に身を隠しながら、ただただ恐ろしくて写真も撮れずにガタガタと震えていた。

ネアンデルタール人の遺伝子を持つ非アフリカ人と、それらを持たないアフリカ人と、どちらが生存上有利だったのか——。

それは考察を必要としない問いだった。両者は違わず、その後何十万年も人類同士で殺戮《さつりく》を繰り返し、大地や大気を限りなく汚染して、自らの生命を存続の危機に陥れている。その比類無き無能さと邪悪さを顧みる限り、非アフリカ人とアフリカ人は差異を持たない。それらはつまりネアンデルタール人の遺伝子には依拠していない。その残虐性はきっとホモ・サピエンス側の遺伝子に元来組み込まれていたものなのだ。

その結論は当時の私に絶望の闇しか残さなかった。

生物は自らの遺伝子に逆らうことができない——とするならば、我々は未来永劫《えいごう》、その過ちを繰り返し続けることになる。

2

アフリカ中部の一大資源国コンゴ南東部のルブンバシ国際空港に到着すると、予想していたよりも遥《はる》かに涼しく爽やかな風が降機用のタラップから吹き込んできた。

気温約二〇度。ルブンバシ市はアフリカの赤道の近くに位置するものの、標高が一〇〇〇メートルを超える高地にあるため、意外にも日本の夏の軽井沢のような清涼感が漂う都市だった。

空港ビルの一角に設置されている簡素な入国審査窓口に向かうと、予想通り外国人入国者が長蛇の列を作っていた。濁った目をした入国審査官たちがそれぞれの旅券やビザに因縁をつけ、入国希望者に「手数料」という名の賄賂を要求している。アフリカではお決まりの光景だ。特にコンゴでは賄賂はこの国の文化とも呼ばれ、政治家だけでなく、警官も、役場職員も、裁判官でさえも、権力を持つすべての者がそれらを持たない者に当然のごとく「冷たい水《コールド・ウオーター》」（賄賂の隠語）を要求する。

共同通信の元アフリカ特派員沼沢均（任期中の一九九四年、コンゴへ向かう途中の飛行機事故で死亡）も、唯一の著書『神よ、アフリカに祝福を』（集英社）の中で当時はザイールと呼ばれていたコンゴへの入国を次のように書き記している。

ザイールの首都キンシャサ国際空港で、ぼくのこれまでの短いアフリカ取材の中でも特筆すべき緊張感を味わうことになった。（中略）タラップを降りると同時に兵士に囲まれた。パスポートをよこせと言う。渡すと受け取った兵士はどこかに消えてしまい、別の兵士が「お前は荷物検査室に入れ」と命じた。四人がかりで手荷物の検査。丹念に調べるが、彼らにとってめぼしいものなど何もないはずだ。

次は入国審査だ。審査のカウンターは素通り。また個室に連行される。見るとパスポートは無事届いているが、いくら待っても審査が始まらない。（中略）
窓ガラス越しにこのやり取りを見ていたタクシー運転手が痺れを切らしておもむろに男に金を握らせ、ぼくの手を引いて部屋の外に連れだした。「その代わり俺のタクシーに乗れ」というのだ。運転手から金をもらいそこねた兵士があわてて追いかけてくる。タクシーに飛び乗ると、乗り場付近に寝ていた兵士たちも飛び起きてあっという間にタクシーを取り囲んだ。運転手がすかさず、ザイール紙幣を空中にばらまいた。手が伸び、札をつかもうとする。

沼沢が遭遇した入国騒動は一九九四年の首都キンシャサだったが、二〇一六年の地方都市ルブンバシでも状況はあまり変わっていないようだった。入国審査に並ばされていた私はやがて銃を持った兵士に囲まれ、あらぬ容疑で一時間近くも責め立てられた。なんとか許してもらえると、今度は入国審査官に別室へと連行され、ビザが怪しいので「手数料」を支払えと要求された。さらに身元引受人が来なければ、今日は入国させないという。私は仕方なく携帯電話で田邊好美《たなべよしはる》に連絡を入れ、空港内まで迎えに来てもらうことにした。
数十分後、田邊は苦笑いしながら入国審査官事務所に現れた。しばらく入国審査官とフランス語で何かを交渉し、数枚の「手数料」を支払うと、私は無事に入国を許可された。

私が頭を下げて礼を述べると、田邊は「こういうことは慣れっこですから」とにこやかに頷《うなず》き、駐車場の風の中でうまそうに煙草《たばこ》を吸った。

私がコンゴに取り残されている日本人の子どもたち（以下、日本人残留児）の取材に着手したのは、ツイッターで奇妙なメッセージを受け取ってから約三カ月後の二〇一六年六月だった。

最大の決め手は「距離」だった。

アフリカ特派員にとってアフリカ中部のコンゴはとかく取材が難しい国だった。役人や警官の賄賂攻勢もさることながら、コンゴは国土が西ヨーロッパ全域をすっぽりと収めてしまうほど広大であるにもかかわらず、その大部分が未開の熱帯雨林や河川で覆われており、鉄道やバスなどの交通手段がほとんど発達していないため、国内の移動が極めて困難なのである。フランス24の報道によると、日本人の子どもたちが置き去りにされたり殺されたりしたという現場は首都キンシャサから南東に一六〇〇キロも離れた旧カタンガ州にあり、長期間腰を据えて一つのテーマを取材するにはあまりにも現場が遠すぎるというのが私の第一印象だった。

ところがある日、南アフリカの取材助手フレディに何げなく旧カタンガ州への出張を相談してみると、彼は「飛行機で行けばいいよ」と笑いながらアドバイスしてくれた。彼によると、旧カタンガ州の州都ルブンバシは多数の有力鉱山を抱えるコンゴ第二の都市であり、世界各国の鉱山会社が拠点を構えていることから、私が取材拠点を置いているヨハネスブルクからも毎日定期便が飛んでいるという。飛行時間はわずか二時間半。それは普段は自宅から一〇時間以上かけて西アフリカや東アフリカへの紛争地へと出向いていく出張が多い私にとって「自宅から最も近い」取材場所の一つでもあった。

取材言語の問題も棚ぼた式に解決した。私はコンゴの公用語であるフランス語を理解できないため、取材には仏英通訳を雇う必要があったが、ある日、取材の下調べをしていると、現地には日本人が運営する「日本カタンガ協会」という団体が存在し、その代表者である田邉好美に取材時の通訳を依頼できそうなことがわかったのだ（田邉はフランス24がフランス語で報じた日本人医師による「嬰児殺し」の内容を日本語に訳して個人のブログにアップしていたうちの一人だった）。彼は旧カタンガ州で暮らす邦人二人のうちの一人であり、これは後にわかったことだが、旧カタンガ州に取り残されている日本人残留児たちの支援や相談を長年引き受けている人物でもあった。「日本カタンガ協会」の窓口にメールを送ると、すぐに田邉から面会許諾の返事が届いた。私は「問題や現象の表面をなぞるような取材ではなく、事案の本質に迫れるよう深く長く取材させてください」と田邉に電話で伝えた。

ルブンバシ国際空港で田邉と落ち合った後、我々は空港前の駐車場に停《と》めていた彼の車で事前に予約を入れていたベルギー資本の小さなペンションへと向かった。田邉の車は国連職員やNGO関係者がアフリカの現場でよく使うような新車のランドクルーザーではなく、フロントガラスに大きなヒビが入った廃車寸前の中古セダンだった。「これでも昨日タイヤを交換したところなのですが」と田邊は申し訳なさそうに釈明したが、車はカーブを曲がる度に激しく金属音をかき鳴らし、度々エンストを起こして道路上で動かなくなった。

後部座席の窓を開けると、排気ガスに混じってアフリカの都市部に特有の古タイヤが焼ける臭いがした。強烈な太陽光に熱せられたアスファルトの上を表面がツルツルにすり減った数百万本のタイヤが転がり、その摩擦熱でゴムが焼けたような臭いが立ちこめる。それは私にとって躍動するアフリカの臭いであり、発展と絶望の臭いであり、どことなく死を連想させる臭いでもあった。アフリカではデモが起きる度に道路が封鎖され、そこでは必ず古タイヤが燃やされる。あるいはこの辺りでも数日前にデモや暴動が起きたのかもしれなかった。

「コンゴは初めてですか？」とセダンの助手席に座った田邊が聞いた。

「いえ」と私は言った。「東部には何度か足を運んだことがあります。ご想像の通り、レアメタルの鉱山をめぐる紛争についての取材でですが……」

田邊は私が当初想像していた紛争地で働くＮＰＯ風の男性とは異なり、極めておしゃれな人物だった。今年七一歳になるというが、首に淡い蓬《よもぎ》色のストールを巻き、デザインされた細身のジーンズを西洋風にはきこなしていて、どこか美術系の大学教授のような雰囲気を漂わせている。東北大学で樋口陽一から憲法学を学んだ後、パリ大学に留学してアラブ世界の比較文学を履修した。その後は日本の商社で働きながらスイスやスペイン領のカナリア諸島などを転々としていたが、ある日急にサブサハラ・アフリカ（サハラ砂漠以南のアフリカ）に住みたくなり、二〇〇九年からはこのコンゴに根を下ろしているのだ、と田邊は私に教えてくれた。

「まだお会いしたばかりで恐縮なのですが……」と私はまずは単刀直入にフランス24の報道についての見解を田邊に尋ねてみることにした。

「随分といい加減で極めて無責任な報道だというのが私の見解です」と田邊は激しく揺れるセダンの中でフランス24の報道を批判した。「彼らの報道では日本人の医師が日本人とコンゴ人の間に生まれた子どもたちを殺したことになっています。少なくとも視聴者はそう受け止めるでしょう。でも内容を詳しく見てみると、番組の中では誰も殺人については証言していない。証拠もないし、目撃者もいない。『たくさんの日本人の子どもが死んだ』といった程度の証言があるだけです。それがなぜ、日本人の医師や看護師が子どもたちを殺したという『疑惑』になってしまうのか……」

「ちょ、ちょっと待ってください」と私は田邊の話が若干先に進みすぎてしまったので、確認の意味も兼ねて話を少し引き戻すことにした。「フランス24が報じていた、日本人労働者と現地のコンゴ人女性との間に子どもが生まれ、その後この地に置き去りにされた、そこまでは事実なのですか？」

「ええ、事実です」と田邊は私の質問に躊躇《ちゅうちょ》なく答えた。「それについてはフランス24の報道も間違っていません。この地で日本人とコンゴ人の間に数十人から数百人の子どもが産み落とされ、その後、この地に残された。彼らの多くは今も厳しい暮らしを強いられています。日本ではほとんど知られてはいませんが……それは事実です」

ルブンバシの市街地では道が辛うじて舗装されているものの、多くが未補修で路面が至るところで陥没しており、中古のセダンがその陥没の上を通る度に私と田邊は何度も天井に頭を打ちつけそうになった。私はザックの中からノートを取り出し田邊の発言を書き取ろうとしたが、あまりにも揺れがひどいので、ポケットからICレコーダーを取り出して田邊の発言を録音することにした。

田邊はそんな私の仕種《しぐさ》を一切気にすることなく話を続けた。

「実を言うと、私も初めはこの問題にあまり関心を持てなかったのです。まあ、何と説明すればいいのか、海外進出した日本企業の従業員が現地で子どもを作ってしまったという、言ってしまえば、世界中でよくある問題の一つに過ぎないのではないかと。日本人の労働者の側にも問題があるけれど、無知な母親たちにも責任の一端はある、最初は私もそう考えていました。この国の地方では今も、結納金を持って結婚を申し出さえすれば、たとえ他に妻や子がいても所帯を持つことが許されてしまうような風習が残っています。そういう複合的な要因で起きた一つの不幸な出来事ではなかったのかと――」

田邊はそこで意図的に短い空白を作って話を区切った。

「でもですね、彼ら――つまり日本人労働者とコンゴ人女性との間にできた子どもたちのことですが——の話を聞いているうちに少しずつ考え方が変わってきたのです。まあ、正直に言えば、日本人の一人として『これはなんとかしなきゃならんな』と。彼らの証言から推測するに、当時日本からやってきた労働者の多くは二〇代後半から四〇代でした。一方、現地で母親になったコンゴ人女性の多くは一三歳から一六歳、日本で言えば、まだ中学生か高校生といった少女たちです。そこにはやはり経済格差というか、先進国と途上国の上下関係というか、恋愛や倫理といったものが介在しない、金銭的なやりとりがあったのではないかと思えたのです。さらに日本人労働者の帰国後、母親や子どもたちの多くは事実上収入源を失ってしまい、これまで非常に苦しい生活を余儀なくされてきました。父親の中には帰国時に現金や家などを残していった人もいたようなのですが、それらがいつまでも続くはずもなく、残された妻や子どもたちはスラムのような場所で泥水を飲みながら生き延びてきたというのが実情です。そして——というよりもだからこそ——彼らは今でも実の父親に会いたいと強く願っている。お金がほしいとか、生活の保障をしてほしいとか、そういう感情だけではありません。ただただ自分の父親に会いたい、父親を見てみたい。まあ、それはコンゴ人であれ、日本人であれ、親子であれば誰もが持ち合わせている本能的な感情ではないかと私は思うのです。なので、私も日本を離れて随分経《た》つのですが、彼らのことを見て見ぬふりをすることもできず、今はこうして彼らの相談相手を引き受けているような状況で……」

一通りの話が終わった後で、田邊は「私はカトリック教徒なのです」と自らの属性を打ち明けた。

「最初にこんなことをお聞きするのはちょっと恥ずかしいのですが」と私は先に言い訳を述べてから田邊に聞いた。「これまでにこの日本人の子どもたちの問題を取材した日本のメディアやジャーナリストはどれくらいいるのでしょうか？」

田邊にとってはどうでもいい質問かもしれなかったが、私にとってはできれば最初に押さえておきたい確認事項だった。もしこの問題がすでに日本のメディアで報じられているのであれば、ニュースとしての取り上げ方を若干変えていかなければならなくなるし、他社が取材を先行しているようであれば、取材に費やせる時間や記事化のタイミングについても今後調整が必要になる。

「何人かいます」と田邊は正直に開示してくれた。「これまでに二人の日本人フリーカメラマンと一組のテレビクルーが取材に来ました。いずれも私のブログを読んで、この問題に興味を持ってくれた人たちです。カメラマンは四、五年前、テレビクルーは昨年取材に来ています。二人のカメラマンはそれぞれ子どもたちや母親の写真を撮影して帰国しましたが、未《いま》だ発表はなされていないようです。テレビクルーの方は昨年番組が放映されたのですが、それがもうひどい内容で、何というか……彼らは子どもたちについても取材したのにそれらについては一切放映されなかった。今は日本の『放送倫理・番組向上機構』（ＢＰＯ）に審査を申し立てている状態です。まあ、その話は今でも思い出すと気分が悪くなるのでまた後日にしましょう」

田邊はそう言うと本当に気分が悪くなったのか、ジャケットから煙草を取り出すと、神経質な表情で数口吸い、それを助手席の窓から道路脇にたむろしているストリートチルドレンに向けて投げつけた。火のついた煙草は彼らの中で小さな争奪戦になった後、年長の少年の口に収まった。

「でも、まあ、とにかくフランス24の報道です」と田邊は気持ちを入れ替えるようにして私に言った。「現状では何が事実で何が作り話なのか、実際のところは何もわからないような状態なんです。このままでは無責任な取材や報道で『疑惑』があたかも『事実』であるかのように捏造されてしまう。私はそれがずっと不安でしたし、正直とても嫌でした。そんなときに三浦さんから取材の連絡が入ったのです。よし、それなら協力して差し上げようと。これはあくまでも私個人の推測なのですが、もし本当に当時たくさんの日本人とコンゴ人との間にできた子どもたちが死んでいたのだとしても、それは決して『殺人』ではなくて、この地域に根づいている『風習』である可能性が捨て切れないと思うんです。この国では昔から障害というか、普通とは違う状態で子どもが生まれてきたとき、人々が悪魔のたたりや不調の前触れだと忌み嫌い、その子を殺してしまう風習があり、今も根強く残っています。だからもし、日本人とコンゴ人との間に生まれた子どもたちが大量に殺されてしまっていたとしても、その風習による可能性も完全には捨て切れないんじゃないかと。まあ、これはあくまでも私の推測ですが……でも誰もそれを本格的には調べていないんです」

田邊の説明によると、かつて日本企業が開設していた鉱山は現在我々がいるルブンバシ市から南に約七〇キロ離れたカスンバレッサと呼ばれる町にあり、日本人労働者の元妻たちは現在もそのカスンバレッサ町やその周辺で暮らしているらしかった。一方で、その子どもである日本人残留児の多くはすでに成人し、都市部であるこのルブンバシ市内で生計を立てている人が多いという。日本で言えば、夕張や筑豊の炭鉱で生まれた子どもたちが今は札幌や博多といった都市部に移り住んで暮らしている構図とよく似ているらしかった。

私は田邊と相談し、まずはルブンバシ市内に拠点を置いて、都市部で暮らす日本人残留児たちから取材を始めてみることにした。

「では、そうしましょう」と田邊は言った。「ただその際、ルブンバシ市はコンゴの中でも極めて特殊な地域なんだということを念頭に置いて取材をしてください。政府機関が集中する首都キンシャサがこの国の『頭脳』だとすれば、無数の鉱山を抱え、国家予算の七割を生み出しているルブンバシ市はこの国の『肺』です。ここはコンゴの他の地域に比べると圧倒的に豊かで恵まれている。今も紛争が続いている東部とはもちろん、かつて日本の銅鉱山があったカスンバレッサ町と比べても生活の質がまるで違います。その点を理解した上でまずは彼らの話を聞いてみてください」

私が真剣な表情で頷くと田邊も満足そうに頷いてみせた。

3

ベルギー資本の小さなペンションにチェックインしてスーツケースを預けた後、私と田邊は日が暮れる前に日本人残留児たちのインタビューに出掛けることにした。

最初に向かったのは仲間内で「ケイコ」と呼ばれる日本人残留児の女性の自宅だった（筆者註・ケイコを始め日本人残留児の多くは「サトウ」のような日本人の姓を持っているが、関係者のプライバシーに配慮し、本書では名のみを表記する）。田邊の事前の説明によると、ケイコは二〇〇六年頃に日本人残留児たちが自主的に集まって「日本人の父親とコンゴ人の母親から生まれ、コンゴに置き去りにされた子どもたちの会」（以下、「子どもたちの会」）を立ち上げた際のリーダーの一人で、今も会のまとめ役を引き受けている女性らしかった。

ケイコの自宅はルブンバシ市中心部から車で未舗装道路を一五分ほど走った住宅地にあった。レンガ造りの家の前には緑の芝生が敷き詰められた美しい庭があり、奥には広々とした数台分の駐車スペースが見えた。「日本人残留児の中では極めて恵まれた生活を送っている」と事前に田邊から聞かされていた通り、ひときわ裕福な邸宅であることが見てとれた。

ゲートの外から田邊が短く声を掛けると、門番がゆっくりと鉄製の扉を開け、同時に石造りのエントランスから中年の女性と小学生ぐらいの男の子が現れた。

日本人残留児との初対面に私の胸はざわめいた。

そのときの心境や印象をここに正確に書き表すことは少し難しい。誤解を恐れずに正直に記せば、日本で生まれ育ち、当時はアフリカで働いていた私にとって、彼女の外見は日本で暮らしている多くの日本人女性とも、コンゴでよく見かける一般的なコンゴ人女性とも異なって見えた。強いて言えば、モンゴルやカザフスタンのような強い日差しの中で暮らす褐色の肌を持った中央アジア系の女性か、かつてボリビアやブラジルなどの南米で出会った日系二世や三世の女性に似ているといった印象を受けた。

彼女は当初、見知らぬ私の突然の来訪に少し困惑しているような表情を浮かべた。彼女は英語も日本語も話さなかったので、田邊にフランス語で私のことを紹介してもらい、挨拶代わりにケイコの柔らかな手を握った。彼女は目元を細め、微笑《ほほえ》みながらそれに応じた。その仕種があまりにも日本人のそれと似ていたので、私は田邊に「わぁ、本当に日本の方ですね」と捉え方によってはかなり失礼なコメントを発してしまった。

「そう、彼女は日本人なんですよ」と田邊は嬉《うれ》しそうに私に言った。「表情だけじゃなくって、性格的にも彼女は日本人なんです」

田邊のその表現が決して大げさではないことは、ケイコの自宅に入るとすぐにわかった。ケイコは日本で育った私の目から見ても非常に気配りの行き届いた女性だった。室内は神経質なくらいに整理整頓されており、我々をリビングへと招き入れた後も、飲み物を用意したり、お茶菓子を運んできたりと片時も休もうとしない。彼女が「ああ、もっと早めに来訪を伝えてくれたら、ちゃんとしたおもてなしができたのに」と悔しそうに言うので、私が「おかまいなく、自然体で構いませんから」と返すと、「そういう問題ではないのです」と彼女は少し不機嫌になって我々の言動を短く叱った。

結局、お茶菓子の用意が整い、ようやくインタビューができるようになったのは、我々が部屋に招かれてから二〇分近くが過ぎた頃だった。

私は突然押しかけてしまった非礼を詫びた上で、まずはいつもそうしているように今回の取材の趣旨や目的をなるべく丁寧に田邉にフランス語で説明してもらった。この国で暮らしている日本人残留児たちのことを知りたい、なぜ置き去りにされてしまったのか、その後どのような生活を送ったのか、父親にどのような思いを抱いているか、そしてもし可能であれば、父親を探すための手掛かりになるようなものをいただけないか、もしその手掛かりを使って私が日本で父親を見つけることができたなら、あるいは父親と再会できるきっかけにつながるかもしれない……。

すると、ケイコは突然立ち上がり、リビングを抜けて奥の部屋からA4サイズのノートのようなものを持ち出してきた。のぞき込んで見てみると、ノートには父親の情報らしきものがびっしりと書き記されていた。

「父の名は〇〇〇です」とケイコは我々の前で唐突に父親のフルネームを口にした。「母によると、父は鉱山の電気技術者だったようです」

私は彼女が突然話し始めたので慌てて取材用ノートを開き、許可を得た上でＩＣレコーダーのスイッチを入れた。

ケイコは緊張と興奮が入り交じった声で証言を続けた。

「結婚当時、父と母はそれぞれ二〇代半ばでした。そのとき、母には離婚歴がありました。若い頃にコンゴ人教師と結婚し、三人の子どもがいましたが、当時はすでに離婚していたようです。父は母との結婚後、新しい家を買い、二人はそこで暮らし始めました。知人に聞くと、コンゴ人女性と結婚した日本人労働者は当時、寝るときは鉱山の日本人宿舎に戻る人も多かったようなのですが、父は決して宿舎には戻らなかったそうです」

「お二人は『結婚』していたのでしょうか？」と私は若干、プライベートの機微に触れる質問をした。

「と思います」とケイコも私の懸念を感じ取ったのか、声のトーンを微妙に落として言った。

「母によると、父とは一九七一年に知人を通じて知り合い、父は母の家族の前で『お宅のお嬢さんと結婚したい』と結婚を申し込んでくれたそうです。父は家族に結納金も納めています。母はそのとき、『自分を世話してくれる人がいるんだ』と心から嬉しく思ったそうです」

「お父さんの帰国はいつ頃でしたか？」と私は質問を続けた。

「一九七二年です。私が生まれる前に日本に帰国しています」とケイコは言った。『ケイコ』という名前は父が命名してくれたものです。母によると、父は母が妊娠したのを知ったとき、『この子を見れば、俺を思い出すだろう』と男女別にいくつかの名前を絵はがきの裏に書いて残していってくれたそうです。『ケイコ』という名前は女の子の一番上に書かれていた名前でした。母親にとっては四人目の子どもでしたが、父は初婚で私が初めての子どもだったそうです。その後、母は再婚をしていません」

「なぜでしょうか？」と私は聞いた。

不意に短い空白が生まれた。それはケイコにとって証言しにくい内容のようだった。

「誰かと結婚した場合、私が普通のコンゴ人ではないため、義父からいじめられるのではないかと思っていたようです」

「そうでしたか……」と私はケイコの心情を酌み取った上で、質問のリズムを崩さないようにして取材を続けた。「もしわかればで結構なんですが、お父さんの日本のご住所はご存じありませんでしょうか？」

「残念ですが、わかりません」と彼女は首を振った。「父は日本に帰国する際、『子どもが生まれたら、ぜひ写真を送ってほしい』と母が手紙を出せるよう住所を書き残していったらしいのですが、その後住所を書いた紙がいつの間にか誰かに盗まれてしまい、今は手元に残っていないのです」

「盗まれた？」

「ええ、誰かに盗まれてしまったと聞いています」

田邊の通訳を聞きながら、私は「うーん」と小さく腕組みをしながらうなってしまった。

今回、私はこの日本人残留児の取材を始めるにあたり、今後取材を深めていく過程において、日本で暮らす彼らの父親たちにもいつかインタビューができないかと思案していた。彼らの個人的な行動を責めるのではなく、なぜ自らの子どもをこの地に残して日本に帰国しなければならなかったのか。その理由や時代的背景を取材できれば、この問題の本質である日本やコンゴにおける社会的な歪《ひず》みのようなものを明らかにできるのではないかと考えていた。

しかし、ケイコへのインタビューを続けていくうちに、その糸口を見つけることがいかに難しいことかが身に染みてわかってきた。ケイコの証言はすべてが母親からの伝聞であり、父親がケイコの誕生前に日本に帰国してしまっている以上、彼女自身は父親の記憶を事実上持たない。日本の住所も誰かに盗まれてしまって残っていないという。予想していたこととは言え、実際に直面してみると、今後の取材の困難さが思いやられる内容だった。

私は父親に関する詳細を聞き出すことは諦め、徐々に質問を彼女が直接語ることのできる、彼女自身の半生についての内容へと切り替えていくことにした。

「私はずっと『自分はひとりだ』と感じながら生きてきました」とケイコは私の質問にゆっく

りと自らの半生を振り返ってくれた。「父の帰国後、それまで主婦だった母は私たち家族を養うために他人の家の手伝いをしながら食いつないでいかなければなりませんでした。ひどく貧しく電気のない家で、非衛生的な水を飲みながら空腹を紛らわすような生活でした。私は親類の助けでなんとか初等学校（日本の小学校にあたる六年制）を卒業することはできましたが、中等学校（日本の中学校と高校を合わせたような六年制）までは通わせてもらえず、一四歳からは母と一緒に市場で野菜を売り歩きながら生活費を稼ぎました。初等学校でもそうでしたが、市場に出ても周囲からは『白人、白人』とひどくいじめられました。同級生からも『白いのが野菜を売っているぞ』とからかわれ、毎日泣き明かしました。小さい頃から自分が他人と違うことはわかっていましたが、多感な年頃ですので、恥ずかしくて、恥ずかしくて、いつも消え入りたい気持ちでいっぱいでした」

ケイコはそこでいったん証言を止め、しばらくの間物思いにふけった。私は証言をノートに書き留めていた手を止め、ケイコが次に話し始めるのを待つことにした。

すると、通訳に専念していた田邊が突然ケイコに向かって「でも、今はこうして立派な家に住んでいらっしゃる。好転のきっかけは何だったのでしょうか？」とフランス語で質問を向けた。私は田邊にその質問の意味を日本語で聞き、良い質問だと思って再びケイコへと視線を戻した。

「それはたぶん、一義的には私が今の夫と結婚できたからだと思います」とケイコは慎重に言葉を選ぶようにして理由を述べた。「でもそれだけではないと思います。私の人生にとって一番大きかったのは、私がその後きちんと教育を受けることができたからだと思います」

ケイコは自らの中に正しい答えを見つけ出せたことが嬉しかったのだろう、次の瞬間、これまでの暗い表情とはうって変わって目を輝かせながら自らの過去について語り始めた。

「夫と知り合ったのは私が一七歳のときでした。私がカスンバレッサ町の教会で聖歌隊の活動をしていたときに偶然知り合ったんです。彼は優しい性格で私が日本人の子であることも知っていましたが、そのことについては一切触れませんでした。結婚して子どもを産み、その子どもたちが少し手を離れるくらいになったとき、私は思い切って夫にあるお願いをしてみたのです」

「お願い？」

「そうです」とケイコは言った。「『私を学校に行かせてください』とお願いしたのです」

彼女は笑顔で話を続けた。

「夫は少しも迷うことなく『君が行きたいなら、行ってもいいよ』と言ってくれました。彼は大卒でしたし、だから教育の大切さを誰よりも理解している人でした。私は彼に感謝をしながら二四歳で中等学校に通い始めたんです。自分の子どもと同じくらいの年の生徒と机を並べて勉強するのは少し恥ずかしかったですが、それでも何かを学べる喜びの方が格段に大きかったです。夫婦の間にもいい循環が生まれました。私が中等学校を卒業し、大学入学の資格試験にも合格したとき、夫が急に『自分ももう一度勉強したい』と言い始め、大学院の修士課程に入学したのです。私たち家族は大学に通うために当時住んでいたカスンバレッサ町から今住んでいるルブンバシ市へと移住しました。私が大学で情報工学を学び、夫は博士課程まで進んで博士号を取得した後、大学の教授に抜擢《ばってき》されました。私たちは四男二女の子どもにも恵まれ、今のような暮らしを送ることができています」

インタビューを続けている間、リビングの奥では中等学校に通っているケイコの息子たちが革張りのソファに腰掛けながら大型のフラットテレビで何かの番組を視聴していた。どんな番組を見ているのかと一瞬画面をのぞき見たとき、私は驚きの声を上げてしまった。

それがどこかの野外フェスティバル会場で、日本のアイドルグループＡＫＢ48が大勢のファンの前でヒット曲を熱唱している映像だったからである。目を凝らして見てみると、それは衛星放送によって海外でも視聴できるＮＨＫワールドの映像だった。

「日本の番組を見ているんですか?」と私が驚いて尋ねると、ケイコは「ええ、日本語はわからないのですが、映像だけでも伝わるものもありますから。時間があるときは時々見るようにしているんです」と笑って言った。

「私は昔から自分が日本人だと信じているんです」と彼女はいかにも「可笑《おか》しいでしょ?」とでも言いたそうな表情を私と田邊に向けた。「日本には一度も行ったことがないし、日本語も話せないのに、と笑われるかもしれませんが、私は自分が絶対に日本人だと信じているんです。

まずですね、私、本当に真面目なんですよ。勤勉というか、働き者というか。周囲のコンゴ人とは性格がまるで違うんです。だから年齢を重ねてからでも学校にしっかり通えたし、いつも何か目標を持って生活している。こういうのってひどく日本人的というか、日本人の性格だと思うんです。日本のことについてはあまりよく知らないのに、こういうこと言うのはちょっと変かもしれないけれど……」

ケイコはそう言うと、心から嬉しそうに会話を続けた。

「だから、私が『子どもたちの会』を作って、キンシャサの日本大使館に要望書を持参したとき……」

「えっ、ちょっと待ってください」と私はケイコの話が急に先に進みすぎたので、慌てて田邊に頼んで彼女の話を止めてもらった。

「ちょっと話が飛びすぎていますね。まずはその『子どもたちの会』を作った経緯から話をしていただけませんか？」

「そうですね」とケイコは小さく笑いながら上機嫌のまま話を続けた。「私たちが『子どもたちの会』を作ったのは二〇〇六年頃です。かつて日本企業の鉱山があったカスンバレッサ町には当時、私と同じ日本人男性とコンゴ人女性の間にできた子どもたちがたくさん暮らしていました。私たちはお互いにはなんとなく存在を知っていたのですが、それまではなぜかつながり合うことがなかったのです。それである日、私と同じ境遇の子どもってどれぐらいいるのだろうと思い、知人や友人に聞き回ってリストのようなものを作りました。一九九九年頃のことです。でも、そのときはリストを作っただけで特にアクションなどは起こさず、結局、そのリストも気がつくとどこかに行ってしまいました。その後、本格的に活動を始めたのは二〇〇六年頃からです。私はすでに成人していましたから、私たちの子どもを——つまり日本人の父親にとっては孫たちを——学校に行かせるための相互扶助組織のようなものを作れないかと考えたのです。再び周囲とコンタクトを取り始め、約五〇人のリストができあがりました。そこで仲間とそのリストと要望書を持って二〇〇七年に入ってから首都キンシャサにある日本国大使館に出向いたのです」

「日本大使館にはどのような要求をしたのでしょうか?」と私はICレコーダーの録音中のランプがしっかりと点灯していることを確認した上でケイコに尋ねた。

「要望は二点です。一つは私たちを日本人として認めてくださいということ。もう一つは私たちの父親を探してくださいということでした」とケイコは言った。「大使館では応接室に通され、書記官から『日本に確認してみますので、少しだけ待ってください』と言われました。三日後、呼ばれて大使館に行ってみると、同じ書記官から『東京に問い合わせてみたところ、この件は民事事案なので政府としては対応できません』と口頭で説明を受けました。そう言われてしまうと、私たちにはもう何もできることがありません。それ以来、日本大使館には行っていませんし、特に要望活動は行っていません」

私は事実関係を確認するため田邊の方へと視線を向けたが、彼はもちろんそれらの事実を把握しているらしく、小さく頷いてそれに応えた。

「そうなると、フランス24の報道が出たのはその約三年後のことになるのでしょうか？」と私は取材の本筋に切り込むような質問をケイコにぶつけた。

「そういうことになると思います」とケイコは言った。

「報道は見ましたか？」

「ええ、ネットで見ました」

「報道の中では日本人医師が日本人と現地人の間に生まれた子どもたちを殺害していた疑いがあると報じられています。当事者の一人として、それらの『疑惑』についてどう思われますか？」

「わかりません」

「わからない？」と私は田邊の通訳ミスではないかと思い、再度ケイコに聞き直してもらった。

「質問がわからない、ということですか？」

「違います。わかりません」とケイコは即答した。

「わからない？」

私はそう頑《かたく》なに回答する姿がそれまでのケイコの様子とはだいぶ異なって見えたため、念のために田邊に同じ質問を繰り返してもらった。すると、ケイコは今度は「答えたくない」と回答を変えた。

「答えたくない……」

私は何度か彼女に同じ質問を重ねたが、その都度、ケイコから発せられる回答は言葉の表現は若干変わっているものの、基本的には「わからない」「答えたくない」という範疇《はんちゅう》を出ないものだった。

「答えたくないのです」とケイコは何度も繰り返し私に伝えた。「日本人医師が本当に子どもたちを殺したかどうかについては、私は知りませんし、答えたくありません。それはあくまでジャーナリストの調査なので。でも、カスンバレッサ町にそのような噂《うわさ》があったのは事実です。それが本当かどうかは……私にはわかりません」

ケイコの回答が何を意図しているものなのか、私にはうまくつかめなかったが、それ以上質問を重ねても、新しい事実を引き出すことは不可能であるように感じられたため、私と田邊はフランス24の報道に関する質問をそこで打ち切ることにした。

私は取材ノートに書き記した「答えたくない」という彼女の証言の下に、強調を意味する二本線を引いている。

そのとき感じた違和感が何であるのかを、当時の私はまだ気づけないでいた。

第二章　ジャパニーズ・ネームの秘密

4

　ケイコのインタビューを終えた後、私はベルギー資本のペンションへと戻り、客室に据えられている小さなライティングテーブルのイスに腰掛けて、いつものように取材メモを作成する作業に取りかかった。必要なときにすぐに事実関係を見直せるよう、ＩＣレコーダーの録音を聞きながら対象者一人につきＡ４用紙三、四枚の証言録を作り上げていく。今回のように取材対象者が広範囲に及びそうな場合にはそれぞれに顔写真やスナップ写真を撮影しておき、後日プリントして取材メモやそのとき使った資料と一緒にポケットのついたクリアファイルに収納しておく。それは私が職業記者になって以来、一七年間一貫して続けている個人的な習慣だった。

　二時間ほどで取材メモを作り終え、ヤモリが鳴くシャワールームで温水シャワーを浴びても、インタビューの興奮はなかなか冷めやらなかった。メモ上の証言を再読しながら、これからどんな事実が明らかになるのだろうと胸が熱くなる一方で、この問題が抱える事実関係の複雑さに若干気後れしている自分がいた。

ケイコや田邊に対して行った初日の聞き取りでは、日本有数の鉱山企業がかつてこの地に銅鉱山を開設し、その際、日本人労働者とコンゴ人女性との間に生まれた子どもがこの地に置き去りにされたという、日本ではあまり知られていない事実を確認することができた。その一方で、その鉱山で日本人医師らが乳児を殺害していたという事実が本当にあったのかどうか、もし殺していたのだとするならば、その理由は何だったのか。そもそもなぜ、彼らはこの地に置き去りにされてしまったのか、といった疑惑の核心部分についてはまだ何も情報が得られていない状態だった。長い取材になりそうだ、との予感だけが手の中にあった。

ベッドに横になっても、すぐには寝付けそうになかった。私はベッドから跳び起きて、客室内の冷蔵庫からビールを一瓶取り出し、持参してきたこの国の成り立ちに関する書籍の続きを読むことにした。取材を進めれば進めるほど、インタビューの内容は細部や枝葉に入り込んでいく。その前にその人の成り立ちや思考に大きな影響を及ぼしている、その国の歴史や社会構造といったものを頭に叩《たた》き込んでおく必要があった。本来であれば出張前に目を通しておくべき基礎資料だったが、今回は取材が突然決まったため、出張直前にめぼしき書籍を数冊スーツケースに押し込んできていた。

幸い、コンゴと聞いて誰もが連想するような英作家ジョーゼフ・コンラッドの代表作『闇の奥』は学生時代に読んでいた。一九世紀に船乗りとしてコンゴ川流域に入り、そこでの経験をもとにつづった古典的名作は、しかし、今のコンゴ情勢を理解するにはさすがに不適切だった。

私が参考にしたのは、コンラッドの『闇の奥』を日本に紹介した訳者の一人、カナダ・アルバータ大学の名誉教授藤永茂が著した『「闇の奥」の奥――コンラッド／植民地主義／アフリカの重荷』（三交社）だった。歴代のアフリカ特派員が残していった洋書が散らかるナイロビ事務所の本棚で偶然見つけたその書籍には、コンゴという複雑な国の成り立ちやその歴史的背景が入門的にわかりやすく解説されていた。

藤永の著作『「闇の奥」の奥』によると、現在のコンゴに凄絶な悪夢をもたらしたのは、一九世紀に私欲の限りを尽くして死んだレオポルド二世という名のベルギーの国王らしかった。驚くことにその昔、コンゴは一つの「国」ではなく、レオポルド二世という一個人の「私有地」だったというのである。

コンゴがヨーロッパ中心主義のクロニクルである「世界史」に登場したのは一五世紀後半だった。アフリカ西岸部を探検していたポルトガル海軍が一四八二年、ザイール川の河口に人口三〇〇万人ほどの王国を「発見」すると、ポルトガルはすぐさま使節団を派遣して、黒人国家コンゴ王国と外交関係を樹立する。王国では人々は文字こそ持たなかったものの、官僚による統治機構や銅や鉄などの冶金術を兼ね備えていた。

黒人王国の運命を大きく塗り替えたのは、大航海時代の到来と二つの新大陸の発見だった。一四九二年にコロンブスがアメリカ大陸を「発見」し、一五〇〇年にカブラルがブラジルに「到達」すると、南北アメリカでは大規模鉱山やプランテーションが次々と開発され、ヨーロッパ人たちはそこで必要とされる安価な労働力を――つまり物言わぬ黒人奴隷を――海の向こうのアフリカ大陸に求め始めた。彼らは黒人指導者たちに武器と金品を与えて大陸内部で先住民を捕獲させると、そのまま西アフリカの沿岸部へと連行し、強引に奴隷船に詰め込んで海の向こう側にある「新世界」へと送り込んだのである。結果、アフリカ大陸ではその後約三五〇年もの間、一〇〇〇万人規模のアフリカ人が「交易商品」として新大陸へと売られ、数百万人が劣悪な奴隷船の中で死亡したり、白人の手によって大西洋へと突き落とされて殺されたりしたと見られている。

ところが、一八世紀半ばにイギリスで起きたある社会的変革が、大西洋を舞台に横行していた巨大な錬金システムに終焉《しゅうえん》をもたらす。

工場制機械工業の導入――いわゆる「産業革命」である。

労働力の機械化によって大量の奴隷をアフリカで調達して新大陸に送り込まなくても、祖国の工場で無数の製品と巨額の利益を生み出せることに気づいたヨーロッパ諸国は直後、手のひらを返したように「人道的措置」の実施に乗り出していく。イギリス（一八〇七年）を皮切りに、アメリカ（一八〇八年）、オランダ（一八一四年）、フランス（一八一五年）などが相次いで奴隷貿易の禁止を打ち出したのである。

しかし、それらの禁止令によってヨーロッパ諸国がアフリカ大陸を手放したわけでは決してなかった。奴隷の代わりに彼らが欲したもの――それはもちろん機械を動かすために必要不可欠なアフリカに眠る膨大な地下資源である。自らの都合でアフリカ大陸を分割し、採掘権を含めた利権や利潤を確保しようという「アフリカ分割時代」の幕開けだった。

その暗黒時代の冒頭に若きベルギーの国王としてレオポルド二世が登場する。

一八三一年に中立の立憲君主国としてオランダから独立した小国ベルギーでは、政略結婚の結び目として王位についたコーブルク小公国出身のレオポルド一世が列強に交じって植民地獲得に挑んだものの、議会や政府の反対に遭い、その夢は潰《つい》えてしまう。

一八六五年、父の死を受けて王位を継いだのが長男のレオポルド二世だった。即位前からセビリアの公文書館に通い詰め、オランダを始めとする列強諸国の植民地運営に対して並々ならぬ関心を抱き続けていたレオポルド二世は、即位と同時に驚くべき執念で植民地獲得へとのめり込んでいく。

一八七六年、そんなレオポルド二世のもとにある衝撃的なニュースが飛び込んできた。英探検家のキャメロンがヨーロッパ人としては初めてアフリカ大陸の横断に成功したというのである。

キャメロンが英王立地理学協会に送った報告書はすぐさま英タイムズ紙に掲載された。その中でキャメロンは、コンゴ川流域には金や銀、銅、鉄などの資源があふれており、賢明に投資すれば三年で元本を回収できるとして、イギリス政府にコンゴ川流域への進出と植民地化を促したのである。

しかし、キャメロンの祖国イギリスの反応は冷たかった。キャメロンの横断ルートはコンゴ川流域の南端部をわずかにかすめただけであり、流域全体の地下資源の見通しについては信憑性に疑問が残ると判断された。当時のイギリスは南アフリカなどで先住民との衝突を繰り返しており、植民地における問題をあまりにも多く抱え込みすぎていた。

そんな現実と思惑の空隙に巧みに手を回したのがベルギーの国王レオポルド二世だった。彼は一八七六年一月に英タイムズ紙を読むと五月にはロンドンを訪れて帰国直後のキャメロンと面会し、同時にイギリスの王立地理学協会のメンバーを回って国際地理学会議をベルギーで開催するよう打診したのだ。九月にブリュッセルで国際地理学会議が開催されると、レオポルド二世は会場で次のような所信表明を行っている。

「この地球上でまだ文明が浸透していない唯一の部分に文明をもたらし、地域全体の人々をおおっている暗黒を貫く光を送ることは、あえて申し上げますが、この進歩の世紀にふさわしい聖なる戦いであります。(中略)皆様、ベルギーは小国ではありますが、与えられた運命に満足している幸せな国であり、私としては、この国に奉仕することよりほかに何の野心もありません」

(前掲『「闇の奥」の奥』)

会議では、アフリカにおける科学的な調査探検活動をサポートし、先住民の首長間の争いを公正に治めて平和をもたらすことが宣言され、現地での活動をサポートする機関として「中央アフリカ探検文明化国際協会」がブリュッセルに設立された。もちろん初代プレジデントに就いたのはレオポルド二世、彼自身である。

ところが、設立された協会は彼が思うようには機能しなかった。当時はまだアフリカからの情報が圧倒的に不足しており、何かをしたくても事実上身動きが取れなかったのである。

そんなレオポルド二世のもとに一八七七年、新たな朗報が飛び込んでくる。

イギリス出身の探検家スタンリーが、レオポルド二世が最も情報を欲していたコンゴ川流域の核心部の探検に成功したというのである。コンゴ川流域の南端部をかすめただけのキャメロンとは違い、スタンリーはコンゴ川の上流に船まで浮かべ、約三年がかりでコンゴ川のほぼ全行程を航行していた。

スタンリーはその探検の結果を寄稿した英デイリー・テレグラフ紙で次のように報告した。

「この巨大な水路はそのうちに必ず政治問題となるだろう。だが、今のところ、ヨーロッパの列強でその支配権を唱えた国はない。河口域の発見を理由にしてポルトガルがその権利を主張しているが、イギリス、アメリカ、フランスの大国はそれを承認していない。（中略）コンゴ河を制する国は、滝の背後に控える実に広大な流域盆地全体の交易を一手に収めることになるだろう」

（前掲書）

探検に成功したスタンリーはマルセイユやパリを経由して帰国の途についた。それを知ったレオポルド二世は途中でブリュッセルに立ち寄ってもらい、スタンリーに自らの支援の下で活動を続けてもらえないかと要請するつもりでいたが、彼に面会を断られてしまう。

一方、偉業を達成したスタンリーに対しても、祖国イギリスは冷ややかだった。イギリスがコンゴ川流域の植民地化に消極的であることに落胆したスタンリーは一八七八年六月、今度は自らレオポルド二世に面会するためベルギーへと出向いたのである。

スタンリーがレオポルド二世に打ち明けた野望は壮大極まりないものだった。コンゴ川には途中に大きな滝が何カ所もある。将来の鉄道建設を視野にまずは河口から大きな滝の向こう側にある中下流域まで陸路を開き、そこからはいくつものパーツに分解した蒸気船を組み立ててコンゴ川を上流まで遡る。流域の要所にはそれぞれ出張所を建設し、そこを拠点として開発と交易を進める——。

二〇〇〇キロ以上にも及ぶコンゴ川流域の開発という巨大プロジェクトを一手に託されたスタンリーはすぐさま五カ年契約を結び、一八七九年一月、再びアフリカ大陸へと舞い戻る。前回同様、アフリカ東部ザンジバルで一〇〇人ほどの現地人を徴用すると、同年八月、コンゴ川流域へと乗り込み、一八八〇年二月には道路建設を本格化させた。酷暑やマラリアなどに阻まれて工事は難航し、最初の一〇〇キロの道路建設に丸一年を費やしたものの、最終的には細かく分解した小型の水車式蒸気船を黒人ポーターを使ってなんとか運び上げ、それを水上で組み立てて蒸気船航路まで開通させた。

河口からの道路建設とコンゴ川を航行する汽船航路を整備したスタンリーは一八八二年九月、病に倒れてヨーロッパに一時帰国する。すると、新たに「コンゴ国際協会」という新組織を立ち上げていたレオポルド二世は、五カ年の契約期間がまだ終わっていないことを理由にスタンリーをコンゴ川流域へと追い返し、今度はコンゴ川全域のすべての先住民の王や首長たちと条約を結んでコンゴ国際協会の統括下に組み入れるよう命令を出す。

アフリカに戻ったスタンリーは一〇〇〇挺の速射銃、四挺の機関銃、数基の小型大砲で武装した強力な軍団を率いてレオポルド二世の指令を着々と実行していった。煌《きら》びやかな贈答品と武器の圧力によって流域の首長たちを次々と懐柔すると、スタンリーはプロジェクトの開始から五年後の一八八四年六月、四五〇人以上のコンゴ川流域の首長と「条約」を結んでレオポルド二世のもとへと帰還したのである。

ちょうどその頃、ヨーロッパではアフリカ大陸を合法的に分断する「運命の日」を迎えていた。一八八四年一一月、ドイツ宰相ビスマルクの呼びかけでヨーロッパ諸国がアフリカ大陸における支配権を確立させる「ベルリン会議」が開催されると、議場ではすでにポルトガルやフランス、イギリスが領有していたアフリカ西海岸の所属問題ではなく、レオポルド二世がスタンリーを使って独占しようとしていた広大なコンゴ川流域の支配権が現実的な争点となった。

狡猾《こうかつ》なレオポルド二世はここでも列強の思惑を逆手に取り、次第に会議を呑み込んでいく。

当時、フランスはすでにコンゴ川北部（現在のコンゴ共和国）に勢力を広げ、河口域を含むコンゴ川全流域に具体的な野心を持っていた。一方、フランスの勢力拡大を懸念するイギリスとドイツはコンゴ川流域はフランスなどの大国ではなく、弱小国の王室が運営する中立的な組織に任せておいた方が有利だとの判断に傾いていた。

それぞれの思惑を読み切ったレオポルド二世は会議のテーブルの間を巧みに動く。

まずはフランスに対し、植民地経営が破綻した場合には真っ先にフランスに介入権を与えることを約束して懐柔すると、その後、アメリカやイギリスなどに対しては広大な流域地域は大国ではなく、小国が運営した方が地域的な安定性が高まることを強調し、その結果、会議の終了時にはコンゴ川流域を丸ごと手に入れることに成功したのである。

一八八五年二月、約三カ月に及んだ議論を経てベルリン会議が閉幕すると、レオポルド二世はすかさずコンゴ川流域を王室布告令によって「コンゴ独立国（英語圏ではコンゴ自由国）」と命名し、八月一日にはこれを公式称号として各国に通達を発出する。

面積は本国ベルギーの約八〇倍。象牙やゴムを始めとする天然資源に富み、イギリス、フランス、ドイツ、スペイン、イタリアを合わせたよりも大きな「植民地」を、レオポルド二世はついに「私有地」として手に入れたのである。

レオポルド二世はやがて、自らの「私有地」で巨万の富を独占していく。

彼に最初の幸運をもたらしたのは、アイルランドの獣医ダンロップが一八八七年、息子の自転車を修繕していた際に思いついた空気入りゴムタイヤだった。ダンロップの発明はすぐさまエンジン付き自動車に採用され、原料となる天然ゴムの需要が急増した。

コンゴ川流域は天然ゴムの一大産出地である。レオポルド二世は未曾有のチャンスをものにするため、コンゴ川流域に白人指揮官と約一万六〇〇〇人の黒人兵員からなる公安軍を送り込み、苛酷な強制労働に耐え切れず密林に逃げ込もうとする先住民たちの「取り締まり」を徹底的に強化した。

公安軍はまず集落を襲い、女性や子どもたちを捕らえて人質にすると、男たちを強制的に天然ゴムの採取労働へと向かわせた。極度の疲労で男たちが働けなくなると、無用となった集落に次々と火をつけ、次の集落へと移動した。抵抗する住民には容赦なく銃弾が撃ち込まれた。その際、白人指揮官たちは銃弾の出納を管理するため、銃弾が実際に人間の射殺に使われた証拠として弾の数に見合うだけの死者の手首の提出を黒人兵員たちに求めた。

醜悪なアイデアは、やがて凄絶な悲劇へと発展していく。銃弾を使わずに住民を殺し、その手首を切り取って白人指揮官に提出することで、銃弾をせしめようとする者が現れ始めたのである。飢餓や病気によって亡くなった人の手首を切って差し出す者もいれば、生きている人間の手首を切り落とし、銃弾をせしめようとする者も出始めた。多くの先住民たちが未使用の銃弾を得るためだけの目的で腕や手首を切り落とされ、何年も続いた苛酷な強制労働と相まってそれまで数千万人いたとされるコンゴ川流域の人口は約八〇〇万人にまで激減してしまったと言われている。

そんなレオポルド二世の悪行を白日の下へと引きずり出したのは、「カメラ」と「ジャーナリズム」という新しい時代の概念だった。

一八八四年、アメリカのジョージ・イーストマンがロール式のフィルムを発明すると、一八八八年には持ち運び可能なカメラを販売。そのカメラを使って英宣教師ジョン・ハリスの妻アリスがコンゴ川流域で撮影した「切り落とされた腕先」の生々しい写真がレオポルド二世の本性を広く世界にさらけ出すきっかけへとつながった。

レオポルド二世は当初、「(写真に写っているのは)不幸な人々であり、手にガンを患い、簡単な外科手術によって手を切り落とさなければならなかった」と苦し紛れの弁明を続けたが、ベルギー国会は一九〇八年、国王の広大な私有地をベルギー国の植民地に変え、国王の個人支配に終止符が打たれた。

レオポルド二世は自らの私有地を祖国によって奪われた翌年、失意のうちに七四歳でこの世を去る。

彼は生涯一度もコンゴ川流域を訪れることがなかった。

5

翌朝、私は小さなペンションの食堂でベルギー風のクロワッサンとフルーツサラダだけの簡単な朝食を済ませた後、ロビーで田邊好美と待ち合わせて今後の取材スケジュールについての簡単な打ち合わせをした。今回の出張については所用で一度南アフリカに戻らなければならないものの、合計すると計一カ月間くらいは取材にあてられそうだと私が説明すると、田邊は、それだけの期間を取材に費やせるのであれば、日本人残留児や母親たちをどこか一カ所に集めて話を聞くのではなく、可能な限り一軒一軒戸別訪問のような形で彼らの生活場所に訪ねて行って話を聞いてみてはどうだろうかと提案した。

日本人残留児たちをどこかに集めて話を聞ければ、こちら側としては確かに効率的かもしれないが、他人の前で自らの過去を告白することにためらいを覚えたり、必要以上に自らの記憶を他人と合わせようとしたりする人がいるかもしれない。何よりこちらから彼らの生活場所を訪ねて行った方が彼らの暮らしぶりがよく見えるし、一人ひとりにじっくりと話を聞くことができる、というのがその趣旨だった。私は田邊の提案に賛成し、その場で簡単な今後の取材スケジュールを組んだ。

以来、私と田邊は毎日午前九時に宿泊先のペンションのロビーで待ち合わせた後（彼はたいてい、待ち合わせ時間の三〇分ほど前にペンションにやってきて私の部屋をノックするので、私は遅くとも八時半までには準備を整えておかなければならなかった）、午前と午後に一人か二人ずつ、一日に計三人から四人のペースで日本人残留児たちやその母親たちの自宅などを訪ね、その半生をインタビュー形式で記録していった。

最初に訪れたのは、「ムルンダ」という四四歳の男性の職場だった。彼はケイコらが中心となって設立した「子どもたちの会」の副会長を務めており、当時、ルブンバシの中心市街地でカナヅチや軍手、針金などを売る小さな工具店を経営していた。

店を訪ねると、ムルンダは事前に田邊から連絡を受けていたせいか、笑顔で我々を出迎えてくれた。前日に取材したケイコとは異なり、ムルンダは日本でよく見かけるような日に焼けたゴルフ好きの中年男性といった風貌をしており、日本の街角を歩いていても誰も外国人だと疑わないような外見を持っていた。

ムルンダは工具店の店番をしなければならなかったので、私と田邊はレジの横に丸イスを置いて彼へのインタビューを開始した。

ムルンダも前日に取材したケイコと同じく、最初に自らの父親のフルネームを我々に告げた。日本人によくある氏名で、ムルンダは父親の姓を引き継いでいた。

田邊の説明によると、この地方では子どもの命名に関する明確なルールが存在しない。姓も名も親が自由に決めることができるため、日本人残留児の場合、前日に取材したケイコのように日本の習慣を継いで父親の姓と親から授けられた名を合わせて名乗っている残留児もいれば、ムルンダのように父親の姓とコンゴ人の名前を組み合わせて使っている残留児もいるらしかった。

取材を開始して最初に驚かされたのは、ムルンダが父親が暮らしているという日本の住所をほぼ完璧に記憶していたことだった。彼が突然呪文のように住所を唱え始めたので、私は「書ける?」と慌ててノートを差し出した。

彼は漢字ではなくアルファベットで父親の帰国後の住所を次のように記した。

〈○-○-○ Tanashi Tokyo Japan〉

ムルンダがノートに書き記した「Tanashi」が、かつて東京都に存在していた「田無市」(現在の西東京市)であることは容易に推測できた。再開発が著しい東京の多摩エリアだけに現在もその住所がそのまま残っているかどうかについては不明だったが、彼は細かな町名や番地まで記憶していたので、あるいは市役所などで古い地図を確認してみれば、現在の住所を辿《たど》れる可能性があった。問題はムルンダの父親が現在もその住所で暮らしているかどうかだったが、それについては実際に現地を訪ねてみなければ確認は難しそうだった。

「お父さんからは帰国後もしばらく手紙が届いていたんだ」とムルンダは父親の住所を今も鮮明に覚えている理由を我々に説明してくれた。「僕は一九七一年生まれで、お父さんは僕が生まれてから二年後の一九七三年に帰国している。実は僕には弟もいるんだけれど、弟も父親が同じ日本人なんだ。だからかもしれない、日本に帰国してからも一九八一年まではずっと手紙や小包が届いていたんだ。でも、残念ながらそれ以降は手紙も小包も届かなくなってしまった……」

「それはどうしてなんでしょう？」と私はムルンダの心情に配慮しながら質問を続けた。

「内戦が始まってこの国の郵便制度が崩壊してしまったからね」とムルンダは寂しそうな表情で言った。「僕たち家族は何度も国境を越えて隣国のザンビアまで行き、お父さんに手紙を出したんだ。でも結局返事は来なかった。お父さんに何かがあったのかもしれないし、僕たちの手紙が日本に届かなかったのかもしれない。ここはアフリカだからね。きっとお父さんに何かがあったんだ、と僕たちは思うようにしていた……」

私はムルンダの証言を聞きながら、前日に取材したケイコの話を思い出していた。ケイコの父親もやはり、「子どもが生まれたら、写真を送ってほしい」と自宅に日本の住所を書き残していた。ケイコの場合、母親がそれを盗まれたために以後連絡を取ることができなくなってしまっていたが、あるいは日本人の父親たちもコンゴからの手紙を楽しみにしていたのかもしれなかった。

ムルンダが言う通り、家族の絆《きずな》を寸断した最大の理由はおそらく、この国における郵便制度の崩壊にあった。後の取材で明らかになったところによれば、日本企業がこの地で鉱山を経営していた時代には、日本に帰国した父親たちはその後も社内の出張者や赴任者を通じてコンゴの家族と手紙や小包のやりとりをしていた。しかし、日本企業が撤収した後は度重なる内戦の影響で国内の郵便制度が機能しなくなり、住所そのものが意味を持たなくなってしまっていた。もし、コンゴの郵便制度が機能していれば、ケイコやムルンダのもとには日本から配達されてくる手紙や小包が複数残ったかもしれないし、コンゴに残された子どもや母親たちもいつの日か手紙を書こうと父親の住所をその後も大切に保管していたかもしれない。ムルンダが脳裏に記憶し続けている日本の住所はいつか父親と再会するための「手掛かり」であり、彼にとっては自分が日本人であることを確認するために必要な「アイデンティティー」なのかもしれなかった。

「お母さんはお父さんを心から愛していたんだ」とムルンダはこれまでずっと胸の中に秘めてきた思いを打ち明けるように我々に言った。「だからずっとお父さんからの手紙を待っていた。お父さんが日本に帰国してからずっと、お母さんは子どもを育て上げるために屋台を引きながら、お父さんから手紙が来るのを楽しみに生きていた。だから一九八一年以降に手紙が届かなくなったとき、お母さんはとても悲しんだし、とても——子どもの僕が言うのも変だけれど

――年老いてしまったように見えた。お母さんが病気で死んだのは一九九四年です。以来、僕はずっと母の死を父に伝えなければいけないと思って、それで今も父の住所を胸に留めているんです。文句を言うためじゃない。いつの日か、『お母さんが死にました』ということを一言、お父さんに伝えなければいけないと思って……」

ムルンダはそこまで言うと、両目にうっすらと涙を浮かべた。そして次の瞬間、不格好な笑顔を作ろうとしたが、うまくできずに大きな両手で顔を覆った。

私と田邊はしばらくその様子を黙って見守っていたが、ムルンダが無理をして笑顔を繕い、「ごめんなさい」とつぶやくように言ったので、私は質問の内容をムルンダ自身のものへと変えてインタビューを続けることにした。

ムルンダには自分が二歳になるまで父親と暮らした時期があったが、年齢が年齢ゆえに父親についての記憶は前日に取材したケイコと同様、ほとんど残っていなかった。

父親の帰国後、暮らしは急速に貧しくなり、通常は一日一食、トウモロコシの粉かサツマイモの葉を食べることがやっとの生活だった。初等学校では周りと皮膚の色や顔の形が違うため両目尻を引っ張られていじめられ、疎外感の中で少年期を送った。

「僕はね、自分がコンゴ人よりもずっと日本人に近いような気がしているんだ」とムルンダはケイコと同じようなことを言った。「一〇〇%じゃないけれど、少なくとも五一%以上は日本人だと思う。自分でそう思っているだけじゃなく、友だちにもよくそう言われるんだ。根が真面目なんだよね。悪いことも嫌いだし。それに忍耐強い。だから子どもの頃にいじめを受けても、じっと耐えられたんだと思うんだ。僕はずっと自分が日本人だと思っていたから……」

ムルンダは噛《か》みしめるようにそう言うと、勝ち誇ったように我々に向かって微笑んだ。その微笑み方さえも、前日に見たケイコのそれとそっくりだった。

6

ムルンダの取材を終えて次に私と田邊が向かったのは、ルブンバシ市内にある小さな日本食レストランだった。商業地区の一角にある粗末なコンクリート造りの貸しテナントを使って、簡単な日本食やビールなどの飲み物が提供されているという。

店の名前は「ホープ」（希望）。ケイコやムルンダらが設立した「子どもたちの会」によって運営されている日本食レストランらしかった。

レストランの設立経緯については、田邊から事前に簡単なレクチャーを受けていた。前日のケイコへの取材で明らかになったように、二〇〇七年に「子どもたちの会」が約五〇〇人の名簿を持って首都キンシャサの日本大使館を訪れたとき、大使館側は「民事での出来事なので対応できない」という態度を取らざるを得なかった。しかしその後、道義的な責任を感じたある大使館員が「民間であれば何らかの支援ができるかもしれない」と考え、コンゴを偶然訪れたある篤志家に日本人残留児たちの話を引き継いでいたのだ。その篤志家が二〇一五年に「子どもたちの会」に対して一万ドル（約一二〇万円）を個人的に寄付することになり、その資金を元手にケイコやムルンダらが中心となって日本食レストランを立ち上げていた。

「最初に言っておきますが、『日本食』と名乗れるだけのメニューを提供できているかどうかはかなり微妙です」と田邊はレストランの前で苦笑いしながら私に言った。「まあ、本物の日本食を食べたことのない連中が作っている料理なので、そこは大目に見てやってください」

店に入ると、粗雑なコンクリート造りの建物の中に一〇畳ほどのタイル張りのフロアーが広がり、プラスチック製のテーブルとイスが五、六セットほどきれいに並べられていた。中庭には日本であればビヤガーデンとして使えそうな二〇畳ほどの屋外フロアーが設けられており、涼やかな風が抜ける日中はそちらが飲食スペースになっているようだった。水道は辛うじて通じているものの、ガスがないため、料理はすべて屋外で炭火を使って調理している。

店内には次のような日本食のメニューが掲げられていた。

〈とんかつ／生姜《しょうが》焼き／焼き鳥／コロッケ／カレーライス／オムライス／野菜の天ぷら／ポテトサラダ／ピーマン肉詰め／キャベツ巻き／トルティーヤ（スペイン風オムレツ）／ハンバー

グ／肉団子……〉

想像に難くなく、掲げられている日本食のメニューはすべて「子どもたちの会」で相談役を務める田邊が作り方を教えたものだった。日本ではお馴染みの家庭料理の中にスペイン料理の「トルティーヤ」が交じっているのは、田邊が長年スペイン領のカナリア諸島で生活していたからである。田邊は文学や音楽に造詣が深いと同時に料理についても一家言ある人間らしく、「海外にいるとどうしても日本食が恋しくなるときがありましてね、食材が手に入るとついつい自分で作ってしまうんです」となぜか照れくさそうにフライパンを振るジェスチャーをした。

レストランの厨房《ちゅうぼう》を任されているのは、「ユキ」という名の三四歳の日本人残留児だった。金色のイヤリングがよく似合う素敵な女性で、客の注文を受けながら屋外の台所で忙しそうに炭火をおこしたり、金網の上で手際よく肉をあぶったりしていた。

私は屋外のテーブル席に座り、試しに外国人でも調理が容易そうな「カレーライス」と「ポテトサラダ」を注文してみたが、ユキはいずれも調理法がわからないらしく、結局運ばれてきたのは「焼き鳥」だった。日本の居酒屋などで見られる串に刺さったものではなく、鶏の半身が炭火で豪快に焼かれたアフリカ風のもので、焦げ付いた皮をむしってほおばると、しっかりと炭と岩塩の味がした。「とても美味《おい》しいよ！」とジェスチャー付きで厨房に伝えると、ユキはなぜか驚いたような表情で「日本人も焼き鳥を食べるの？」と私に聞いた。

一〇畳ほどの店内では「ブルース」と呼ばれる三四歳の日本人残留児が忙しそうに客にビールを提供していた。カウンター席に腰掛け、「なぜブルースという名前なの？」と私が尋ねると、彼は「よくわからないけど、たぶんブルース・リーから取ったんじゃないかな」といたずらっぽく笑って答えた。二一世紀の今でさえ、アフリカ人の多くはブルース・リーとジャッキー・チェンくらいしか東洋人の名前を知らない。ブルース・リーは一九七三年に三二歳で他界しており、彼が生まれたのはその九年も後のはずだったが、アフリカで生活を続ける私が考えてみても、彼の推測はおそらく正しいように思われた。

店の営業時間は午前一〇時から午後一〇時まで。客がいる間は営業を続けることが基本方針だったが、実はこの店には一人だけ、ある日本人残留児が閉店後のフロアーに「住み着いて」いた。仲間から「ケンチャン」と呼ばれる三四歳の男性で、昼間は携帯電話会社の清掃員として働いていたが、仕事が終わるとこの店に帰宅し、閉店後、店のフロアーにマットを敷いて夜を過ごしているということだった。水は来ているものの、シャワーなどは当然ないので、タオルに水を含ませて毎日体をぬぐっているという。

後日、昼休み中にレストランに戻ってきたケンチャンに直接話を聞くことができた。私がひどく驚いたのは、私がニックネームだと思い込んでいたケンチャンが、実は彼の本名だったことである（彼はノートに自らの名前を「Kencha」と書き、「ケンチャン、ケンチャン」と私に言った）。

彼の父親は当時、日本人労働者の仲間内で「ケンチャン、ケンチャン」と呼ばれていたため、母親が父親の帰国後に生まれた一人息子にその愛称を取ってケンチャンと名付けたらしい。一方で、ケンチャン自身は自らの名前がニックネーム的な意味合いを持つというところまでは理解しておらず、私が田邊を通じてその意味を伝えると、彼は「そうか、そういう意味なのか」と少ししんみりとした声でうつむいた。

ユキにしても、ブルースにしても、ケンチャンにしても、生活はその日食べていくのがやっとの状態だった。レストランの経営は毎月利益が出せるかどうかぎりぎりで、他に現金収入があるのは清掃員として働いているケンチャンだけ。その額もわずか月八〇ドル(約九六〇〇円)に過ぎず、彼らは「ホープ」のまかないなしでは満足に食事も取れない生活を続けていた。

「それでもかつて鉱山があったカスンバレッサ町で暮らしている日本人の子どもたちに比べれば、まだずっとましな方だと思うんです」と田邊はレストランで働く日本人残留児たちを見つめながら私に言った。「ルブンバシにはまだカネやモノが十分にあって、働こうと思えば、なんとか仕事を見つけることができますから。少なくともここでは女性が『つらい職業』を選ばなくても、なんとか食いつないでいくことができる……」

「カスンバレッサ町では女性はやはり売春をしなければ生きていけないのでしょうか?」

私がフランス24で報道されていた女性の姿を思い起こして聞くと、田邊はその質問には答えず、ただやり切れないといった表情で曇り空の下、紫煙をくゆらせただけだった。

7

翌日もそのまた翌日も、私と田邊はルブンバシ市内で暮らす日本人残留児たちのもとを訪れ、帰国した父親や彼らの半生に関するインタビューを続けた。田邊が忠告してくれた通り、最初に面会した裕福な生活を営むケイコはかなり例外的な存在であり、取材に応じてくれた日本人残留児の大半は床板のないレンガ造りの粗末な家で暮らし、一日一食を食べるのがやっとの生活を送っていた。

取材中、私にとって幸運だったのは、隣国のザンビアで暮らしているある一組の兄弟が偶然、私の滞在中にルブンバシ市に帰郷していたことだった。

フランス語が公用語のコンゴに対し、ザンビアは英語圏の国であるため、兄弟は英語を流暢《りゅうちょう》に話すことができた。それはフランス語を話せない私にとっては田邊の通訳を介さずとも自由に日本人残留児と会話を交わすことのできる数少ない機会でもあった。

兄弟の長男である四三歳の「ヨシミ」はザンビアで鉱山会社を経営するやり手のビジネスパーソンだった。彼はこれまで取材した日本人残留児の中では珍しく、父親との記憶を映像として持ち合わせていた。父親が日本に帰国したのが一九七九年。つまりヨシミが六歳のときだったからである。

「父は本当に良い人でした」とヨシミは優秀なビジネスパーソンらしく、丁寧な英語で私に父親の記憶について語ってくれた。「良い人だっただけでなく、非常に優しい人でもありました。家族思いでしたし、母のことをとても大切にしていました。週末はよく家族を小旅行に連れて行ってくれました」

「小旅行にも行ったんですか？」

私が小さく驚くとスーツ姿のヨシミは嬉しそうにその小旅行についての記憶を辿った。

「ジンバブエのビクトリアフォールズに連れて行ってくれた日のことは、今でもよく覚えています。私をこう、滝の近くの手すりの前で抱っこしてくれて、私は嬉しい反面、でもちょっと怖かったんですよね。職場でも人望が厚かったらしく、週末にはたくさんの日本人が自宅に遊びに来ていました。母は父の帰国後も『あんな良い人はいない。私たちが望むものは何でも与えてくれたんだもの』と心から感謝しておりましたし、私も今同じ思いです」

私はそんなヨシミの話をメモに取りながら、若干複雑な気持ちになった。彼らが「良い人だった」と振り返る日本人の父親はその後、彼らの目の前から忽然《こつぜん》と姿を消してしまっている。

私が短く思い詰めていると、ヨシミは持参していたビジネス用の革カバンから一束の書類を取り出し、我々の前に広げて見せてくれた。手に取って見てみると、それは当時のザイール政府がヨシミの父親に対して発行した労働許可証の一部だった。書面には父親の出身県が記されていたが、市町村の記載はなく、彼の父親と母親の名前が——つまりヨシミにとっての祖父と祖母の名前が——それぞれカタカナで記載されていた。

「母は結婚当時、まだ一四歳でした」とヨシミは労働許可証の写真を撮影している私を横目に見ながら話を続けた。「今の常識から考えると、確かに若いようにも思えます。でも、当時のコンゴでは一四歳で結婚するのは特に珍しいことではなかったらしいのです。母は日本人の父と結婚できてとても幸せな生活を送ることができたと言っています。その証拠に二人の間には私を含めて全部で四人の子どもが生まれています。長男の私が一九七三年生まれで、次男の〇〇が一九七六年生まれ……」

「ちょっと待ってください」と私は驚いてヨシミの証言を止めた。「次男の〇〇〇って、お父さんも〇〇〇ですよね？」

私が尋ねると、ヨシミは可笑しそうに声を出して笑った。

「実はそうなんです。次男は父の名前をそのまま受け継いでいるんです。でも、それはここでは特に珍しいことではありません。例えば、僕の長男も『ヨシミ・ジュニア』という名前です。父と母の間にはその後も生後三週間で亡くなった男の子が生まれ、最後に四男のジョーが生まれています」

私はアフリカ特有の名前の不規則性に頭が混乱しかけたが、とりあえずヨシミにそれぞれ兄弟の名前をノートに記載してもらって取材を先に進めることにした。

「お父さんとの記憶で最も印象に残っていることは何ですか？」

「ええっと、それはですね」とそれまで淀《よど》みなく答えていたヨシミは一瞬口ごもって言った。

「少し意外だと思われるかもしれないのですが……、でもこれ言ってもいいのかな……」

「どうぞ」と私は穏やかに証言を促した。

「実は私の記憶に今、最も鮮明に焼き付いているのは、日本への帰国が決まったとき、『日本に帰りたくない』と泣きながらごねている父の姿なんです。父は転勤でこの国から離れることを心から嫌がっていました。その証拠に父は帰国する前、家族と離ればなれにならずに済むようにザンビアで仕事を探しているんです。でも残念なことに、うまく仕事が見つからなかった。父は日本へ出発する前、母に何度も『必ず帰って来るから』と約束して帰国の途についています」

「でも、戻ってこなかった」と私は彼にとっては少し酷な質問をした。

「ええ」とヨシミの表情に暗い影が落ちたのがわかった。「父は戻ってきませんでした。あんなに戻ってきたいと言っていたのに、父がなぜ戻ってこないのか、私には疑問でしたし、私たち家族にとっては謎でした。母も悲しかったのではないかと思います。父はとにかく家族思いの人でしたし、それがなぜ……。私は今でも日本で父の身に何かが起きたのではないかと思うときがあります」

ヨシミの回想を聞きながら、私はそのとき、アフリカで暮らし、同じ妻子を持つ身として、家族をこの地に残したまま日本に戻らなければならなかった当時のヨシミの父親の気持ちが――帰国時に「日本に帰りたくない」と泣きながら漏らした日本人男性の気持ちが――少しだけ理解できるような気がした。

ヨシミの証言によると、彼の父親は少なくとも六年間は家族と共にこのコンゴの地で生活を送っている。それは彼の人生の中でも決して短い期間ではなかったはずだ。さらに少しでもコンゴで生活した経験を持つ者であれば、この地に妻子を残していけば、彼らが今後どのような生活を強いられるのかは容易に察しがついたはずだった。

父系社会が色濃く残るこの地域では、父親の民族によって子どもの就職先や結婚相手が決まってしまう。一方、どんなに貧困にあえいだとしても、最終的には父親の民族の血や地域社会によって救済される。しかし父親が日本人であり、さらに行方不明になってしまえば、残された家族はそれらのセーフティーネットを失い、誰からも守ってもらえなくなる。その現実を理解していながら、彼らはなぜ――。

私にとっては彼の父親が「家族思いの男」であるようにはどうしても思えなかったが、それについてはヨシミには伝えず、私はヨシミ本人の事柄について取材を進めることにした。

父親の帰国後、ヨシミは自力で父親を探し出せないかと格闘していた。父親からの連絡が途絶えた後、母親と一緒にザンビアとコンゴの国境を行き来する行商をしながらなんとか食いつないでいた彼は一九九〇年頃、ケイコたちが立ち上げた「子どもたちの会」とは別にザンビアの首都ルサカにある日本大使館に出向き、やはり父親を探してもらえないかと個人的に陳情していた。しかし、女性担当官に話は聞いてもらえたものの、やはりケイコたちと同じように「政府としては民事には介入できない」という理由で却下され、彼もまた父親の捜索を断念していた。

それでも、ヨシミが日本人の父親を思う気持ちは消えなかった。一九九八年にザンビアの元政府高官の娘と結婚した彼は二〇〇四年、誕生した長女に「サクラ」という名前を付け、父親への思いを次世代へと託した。その花の名をヨシミはかつて母親から「帰国した父親が大好きだった日本の美しい花の名前だ」と聞いたことがあった。

「私は父を恨んでいません」とヨシミは取材の最後に言った。「父にはここに帰って来られなかった特別な理由がきっとあったんだと思うんです。それが何であるのか、今の私にはわかりません。でも人生とはそういうものです。あなたもアフリカで勤務していれば、少しはわかるでしょう？　すべてが思い通りにはいかない。人は出会い、別れ、そしてまた出会う。もし、なぜ父がここに帰って来られなかったのか、その理由がいつかわかったら教えてください。それさえわかれば、私たちはまたすぐにあのときのように仲の良い家族に戻れると思うのです。私は近い将来、そんな日がきっと来ると心のどこかで信じています。今日、あなたに会えた。それが最初の一歩であるように私は感じているんです」

ヨシミが取材に応じてくれた翌日、今度はヨシミの実弟である四男の「ジョー」が私の宿泊先のペンションを訪ねてきてくれた。

ジョーは日本人残留児の中で唯一、日本に渡航歴のある三七歳の男性だった。中等学校を卒業後、ザンビアで貿易関係の仕事に就いていた彼は二〇一〇年、友人の中古車販売を手伝うためにドバイ経由で日本に出張し、大阪市や岸和田市など関西地方の一五の都市を約二週間かけて回った経験があった。

「なんだかニューヨークみたいな都市だったよ」とボディービルダーのように鍛え抜かれた上半身と漫才師のようにひょうきんな性格を併せ持つジョーは、私の前でおちゃらけながら日本についての印象を語った。「アフリカとはあまりにも違うんで一瞬気を失いそうになったのを覚えているよ。町がきれいで、人がたくさん歩いていて、どこもかしこも食べ物がいっぱいあって。俺、ニューヨークに行ったことなんてなかったけど、『まるでニューヨークみたいだな』と思っちゃったんだ。関西国際空港に到着したとき、興奮してわけがわからなくなっちゃったんだけど、最初の日の夜、ここが本当は俺の国なんだ、と思った瞬間、なんだか泣けてきちゃってね。それで少し親父《おやじ》のことを考えた。兄貴は『父を恨んではいない』って言ったらしいけど、正直、俺はそのときまでずっと親父を恨んでいたよ。なんで俺たちをコンゴに置いて行っちゃったんだよ、俺たちあんなにいじめられて、つらい思いをして、お袋はあんなにボロボロになる

まで働いて……ってね。俺は末っ子で親父は俺がお袋の腹の中にいたときに帰国しちゃってい
るから、兄貴と違って親父の顔さえ見たことがないんだ」
「それで日本ではお父さんに会いに行ったんですか？」
「いや、それが行けなかったんだ」とジョーは心から悔しそうに私に言った。「忙しかったの
もあったんだけど、正直どうやって行けばいいのかわからなかったんだよ。アキタって場所、
大阪から『ランドクルーザー』で何時間かかるんだ？」
ジョーの日本での回想の中に突然、トヨタ・ランドクルーザーというアフリカでは極めてメ
ジャーな乗り物が飛び出してきたので、私は思わず噴き出してしまった。未舗装の道路が延々
と続くアフリカの大地では、長距離の移動は必ずランドクルーザーと決まっている。「ランド
クルーザーで何時間」というのがアフリカの移動距離を測る一つの尺度であり、そんな大陸の
基準で小さな島国の距離を測ろうとしていた当時のジョーの姿が私には愛おしく感じられた。
「でも、日本は最高に楽しかったよ」とジョーは私の反応を楽しむように上機嫌のまま回想を
続けた。「寿司《すし》も食べた。俺にとっては魚よりもコメの方がうまかった。コンゴでもうまい魚
は食べられるけど、あんなにうまいコメを食べたのは生まれて初めてだった。電車にも乗った。
可愛《かわい》い女の子にもたくさん会った。でも最高の思い出はやっぱり水族館だったな」
「水族館？」と私は予想外の答えに少し驚いてジョーに聞き返した。
「うん、水族館」とジョーは嬉しそうに私に言った。「取引先の人にね、大阪にある立派な水

族館に連れて行ってもらったんだ。大きな水槽の中で魚がぐるぐる回っていた。キラキラと光ってね、それはもう本当にきれいだった。それを見ていたらね、なんだか、ちょっと悲しくなっちゃってね。俺、親父に会いたいな、と思ったんだ。親父と一緒にこの水族館に来たいなって。なんて言えばいいのかな、うまく言えないけれど、でも、本当にそう思ったんだ。きれいな水族館。それが俺にとっての『祖国』における最高の思い出だ」

私はジョーの回想を聞きながら、彼が見たという大阪の巨大な水族館のイメージを頭の中に思い描いてみた。キラキラと光が揺れる巨大な水槽の中を縦横無尽に泳ぎ回る無数の魚たちの群れ。でもそのとき、ジョーが本当に心を打たれたのは水槽の中の魚たちにではなく、あるいはその水槽のガラスに映った、魚たちを楽しげに眺める親子連れの姿にではなかったか。幼い頃から肌の色や顔の造形の違いにより、「白ヤギ」といじめられ、孤独な少年時代を過ごしてきたジョー。その一方で、皮膚の色や顔の形がそれほど変わらない人たちが今、まさに手を伸ばせばすぐに届く距離で同じ水槽を見上げている。彼の心をそのとき激しく揺さぶったのは、魚たちがそれぞれに群れを作って自由に海を渡っていくような、彼がいつも心のどこかで渇望しながらも、しかし絶対に叶《かな》わなかった集団への一体感ではなかったか——。

「俺、実は空手をやっていてね」とジョーは筋肉でTシャツが張り裂けそうな胸の前でガッツポーズを作って言った。「小さい頃、親父がいない家で育ったから、やっぱりいじめられた。で、格闘技を始めた。人より強くなりたくてね。そうしたらもう、空手かなって。俺、日本人だからさ」

多くの日本人残留児がそうであるように、ジョーもまた自らのアイデンティティーを、激しくすがりつくように、日本のどこかに求めていた。

第三章　日本人が遺したもの

8

見渡す限りの大地を覆う濃緑色の森林を切り裂いて、赤と灰色のまだら模様の一本道がまっすぐ南へと延びていた。道路が斑点状に見えるのは薄いアスファルトが随所で陥没し、そこから赤茶けた表土が露出しているからだ。数百の車輪によって巻き上げられた大量の砂塵《さじん》はやがて清純なアフリカの空気を汚し、すぐに一陣の風に運ばれてバックミラーの中へと吸い込まれていった。

私と田邊好美は旧式のトヨタ・ランドクルーザーに乗り、これまで取材を続けていたルブンバシ市からかつて日本企業の銅鉱山が開設されていたカスンバレッサ町へと向かっていた。休業中の鉱山事務所で当時の資料を洗い出し、今も鉱山の周辺で暮らしている日本人残留児やその母親たちにインタビューをすることが目的だった。

片道二時間のドライブは絶えず緊張を強いられる極めて不快な旅だった。ルブンバシ市からカスンバレッサ町へと向かう国道は一応舗装こそされてはいるものの、道幅は大型トラックがぎりぎりすれ違えるほどでしかなく、両側は無残に崩落しているので、運転手は大型車とすれ違う度に片側の車輪をわざと路面外へと脱輪させて走行しなければならない。私は大量の土砂や鉱石を積んだ大型トラックが時速一〇〇キロ超で対向車線を突進してくる度に、車同士が正面衝突しないよう身の安全をただ祈るしかなかった。

この大陸に赴任する前、私は勝手に自分が三年間の任期中に一定の割合で――具体的には約一割の確率で――死んでしまうのではないかと予測していた。赴任後、その考えは若干変化したが、それでも死の確率はここでは依然数パーセントの割合で存在しているに違いなかった。

最大の要因は紛争でも疫病でもなく交通事故である。

発展途上国が多くを占めるアフリカ大陸では、ブレーキも満足に利かないような廃車寸前の中古車が無整備のまま穴だらけの道路を暴走している。対向車線からそれらの車が突っ込んで来れば、こちらがいくら注意をしていてもひとたまりもない。救急車も病院さえも整備されていないアフリカでは負傷は容易に死に直結する。日本であれば数日の入院で回復するようなケガでも、ここでは出血多量であっという間に命を落としてしまうのだ。

私は少しでも不安を紛らわそうと、移動中、車外の風景を凝視し続けた。

細い道の両側にはアフリカでよく見られるアカシア種の低木林が生い茂っていた。枝葉に大きく鋭い棘を持ち、人間や動物といった外敵から無言で身を守っている攻撃的な樹木の上では、時折、村上春樹の小説に出てくる「ねじまき鳥」のような奇妙な擬音を発する大型の鳥類がその特異な鳴き声を上げていた。

村上が表現したように「ギイイ、ギイイ」とねじを巻く音のように聞こえるその鳴き声を、アフリカで暮らす友人は「ゲラウェイ、ゲラウェイ（get away, get away）」（出て行け、出て行け）と叫んでいるのだと教えてくれた。

有史以来、この大陸には多くの侵略者が入り込み、無限の富を手に入れたいという欲望の中で数え切れないほどの傷を負いながら、やがて追われるようにして出て行った。帝国主義の名の下に植民地の獲得を目指して乗り込んできたヨーロッパ人たちもそうだったし、そこには遥か極東から豊かな地下資源を求めてやってきた我々日本人も含まれていた。

初めてアフリカ大陸に足を踏み入れた日本人は誰だったか。

教科書的に言えば、それは一五八六年九月、ローマに派遣された天正遣欧少年使節の日本人少年四人だということになっている。日本にキリスト教を布教するための支援を求めてヨーロッパへと渡った少年たちはその年、アフリカ南部の喜望峰を回って日本に帰国する際、季節風の流れが変わるのを待つため、現在のモザンビーク北東部のモザンビーク島に約半年間滞在した記録が残されている。

では、実際にアフリカの「大陸」を自らの足で歩いた最初の日本人は誰だったか。

私が調べたところ、それは難破船によって打ち上げられた一人の日本人奴隷だった可能性が高い。

一連の事実はハプスブルク家に首席天文学官として仕えたポルトガル人ジョアン・バプティ

スタ・ラバーニャの記録『ナオ船サント・アルベルト号難船記』に記載されている。アフリカの国立ジンバブエ大学で講師を務めた吉国恒雄の論考「アフリカに渡った日本人」（日本ペンクラブ編『海を渡った日本人』［福武文庫］に収録）によると、一五九三年、ポルトガルの役人や商人約一五〇人と奴隷約二〇〇人を乗せてベトナムからポルトガルの首都リスボンへと向かっていた大型帆船サント・アルベルト号は、何らかの原因でモザンビーク海峡の周辺海域で浸水が始まり、最終的には現在の南アフリカ南部の岩場で座礁してしまう。辛うじて岸に辿り着けたのは一二五人のポルトガル人と一六〇人の奴隷だけ。その生存者の中に一人の日本人奴隷が含まれていたというのである。戦国時代や江戸時代には日本にも「黒奴」と呼ばれる黒人奴隷が流入しており、それとは逆に日本人も南蛮貿易によって海外へと売り飛ばされていた。

生存者の一行は漂着後、動けない者をその場に残し、現在のマプト（モザンビークの首都）を目指して歩き始める。熱帯病が蔓延《まんえん》する沿岸部を避け、山岳地帯に迂回《うかい》し、現地人と交渉して食料を確保しながら前進したが、生存者の中には二人の白人女性がいたため、奴隷たちはこの女性たちを担いで道中を移動しなければならなかった。奴隷である以上、力尽きた者は容赦なくその場で切り捨てられた。砂漠地帯を一四日間かけて横断し、緑の大地にさしかかった五月中旬、新たに二人のアフリカ人奴隷と一人のジャワ人奴隷、そして一人の日本人奴隷がそこで置き去りにされたと記録は伝えている。

取材でアフリカ諸国に出張し、気が遠くなるほどの長距離を車で移動する度に、私はよく一六世紀にこの広大な大陸に置き去りにされた一人の日本人奴隷のことを想った。奴隷として連れてこられたその日本人は、あるいはその足元の大地がアフリカ大陸であること自体、知らされていなかった可能性がある。

この大陸の雄大すぎる自然は時に私のような温帯で育った人間の胸には安らぎよりも恐怖の感情を遥かに深く心に植えつけるときがある。その日本人奴隷もやはりギラギラと音を出すように輝く星光におびえ、ねじまき鳥のあの「ゲラウェイ、ゲラウェイ」と連呼する不気味な鳴き声を聞いたのだろうか――。

彼は一体誰だったのか。

いくつか資料を漁《あさ》ってみたが、日本人奴隷の名はどこにも記されていなかった。

9

約二時間の危険なドライブを終えてカスンバレッサ町に到着すると、砂埃で赤茶けた粗末なガソリンスタンドの前で一人の日本人残留児が我々の到着を待っていた。「コウヘイ」という四三歳の看護師で、カスンバレッサ町での我々の取材をサポートしてくれることになっていた。

コウヘイはカスンバレッサ町で暮らしている六人の日本人残留児たちの取りまとめ役的な存在である一方、フランス24の報道の中では「コウヘイ」として微妙なコメントを残している人物でもあった。

彼は動画の中では次のように発言していた。

コウヘイ　「彼らは病院で赤ん坊を殺していました。その方が簡単だからです。私たちの祖父母は決して病院には連れて行かなかった。だから生き延びているのです」

我々はコウヘイと短く自己紹介を交わした後、少し時間が押していたこともあり、旧式のランドクルーザーに乗り込んですぐに取材に向かうことにした。「まずどこに行きますか」と田邊がコウヘイに尋ねると、コウヘイは「最初に鉱山事務所に行って残存書類の有無を確認した後、ちょうどナナのアポイントが取れているので、彼女の自宅に行ってみましょう」と事務的に言った。話の内容から察するに、コウヘイが口にした「ナナ」という人物は、フランス24の動画に「トラック運転手を相手に売春をしている女性」と紹介されていた日本人残留児のことらしかった。

彼女はフランス24の報道の中で次のように発言していた。

ナナ　「私たちはブッシュ（疎林）で生きていました。祖母が街で暮らせば殺されると言ったからです」

ナナとコウヘイは従兄妹《いとこ》同士であり、幼少期には同じ家で一緒に暮らしていた時期もあったという。私はすぐにでも二人にフランス24の取材時の話を聞きたかったが、コウヘイが「鉱山事務所の取材を優先させた方がいい」と言うので、我々はまずはかつて銅鉱山が開設されていたカスンバレッサ町の郊外にあるムソシ村に向かうことにした。

一九六〇年代から一九八〇年代まで日本企業の銅鉱山があったというムソシ村には、典型的なアフリカの貧困地帯の風景が広がっていた。未舗装の道の両側にはレンガを積み重ねて作った壁にトタンの屋根を載せただけの粗末な家々が並び、家の前では薪《まき》を使って煮炊きをしている女性たちの周りを裸の子どもたちが走り回っている。

貧困をかき分けるようにして二〇分ほどランドクルーザーを走らせると、サバンナの向こう側から真っ赤にさびついた巨大な鉄の建物群が姿を現した。雑草に覆われた敷地内は鉄製のフェンスで囲われて部外者が侵入できないようになっているが、背丈ほどの茂みの向こうには巨大な立坑《たてこう》タワーや採掘した銅鉱石を運び出すコンベアーレールなどが遠望できる。それらはまるで数世紀前にうち捨てられた巨大な遊園地のようにも見えた。

鉱山は現在稼働はしていないものの、所有する海外企業によって一応管理はされているようだった。入り口の検問所で名前を告げると、事前に来訪を申告していたせいか、特別なチェックもなくすぐに敷地内に入ることを許された。管理事務所に出向くと、コンゴでは珍しくスーツを着た背の高い男性が私と田邊をひどく埃っぽい一二畳ほどの応接室へと案内してくれた。

「社長からあなた方を鉱山内に案内するよう命じられています」と背の高い男性は極めて事務的に我々に言った。

実はその数日前、私と田邊は銅鉱山の入山許可を取得するため、ルブンバシ市内にあるムソシ鉱山の管理会社を訪れていた。驚くことに、日本企業が当時、現地で鉱山を開設・運営するために作った旧ザイール政府との合弁企業の本社がルブンバシ市内にはまだ存在しているのである。

「ザイール鉱工業開発会社」（以下、ソデミザ社。筆者註・ザイールの国名がコンゴ民主共和国に変わった際、社名をソデミコ社へと変更したが、本書では便宜上ソデミザ社で統一する）という名のその合弁会社を訪ねると、本社と呼ぶには名ばかりの、旧国鉄の無人駅のような朽ちかけたコンクリート造りの平屋の中で、二人の事務員が目の焦点が合わないような状態でぼんやりとイスに腰掛けていた。

用件を告げると一人の事務員から意味もなく賄賂を求められたが、幸運なことに中庭を挟んで建てられているバラック小屋の中から当時日本人と一緒に働いていたという初老の事務員が我々に気づいて駆けつけてきてくれた。

「また日本人と会えるなんて思わなかったな」と初老の事務員は嬉しそうに私と田邊の手を交互に握った。聞くと、来月定年退職する予定なのだという。私が「かつてこの地で日本人が働いていた頃の資料を探しているのですが」と尋ねると、彼はさびついた鉄製のロッカーの中から埃だらけの数束の書類を持ち出してきてくれた。

書類は数百枚はありそうだった。私はその中に今後日本人残留児たちの父親を探すときの手掛かりとなるような当時の社員名簿や労働許可証などが含まれているのではないかと期待しながら書類を一枚一枚めくっていった。しかし、書類の大半はソデミザ社が当時現地政府と税金関係でやりとりをしたフランス語の書面であり、残念ながら期待した文書を見つけることはできなかった。

それでも数百枚の書類の中に二枚だけ、日本語で手書きされた興味深いメモを見つけた。

一つは当時、コンゴで働くソデミザ社の日本人社員が東京の本社とのやりとりに使ったとみられる連絡文書で、内容を読んでみると、それらはどうも、「贈答品」という名の「賄賂」に関する覚書のようだった。品目と金額、その送り先などが詳しく記載されており、私と田邊は文書を見ながら、「どうやらこの国の悪習は昔も今もそれほど変わっていないようだ」と互いに視線を合わせて苦笑いした。

年始贈答品の購入依頼について

N総務部長殿

年始の贈答品として下記の通り品物を購入の上、託送便にて空送をお願い申し上げます。

なお金額は参考までにだいたいの額を記したものです。

真珠ネックレス	1	一〇万円
真珠カフス・ボタン	2	三五〇〇円
時計	1	三万五〇〇〇円
時計	5	二五〇〇円
時計	5	一万五〇〇〇円
時計（婦人用）	1	三万円
ラジオ（短波）	15	一万円
高級万年筆	20	一万円
中級品カメラ	2	二万円

州知事（真珠ネックレス）

軍司令官（時計・一級品）

軍参事官（カメラ・二級品）
財政調査官（時計・一級品）
公安調査官（時計・一級品）
市長（時計・女性用＋ウイスキー9）
州経済局長（ラジオ）
州鉱山局長（ラジオ＋ウイスキー2）

もう一つの書面は一九七二年の採掘開始に合わせ、ソデミザ社内で発行されたとみられる社内報の下書きだった。いずれも達筆な手書きで清書されており、日本企業がコンゴで鉱山の開発に乗り出したきっかけがわかりやすく説明されていた。

ムソシ鉱山開発の開始というソデミザの歴史について画期的な時期を迎えるに際し、本誌編集局はソデミザがこれまで発展するに至った経緯を振り返ってみることにした。（中略）現在の日本鉱業社長であり、かつソデミザの社長でもある河合堯晴《たかはる》が調査団を率いてザイールを最初に訪問したのは一九六六年七月。その際、河合はザイール政府当局との交渉の結果、鉱山開発につき原則的承諾を与えられている。その年の末から鉱業協定の締結に関する交渉が開始され、翌年一二月に日本鉱業とザイール政府当局との間に協定が調印された。

一九六〇年代後半、旧カタンガ州のムソシ村に巨大な銅鉱山を開設するという巨大プロジェクトを推し進めたのは、日本を代表する鉱物資源企業「日本鉱業」だった。日本鉱業という社名に馴染みはなくても、日立製作所や日産自動車という大企業の名前を知らない日本人はいない。日本鉱業はその日立製作所や日産自動車を生み出した、いわゆる父祖企業である。

日本鉱業の創業八〇周年記念として編まれた『日本鉱業株式会社社史　１９５６―１９８５』（日本鉱業株式会社総務部編）には、創業時から戦時下における混乱期、戦後の発展期における同社の経緯が詳細に記録されている。

『社史』によると、日本鉱業の創業は一九〇五年、慶応義塾に学んだ久原房之助が茨城県にある赤沢銅山を買収し、日立鉱山と改称して開発に着手したことに始まっている。日露戦争後の戦勝景気に乗って鉱況を拡大させた久原は日本各地の鉱山の買収や開発に取り組み、一九一二年に「久原鉱業」を設立。直後に勃発した第一次世界大戦の大戦景気を受けて事業を大幅に拡大させ、国内第一位の産銅会社としての地歩を固めるだけでなく、石油探査など海外における地下資源開発にも乗り出した。

昭和初期の恐慌によって一時経営が傾いたものの、久原の義兄である鮎川義介が経営を引き継ぎ、一九二八年には「日本産業」として再スタートを切る。その際、グループ企業の基幹である鉱業部門を受け継いだのが「日本鉱業」だった。同じグループ企業には、日立鉱山の機械修理工場から生まれた「日立製作所」や、日本産業の自動車部門である「日産自動車」が加わった。

一九三一年、世界恐慌の重圧下にあった日本の鉱産業は中国で起きた満州事変を機に一気に息を吹き返す。軍需産業の活況を受けて日本鉱業もまた朝鮮半島や台湾などの新天地で事業を拡大させていく。

そして、敗戦――。

日本の無条件降伏により朝鮮半島や台湾、マレー半島やフィリピンなどに点在している総資産の約四割を失った日本鉱業は、大量の人員整理を行った上で国内約三〇カ所の鉱山や精錬所を足掛かりに自社の再興へと乗り出していく。そして、一九五〇年から始まった朝鮮戦争をきっかけに事業を再び軌道に乗せると、再度、念願である海外における資源開発へと舞い戻ったのである。

日本鉱業をアフリカの資源開発へと向かわせた最大の要因は一九六五年から一九七〇年にわたって続いた「いざなぎ景気」だったと言われている。重工業の急速な発展によって日本国内の銅の消費量が激増し、一九六五年には四三万トンだった銅需要が一九七〇年には八三万トンへと増加。結果、日本鉱業は世界のマーケットから十分な量の銅原料を調達することが難しくなってしまっていた。

銅は通常、採掘後に細かく粉砕された後、含有量を三〇%にまで高めた銅精鉱として輸入し、国内の溶錬所で精錬される。原料を確実に確保するためには、鉱山の開発資金を提供する代わりに安定的に銅精鉱を引き取る「融資買鉱」か、海外で鉱山開発権を取得して自ら鉱山を開発する「自主開発」に乗り出すしかなかった。

日本鉱業はそれまでに南米やフィリピンなどでも地下探査をしていたが、最終的に自主開発先として選定されたのはアフリカ中部のコンゴとザンビアの間に横たわる銅の一大埋蔵地帯、いわゆる「カッパー・ベルト」だった。幅約五〇キロ、長さ約五〇〇キロに及ぶそのベルト地帯には世界の約二三%にあたる銅が埋蔵されており、当時、ザンビアとコンゴだけでも年間一〇〇万トン以上の銅が産出されていた。

日本鉱業は当時まだベルギーから独立したばかりのコンゴ南部に狙いを定め、一九六一年にはすでに南アフリカのヨハネスブルクに現地事務所を開設している。

そして一九六五年、コンゴで後に大統領に就任するモブツ・セセ・セコがクーデターを起こして政権を掌握すると、すぐさま独占的な鉱業協定の締結交渉に乗り出したのである。

それは、いわゆる「悪夢」の始まりでもあった。

「日本」は当時まだ、「アフリカ」を知らなかったからである。

モブツ——それは言わずと知れたアフリカが生んだ世界最悪の独裁者の一人である。

彼の一連の暴挙については、日本語で著された唯一の現代コンゴ史の教科書とも呼べる『モブッ・セセ・セコ物語——世界を翻弄したアフリカの比類なき独裁者』(井上信一著、新風舎)に詳しい。

一九六〇年代、アフリカは激動の時代を迎えていた。第二次世界大戦後に各地で高まった民族自決の気運を受けて独立運動が活発化し、一九五七年の西アフリカ・ガーナを皮切りに一九六〇年には一七カ国が一斉に植民地からの独立を果たした。しかしその際、かつてヨーロッパ列強が恣意的にひいた植民地の境界線をそのまま国境として引き継いだため、一つの国家に複数の民族が存在したり、同じ民族が複数の国家に分断されたりする悲劇が生まれ、民族紛争が激化してしまう。内戦が後を絶たずに経済発展が見込めない中で、多くの国家が天然資源にすがりつく「モノカルチャー経済」に依存し、それらはやがて一部の人間に富と権力が集中する独裁政治の温床を生み出していった。

井上の著作『モブツ』によると、一九六〇年六月にベルギーから独立したコンゴでもやはり政治的な混乱が長く続いた。幾多の混乱や暴動、政治的分裂を経た結果、二度目のクーデターで政権を掌握したのがジャーナリスト出身の軍人モブツだった。モブツは最初に現職大統領を解任し、内閣を廃止すると、今後五年間は自らが大統領になり大統領令で統治を行うと宣言し、記者会見で次のように述べた。

「もはや政治家は必要でない。一人もいらないことは明白である。もし一人でも政治家が集会を開こうとするならば、その男は軍法会議に送られる。そして五年の刑を食らうことになる」
（前掲『モブツ・セセ・セコ物語』）

モブツは大統領に就任後、かつてベルギーの暴君レオポルド二世がそうしたように、行政、立法、司法、軍事のすべてを掌握し、「万能の神」としてこの国の人々の上に君臨していく。最初に出した大統領令で自らに多大な「特権」を付与すると、一九六六年には上下両院から大統領令を審議・採決する権利を剝奪し、誰もモブツの施策には口出しできない状況を合法的に作り上げていく。そして、自らに異を唱える政治家を次々と公開処刑した上で、翌年にはアフリカ諸国でも類を見ない、行政、立法、司法、軍事の全権を大統領に集中させる異様な憲法を公布した。

そのモブツが大統領に就任後、最も熱心に取り組んだのが、アフリカ人の伝統的価値観や人生観を見直す「オータンティシテ運動」だった。旧宗主国ベルギーに由来するすべての文化を否定し、植民地時代を思い起こさせる公共施設や記念碑を徹底的に破壊することで、国民に民族の誇りと自決を取り戻そうとしたのである。悪《あ》しきベルギー国王の名前が冠せられていた首都の「レオポルドビル」（フランス語で「レオポルドの街」の意）は「キンシャサ」に、カタンガ州の州都だった「エリザベートビル」は「ルブンバシ」に、国名についても「コンゴ」から「ザイール」へと「改正」した。女性がヨーロッパ風のワンピースやスカートを身につけたり、縮毛を伸ばしたりすることは固く禁じられ、男性には詰め襟の国民服の着用――これは中国の毛沢東の政策を真似《まね》たとみられている――が義務づけられた。

古今東西のすべての独裁者がそうであるように、モブツもまたテレビやラジオで自分の容姿や演説を何度も繰り返し報道させ、自らを神格化することに全精力を注いだ。セレモニーの前には政治家や官僚だけでなく、一般人にも自分への忠誠を大きな声で叫ばせた。

「永遠の命がモブツにあらんことを！」「我々はモブツのために歌う！」「救国の人、再興の人、建国の人、モブツ！　モブツ！　モブツ！」

その一方で、大規模な秘密警察を組織して反体制的な行動を取ろうとする政治家やジャーナリストたちを容赦なく逮捕し、拷問や虐殺で反逆の芽を摘んでいった。

もちろん、コンゴに眠っている巨大な富を独占することも忘れなかった。

モブツは元来、コンゴの貧困は外国人たちがこの国から不当に富や利益を吸い上げていることが原因だと考えていた。そして、それはある側面では事実でもあった。コンゴではそれまで旧宗主国ベルギーの利益を目的とした経済システムが構築されており、ベルギーはコンゴで生産された原料を自国へと輸入し、それを精製・加工して国外へと販売することで莫大な利益を稼いでいたからである。

その代表例が一九〇六年にレオポルド二世の勅令によって設立されたユニオン・ミニエールという鉱山企業だった。第二次世界大戦の発生でユニオン・ミニエールが生産する銅やコバルト、ニッケルなどが次々と連合国軍へと供給されるようになると、同社は増産につぐ増産により莫大《ばくだい》な利益を上げた。外貨による売上高は毎年六五〇〇万ドル。それは当時、ドイツ軍の侵攻によってロンドンに亡命していたベルギー政府の年間予算額を上回る規模でもあった。同社は第二次世界大戦後も利益を上げ続け、一九四六年から一〇年間の年間平均生産量は、コバルトでは世界第一位、銅では第三位の地位を占めるまでに成長していた。

これに激怒したモブツは一九六六年、「我々の資源が外国人に奪われている」と植民地時代に締結したすべての鉱業、農林業における営業権を無効にしてしまう。

当然、ユニオン・ミニエールや経営権を有するベルギーは大パニックに陥った。同社は、これほどまでの利益を上げられているのは我々がコンゴで大規模な投資を重ね、具体的には増大する電力需要に対処するためにコンゴ河上流に巨大な人造湖を造って発電所を建設したり、鉱山や精錬所の周りに二万人のコンゴ人と二〇〇〇人の外国人が暮らせる巨大な「都市」の建設を進めてきたりした結果なのだ、と主張した。

しかし、モブツはそれらの陳情については一切耳を傾けず、それまで利益を上げていた優良企業の経営者たちを一方的に追放し、後釜にまったく経営の知識を持たない自らの親族や一部の有力者たちをあてがった。経営能力を持たない彼らが最初に行ったのは、企業に残されていた流動資産の略奪だった。一部の人間が急速に金持ちになった一方で、企業は事業を継続できなくなり、次々と破綻状態に追い込まれていった。

そして一九六七年、モブツはその破壊的とも言える新法制の下で、日本を代表する鉱山企業「日本鉱業」と鉱業協定を結んだのである。

日本鉱業と結んだ鉱業協定がモブツによって承認されると、一九六九年四月には現地に合弁会社「ソデミザ」が設立され、アフリカに巨大な銅鉱山を建設するという一大プロジェクトが始動した。鉱山の建設予定地であるカスンバレッサ町は隣国ザンビアと国境を接した交通の要衝として知られ、近くには東の搬出港であるモザンビークや南アフリカ、西の搬出港であるアンゴラへとつながる鉄道が通っている。機材の輸入や銅精鉱の輸出には極めて有利な立地条件を兼ね備えていた。

日本からは日本鉱業の社員や建設会社の社員、医師や教師、厨房要員など約五五〇人が派遣され、帯同家族を入れると約六七〇人の日本人が現地での生活を始めたとみられている。周囲にはコンゴ人も含めて四〇〇〇人近い従業員の住宅や病院、学校などが整備され、従業員の家族や関係者を含めると人口一万人を超えるビッグタウンがまるで蜃気楼《しんきろう》のように突如サバンナに出現した。夏には盆踊りなどの日本的行事も開かれ、小学校や中学校では七〇人以上の教師たちが約四〇〇〇人の児童生徒の授業を受け持っていた。

建設工事が終わると、ムソシ鉱山はすぐさま採鉱を開始した。一九七二年には三二万トン、翌七三年には一二二万トンと出鉱量も順調に増加し、銅価高騰の波にもうまく乗って、すべてが安泰であるようにも思われた。

しかしその直後、ムソシ鉱山は予期せぬ不運に見舞われる。最初の誤算は「ニクソン・ショック」だった。一九七一年に一ドル三六〇円だった固定相場制が変動相場制へと移行し、その年の一二月のスミソニアン合意では一ドル三〇八円前後になったことで、開発資金のほとんどを日本国内で調達していたムソシ鉱山では一〇〇億円を超える為替差損が生じてしまった。

続いてコンゴ経済が崩壊する。モブツの無謀な経済政策によって多くの企業が破壊され、国民経済が極度に疲弊すると、ムソシ鉱山でも鉱山経営に不可欠なガソリンや重油、セメントや砂利などの必要物資が国内で調達できなくなり、従業員用の食料といった生活必需品でさえも周辺国から輸入しなければならなくなるといった「窒息状態」に追い込まれてしまう。

さらに一九七五年には隣国アンゴラで内戦が勃発。それまでアンゴラを経由して積み出していた銅鉱石を従来よりも約一二〇〇キロも遠い南アフリカ南部の港へと鉄道輸送しなければならなくなり、輸送コストが大幅に増加してしまう。一九七八年にはルブンバシ市から二四〇キロ離れたコルウェジで外国人一三〇人が犠牲になる戦闘が発生し、治安の悪化により日本人従業員の家族については全員日本に帰国させなければならなくなってしまった。

当時、世界の銅価格は急速に下落し続けており、日本でも銅を渇望する時代は終焉を迎えつつあった。日本鉱業は前にも後ろにも身動きが取れないような状況に陥り、一九七九年、ムソシ鉱山からの撤退を決断する。

撤退計画は極秘裏に進められた。現地には一万人以上のコンゴ人従業員や関係者がおり、万一撤退の情報が漏れれば、暴動が起きる危険性があると考えたからである。

一九八三年、日本側とザイール政府との間でソデミザ社の譲渡協定が結ばれ、日本側は鉱業協定に基づくすべての権利をザイール政府に譲り渡した上で現地から撤退する。その際、日本側は保有していたソデミザ社の株式二四万株を無償でザイール政府に譲り渡しただけでなく、当面のソデミザ社における操業資金二〇〇〇万ドルをザイール側に融資させられてもいた。その破格の「譲渡」について、関係者は後日、「撤収時に組織的な暴動を起こさせないための、いわば『工作金』の意味合いがあった」と私の取材に明かしている。

一方で、ザイール側では当時、日本側の撤退を冷ややかに受け止めていた。井上の著作『モブツ』に掲載された一九八一年の証券大臣によるコメントが当時の雰囲気を如実に物語っている。

「ザイール国は、いわばソデミザに与えたコンセッションと引き換えに無償で株式を得たが、将来配当を受けるまでは、実質的に何も得るものがない。種々の税制上の特典を考慮すると、ソデミザからの税収入は期待できない。もちろん、ソデミザが操業を開始したことにより、サバンナの原野に近代的な経済社会が開かれ、学校、病院、社宅などが建設され、生活水準の向上が図られたが、これらの利益はソデミザに与えられた特典に比べたら、わずかなものである」

「ゲラウェイ、ゲラウェイ」とねじまき鳥が鳴いたのだろうか。

資金総額約七二〇億円に及んだ巨大プロジェクトはその投資額さえほとんど回収できぬまま、「アフリカ」の闇に呑み込まれたのである。

10

ムソシ鉱山の応接室でスーツ姿の男性から事業に関する説明を一通り受けた後、私と田邊は休業中の鉱山の構内を特別に案内してもらえることになった。同行してくれた工員によると、日本鉱業によって開設されたムソシ鉱山は一九八三年にすべての事業がザイール政府に譲渡された後、一時はカナダの企業に引き取られて採掘が試みられたが、結局うまく利益を生み出せなかったらしい。その後は管理会社であるソデミザ社が売却先を探して細々と維持管理を続ける中で、数百人の工員たちが坑道から水を抜く作業などに従事しているとのことだった。

最初に案内されたのはトタンで覆われた巨大な採石場のような建物だった。銅鉱石の採掘坑の上に設置された作業建屋であるらしく、工員は少し誇らしげな表情で施設の概要について説明を始めた。

「この立坑は直径七・二メートル、深さが三三二五メートルもあります。立坑からいくつも坑道が水平方向に枝分かれしておりまして、総延長は全長二万メートルにもなります。これほど巨大な立坑は当時アフリカ一、いや、世界一の大きさでした」

アフリカでは何でも大げさに説明する習慣があるので、この立坑が本当に当時アフリカ一だったり世界一だったりしたのかについては確信が持てなかったが、立ち入り禁止のフェンスの向こうに開いた直径七メートルの大穴は、あらゆる光を呑み込んでしまいそうなほど不気味な闇で満たされていた。

立坑の上部や周囲には地下で掘られた銅鉱石を地上へと引き上げるための巨大な巻き上げ機などが設置されており、そこから順次、銅鉱石を外へと運び出せるように大型のベルトコンベアーが延々と――まるで遊園地のジェットコースターのように――建屋の外へと延びていた。

立坑建屋を出た後も、私と田邊は工員たちに連れられて、今は使われなくなっている鉱山内の変電所や送電施設を視察して回った。工員たちからは「メンテナンスさえすれば、すべての施設が今も使用可能です」との説明を受けたが、視察した施設はどれもが完全にさびついていて、その言葉を信じることは難しかった。

唯一、私の関心をひいたのは、鉱山を見下ろす小高い丘の上に残っていた、当時日本人労働者たちが建てたとみられる小さな神社だった。飛び交う羽虫を両手で振り払い、背丈を超える葦《あし》の群生を数十メートルほどかき分けて近づいていくと、朱塗りが剝げ落ち、コンクリートがむき出しになった小さな鳥居が私の目の前に現れた。工員によると、祠《ほこら》は何者かによって持ち去られてしまい、今は鳥居しか残っていない。私は半ば崩れ落ちた——それゆえに遥か昔からここに佇《たたず》んでいたようにも見える——その鳥居の前で静かに頭を下げた。涼やかな風が通り抜け、周囲の葦を爽やかに鳴らした。鳥居はここに無言で佇みながら見続けてきたのだ。この工場群で繰り広げられた、開発から撤退までの、日本人たちの「三文オペラ」を——。

構内を一通り見学し終えたところで、工員たちがぜひ会ってほしい人物がいるというので、我々は駐車場に車を停めて二〇分ほどその人物がやってくるのを待った。

現れたのはこの鉱山で日本人労働者から柔道を学び、その後、コンゴの柔道チャンピオンになったというキト・クンダという六〇歳の工員だった。一九七五年に入社して以来、約四〇年間、この鉱山に勤務しているという。

「日本人とは本当にいい時間を過ごしました」とクンダは深いしわの刻まれた四角い顔をクシャクシャに歪《ゆが》めながら言った。「鉱山の仕事が終わると午後三時半から午後七時までここの道場で稽古をしました。柔道部員は当時男が六〇人、女が五〇人もいたんです。ムソシ鉱山の柔道クラブは国内でも強豪になり、団体戦でも優勝しましたし、私は一九八五年と一九八九年に国内チャンピオンにもなりました。日本人が鉱山から撤退すると聞いたとき、本当に悲しくて、みんなで涙を流したことを覚えています。日本人はとにかく勤勉で、親切な人ばかりで、毎日がもう本当に楽しかった。今では当時の柔道部員で集まることも柔道をすることもありません」

工員たちにお礼を言ってムソシ鉱山の敷地を出た後、私と田邊が向かったのは鉱山の数キロ先に設置されていた「コーヨー地区」と呼ばれるかつての日本人居住区だった。

守衛によって警備されている一画に車で入ると、きれいに区画整理された広大な敷地の中には日本の米軍キャンプでよく見られるような庭付きの平屋建て住宅が並んでいた。住宅のいくつかは今も現地の人々に住居として利用されているようで、車窓越しに住宅の中をのぞき込んでみると、庭の物干しには洗い立ての洗濯物が並び、家の中からは子どもを叱る母親たちの声が聞こえた。居住区の中央部には約三〇メートル四方の児童公園が今も残されており、ムソシ鉱山の設備群と同様、真っ黒にさびついた滑り台やジャングルジム、イスのないブランコなどが枯れ草に覆われたまま無残に放置されていた。黒人の子どもが一人、ジャングルジムの上から私たちに向かって両手を振った。私たちは大きく手を振り返し、日本人残留児や元妻たちが暮らすカスンバレッサ町内へと車を向けた。

11

ナナが暮らしている集落はカスンバレッサ町の中心部から車で三〇分ほど離れた、コンゴの中でもかなり貧しさが目立つ地域にあった。所々崩れかけたレンガ造りの家の周りには緑色の生活排水が氾濫し、辺りには糞尿《ふんにょう》の臭いが立ちこめていた。

ナナの自宅は一〇畳ほどのレンガ造りの家だった。家に入ると窓には白い花柄のレースがカーテン代わりに掛けられており、室内に花柄の影が揺れていた。

私と田邊はコウヘイを通じてナナに取材の趣旨を説明してもらった後、土がむき出しになった居間で彼女から話を聞くことにした。

鮮やかなオレンジ色のワンピースに身を包んだナナは、自分からはあまり多くのことを語ろうとしなかった。終始うつむきながら、尋ねられた質問に最低限の言葉でつぶやく。その表情と声のトーンから彼女が取材をあまり歓迎していないことが伝わってきた。

「父親の名前を知っていますか？」

「知っている」

「帰国したのはいつ？」

「一九七八年」

「ナナさんの生まれる前ですか？」

「生まれた直後」

「父親の連絡先を持っていますか？」

「知りません」

「どうして？」

「ママが全部燃やしたから」

そこまで言うと、彼女は突然、「私が知っていることはそれだけです」とそのまま家を飛び出して行ってしまった。私と田邊は彼女が取材に嫌気がさして部屋を出て行ってしまったのではないかと心配したが、十数分後、彼女は母親のルティー・カリンデと、かつて父親と一緒に鉱山で働いたことがあるという近所の男性を連れてレンガ造りの家に戻ってきた。ナナはうっすらと泣いているように見えた。私たちが家で待っている間、彼女に何が起きたのかはわからなかった。

黙り込んでいるナナの横で、母親である五三歳のルティーが我々の取材に応じてくれた。

「日本人男性と出会ったとき、ルティーさんはおいくつでしたか？」と私はまずは一般的な質問をナナの母親へと向けた。

「一三歳でした」とルティーは我々に日本人労働者と知り合った経緯を語った。「当時、村にはたくさんの日本人が遊びに来ていました。お酒を飲みに来る人たちもいたし、娘たちとダンスを踊りに来る男性もいました。友だちに交じって私も何人かの日本人と一緒に遊びました。ある日、そのうちの一人に『好きだ』と告白され、頻繁に会うようになりました」

「どんな人でしたか？」

「とても優しい人でした」とルティーは表情を変えずに言った。「本当に優しい人。だから、私もすぐに彼を好きになりました。そのうちに『結婚しよう』と言われ、私は嬉しくてたまらなくなり、父に会ってもらいました。当時両親はすでに離婚していて、母は家にいませんでした。彼は父にドレスと自転車、そして結納金を納め、父もそれを受け取りました。私たちの家は贈り物をもらい、結婚を受諾しました」

「結婚したとき、ルティーさんはおいくつだったのでしょうか？」

「一四歳です」

「それは当時では普通の結婚年齢だったのでしょうか？」

「当時でも随分と若い方だったと思います」とルティーは少しはにかんで言った。「結婚式はしませんでしたが、役所で問題になりそうだったので、父が少し『アレンジメント』をしました」

アレンジメントの意味がよくわからなかったので、私は田邊に視線を向けたが、彼は目で合図を送り返してきただけだったので、それは賄賂工作の意味だと理解した。

「日本人男性とはどのような結婚生活を送ったのでしょうか？」と私は質問を続けた。

「結婚後、私たちはずっと一緒に暮らしていました。彼は私のために家も買ってくれました。昼ご飯のときは時々宿舎に帰ることもありましたが、基本的には夜も一緒に生活していました。私はまだ一四歳でしたが、家事も一人前にこなしたつもりです。子どもができたことがわかったとき、彼はとても喜んでくれ、乳児用品や洋服などを全部準備してくれました。私はとても幸せでした。だから……」

ルティーがインタビューに応じている間、娘のナナは両目いっぱいに涙をためて体を小刻みに震わせていた。会話が一段落したとき、ルティーは娘の両肩を優しく抱いた。

二人が声を詰まらせている間、横で黙って話を聞いていたナナの父親の同僚だったという六九歳のキュモト・ピアーナが二人の沈黙を埋めるように言葉をつないだ。

「ナナのお父さんはね、本当に良い人でした。ムソシ鉱山のガレージで私と一緒に車両関係の仕事をしていました。ムルンダのお父さんも同じ職場にいました」

私と田邊は一瞬顔を見合わせた。ルブンバシ市内で工具店を経営するムルンダの顔が浮かんだ。

「その日本人男性の住所をお持ちではないでしょうか？」と私は娘の肩を抱いたままのルティーに聞いた。

「ありません」とルティーは言った。「でも彼は日本に帰ってからもずっと、毎月お金を送ってくれていました。靴とか洋服とかと一緒に。一九七八年に帰国してから一九八四年までずっと送ってくれていたんです。でもそれ以降、なぜかお金も靴も届かなくなった。何があったのかは私にはわかりません。とても性格の良い人だったし、だから……」

そう言うと、今度はルティーが娘の前で泣き崩れてしまった。

次の質問を投げかけにくい、重苦しい空気が地べたのむき出しになった居間に充満していた。レンガを積み上げただけの粗末な家や周囲の環境を見る限り、二人がこれまでどれほどつらい生活を送ってきたのかは容易に想像することができた。田邊はそろそろ取材を打ち切ってもいいのではないかと私に視線を送ってきたが、私にはどうしてもその前に娘のナナに尋ねておかなければいけないことがあった。母親や知人の前では尋ねにくい質問だったので、私は田邊に頼んでナナを家の外へと連れ出してもらい、自宅のすぐそばに生えていたアカシアの木の下でナナへのインタビューを続けることにした。

「フランス24というフランスの放送局の番組を見たことがありますか？」と私は小さな声でナナに尋ねた。

「見ていません」とナナは即答した。

その回答の力強さに私は思わず口ごもってしまった。彼女が質問の前提となるフランス24の報道を見ていないとなると、日本人医師による「嬰児殺し」の件については質問の仕方が格段に難しくなる。

「日本人の医師がコンゴ人と日本人の間にできた子どもを殺していた疑いがあるという内容なのですが、そういう話を聞いたことはありますか？」

私は質問の前提を提示した上でナナに感想を尋ねたが、彼女は予想通り無言で首を振っただけだった。

「もう一つあります」と私は沈黙を避けるように質問を続けた。「本当に聞きづらい質問なのですが、フランス24の報道の中で、ナナさんは売春をして生計を立てていると紹介されています。それは本当のことでしょうか？」

女性に対しては極めて非礼な質問だったが、フランス24の報道の信憑性を確かめる上でも、聞いておかなければならない質問であるようにそのときの私には思われた。彼女が否定すれば、それらが「作り話」である可能性が生じ、報道の信憑性にも疑義が出てくる。

その不躾《ぶしつけ》な質問に、ナナはキッと瞳に火を宿し、私をにらみつけて言った。

「だとしたら、何なんですか？」

彼女は私の質問に憎悪を示し、両目をつり上げて私を激しく非難し始めた。

「だって、どうやって生きていけばいいんですか？　女一人で稼ぎもなくて、ここで生き抜いていくことがどれだけつらく苦しいことか、あなたはわかっているんですか？　結婚、結婚、結婚。みんな口をそろえてそう言うけれど、私にはもう結婚なんてできないし、どうやって生きていけばいいのかわからない。みんな偉そうに！　ねえ！　あなた、この先どうやって生きていけばいいのか、教えてくださいよ！」

ナナは吐き捨てるようにそう言うと、私を置いて家の中へと戻ってしまった。

ナナの親類であるコウヘイからは取材前、ナナには一七歳と八歳の子どもがおり、いずれも父親がいないこと、一七歳の娘には身体に障害があることを知らされていた。取材とは言え、人間には絶対に聞いてはならない質問がある。今回ナナに発した質問がそれに該当するものだったのかどうか、そのときの私には判断がつかなかった。

我々は窓越しにナナとルティーに感謝の気持ちを伝えると、そのまま二人の自宅を後にした。

12

帰路は巨岩がむき出しになった悪路が続き、ランドクルーザーでも通行するのがやっとの道だった。村の外れには大量のゴミが山のように積み上げられたまま放置されており、無数のハエがまるで煙のように群がっていた。ゴミの山から染み出した液体は周囲に緑色の水たまりを作り、そこには鈍色《にびいろ》の有機物質が浮遊していた。その横で破れた服を着た子どもたちが木の枝を持ち、楽しそうに鶏を追い回している。

私は清潔なランドクルーザーの後部座席に身を沈めながら、この終わりの見えない貧困の中でしか未来の道を選択できない、日本人の父親を持つという一人の三〇代の女性のこれからを想った。彼女が涙ながらに訴えたように、彼女の父親はやはり無責任だった。どんなに想像力を働かせてみても彼女が先進国と呼ばれる日本の暮らしを理解できないのと同じように、日本で暮らす彼女の父親もまた、今の彼女の生活を想像することさえできないだろう。血のつながった親子の間を流れるこの絶望的なまでの格差と距離は、今後おそらく縮まることはない。そうだとするならば、私が今、本当にしなければいけないことは何なのか。日本人医師による「嬰児殺し」の真偽を確かめる取材に来ていたはずの私は、より深遠な裾野の広い不条理が目の前に横たわっているのを目撃しながら、このまま進めば深みにはまって戻れなくなるような気がして、どこかで怖じ気づいていた。

「ナナはずっと売春を続けてきたのですか？」と私はランドクルーザーの後部座席に一緒に座っていたナナの親類であるコウヘイに聞いた。

「ああ、そうだよ」とコウヘイは当然のように言った。「ナナだけじゃない。カスンバレッサ周辺には今も四人の日本人の女の子が暮らしているが、みんな多かれ少なかれ体を売って生きている。初等学校を卒業した一〇代初めぐらいから、ずっとだ」

「他に仕事はないのですか？」

「仕事?」とコウヘイは私の質問を馬鹿にするように笑った。「ここに仕事なんてあるわけないよ。ましてや一〇代の女の子だからね。働いたってろくなカネにならない。体を売った方がずっと効率がいいんだ。一〇代は高く売れるからね。女の子たちもそれをよく知っている。特に日本人の女の子たちは父親がいないから、家族を養うためにはどうしてもお金を稼ぐ必要があった」

私と田邊はその日の最後の取材先としてコウヘイの自宅に立ち寄り、彼の父親についての話を聞くことにした。

「二人にぜひ見てもらいたいものがあるんだ」とコウヘイは家に入るなり、自宅の奥から二枚の書類を持ち出してきて我々の前に広げた。手に取ってみると、それらはコウヘイの父親とナナの父親のザイールにおける滞在許可証のコピーだった。二人の父親のそれぞれの生年月日、出身県、パスポート番号、両親の名前などがローマ字で記載されている。私はそれらを素早くノートに書き記し、写真に撮って画像に収めた。

「僕の父親は立派な人間だったらしい」とコウヘイは日本人である私や田邊の前で日本人の父親の話をするのが嬉しいらしく、上機嫌になって話を続けた。「父は僕が生まれた一年後に帰国しちゃったから、僕は残念ながら父のことは何も覚えていないんだ。でもね、代わりにナナのお父さんのことはよく覚えている。僕とナナは当時同じ家に住んでいたし、だから僕は五歳ぐらいまでナナのお父さんと一緒に暮らしていたんだ」

えっ、と私は思わず耳を疑った。フランス24の報道によれば、ナナは日本人医師からの殺害を恐れ、ブッシュで暮らしたことになっている。

「ナナは日本人医師から殺されないようにブッシュで暮らしていたんじゃなかったの？」

「違うよ」とコウヘイは笑いながら否定した。「ブッシュなんかで暮らしてはいないよ。だって僕はナナと一緒に暮らしていたんだから。医者に殺されるからという理由でブッシュに逃げ込む人なんていないよ」

「でも、フランス24の報道ではそういうことになっている」

「それはきっとあれだ」とコウヘイは思いついたように言った。「ナナの父親が日本に帰国した後、確かにナナはおばあちゃんに連れられて田舎の村で暮らしていた時期がある。街から随分と離れた村だったから、あそこをブッシュと呼ぶなら、まあ、ブッシュかもしれない。でも、それは医者に殺されないようにするためじゃない。原因はナナの母親にあるんだ。母親は当時はまだ一〇代で色々と男関係の噂があった。おばあちゃんは『こんな娘には孫を育てられない』と言って田舎の実家にナナを連れて行ってしまったんだ」

「本当に？」と私は驚いて聞き返した。それが事実だとすれば、フランス24の報道の筋書きが若干変わってきてしまう。

「本当だよ」とコウヘイは言った。「だって、そのとき最初に田舎に連れて行かれたのがこの僕なんだから。その後、さっき言ったような理由でナナが後から連れてこられた。そこで僕とナナは同じ家で暮らしていたんだ」

私はコウヘイの回答に激しく混乱しながら、メモを取る指先を動かし続けた。

「ナナが生まれた日の夜のことを僕は今でもよく覚えている」とコウヘイは私の混乱をよそに嬉しそうに話を続けた。「みんなでムソシの病院に行ったんだ。もちろん、ナナの父親も一緒だった。父親になることが嬉しかったんだろうね。僕を何度も肩車してくれて、みんな大はしゃぎだった。彼はね……」

コウヘイはそこで意図的に言葉を区切った。

「本当に優しい人だった。ナナのお父さんとの思い出はたくさんあるけれど、今も鮮明に覚えているのは食事の風景だ。僕がテーブルの横から手を出して彼の食事を盗もうとすると、彼は怒ったふりをして僕を必死に追いかけてくるんだ。グルグル、グルグルと二人でテーブルの周りを何周も回って、みんなで大笑いしてね。僕にはもうそのときには父親がいなかったから、彼を心のどこかで自分の父親だと思っていたんだと思う。だから、さっきのナナへのインタビューは、僕も聞いていてつらかった……」

コウヘイはその後もしばらくの間、ナナの父親との思い出を懐かしそうに語り続けた。

「一つ、大事な質問をしてもいいかな」と私はあえて真剣な表情を作って今回の取材の本筋に関わる質問をした。「日本人医師が日本人労働者とコンゴ人女性の間に生まれた子どもを殺していたという噂は、ここでは『事実』として伝わっている話なんだろうか？」

「噂じゃなくて、事実だよ」とコウヘイはすかさず断言した。「日本人医師が殺したんだ。それは事実だ。僕には実は姉さんがいたらしいんだけど、生後すぐに死んじゃった。殺されたんだよ。日本人の医師に」

「証拠みたいな物はあるのかな？」と私は慎重に質問を続けた。「例えば、目撃者がいるとか、当時の状況を知っている人がいるとか」

「それは、あると思う」とコウヘイは言った。「だって、ここら辺じゃみんなが知っている事実だから。当時、日本人はコンゴ人との子どもを望まなかった。だから日本人医師が病院で殺した」

「その目撃者に会えるだろうか？」と私はあえて尋ねてみた。

「会えると思うよ」とコウヘイは言った。「もっと取材を重ねれば、絶対に会える。きっと事実が明らかになるよ。だってそれはここで実際に行われたことなんだから。それをジャーナリストが取材して、フランスの放送局も報道しているだろう？　間違いなんてあるわけないよ」

私と田邉が言葉を換えて同じ質問を繰り返しても、コウヘイは「殺害は事実だよ」と言うだけで、その根拠については語らなかった。

第四章　BBCの「誤報」

13

ムソシ鉱山での取材を終えた後、私と田邊好美はその日のうちに取材拠点を置いている旧カタンガ州の州都ルブンバシ市に戻った。本音を言えば、ムソシ鉱山に近いカスンバレッサ町に留まってもう少し取材を続けたかったが、そこにはちょっとした事情があった。

私や田邊といった東洋人が農村部で取材をしていると、肌の色や服装の違いから必要以上に目立ちすぎてしまうのである。カスンバレッサ町やムソシ村では日本人残留児やその母親たちのほとんどがスラムのような貧しい地域で暮らしているため、我々がナナやコウヘイを取材していると、周囲に見知らぬ人たちがたくさん集まってきてしまう。群衆の多くは時間を持てあましている子どもや老人たちだったが、その中には公安関係者や秘密警察への密告者が紛れ込んでいる可能性を排除できなかった。私は今回のコンゴ出張には政府発行のジャーナリストビザを取得してきていたが、そんな「許可」が首都から遠く離れたこの地方では何の役にも立たないことを、私はそれまでのアフリカ諸国の取材で十二分に理解していた。

私は数日考えたあげく、カスンバレッサ町における一連の取材をナイロビ支局で取材助手を務めるレオンにお願いすることにした。レオンは朝日新聞社のナイロビ支局に二〇年以上勤務するマサイ民族出身のベテラン助手で、紛争地などの危険地帯での取材にめっぽう強いだけでなく、その優しい性格からどんな人とも短期間で信頼関係を築いてしまう人脈開拓の名手でもあった。

私には彼にどうしても担ってもらいたいテーマがあった。

ムソシ鉱山の病院でかつて働いていたコンゴ人看護師たちへのインタビューである。

フランス24の報道によると、日本人医師たちは日本人の労働者とコンゴ人女性との間にできた子どもたちを殺害した疑いが持たれている。もしそれらが事実であるとするならば、当時病院に勤務していたコンゴ人の看護師たちはその犯行を直接目撃していたり、あるいは間接的に何らかの情報を知り得ている可能性があった。

日本人記者が突然訪ねていっても、看護師たちはかつての上司である日本人医師に配慮して証言を拒否したり、事実関係をぼかしたりするかもしれない。一方で、ケニア人記者のレオンであれば、日本人同士の関係に気兼ねする必要もないし、何より公用語のフランス語で会話するよりも互いの日常語であるスワヒリ語で取材をした方が、看護師たちもずっと心を開いてくれるに違いないと考えていた。

早速、レオンに国際電話で連絡を取ってみると、彼は数日後にはジャーナリストビザを取得してルブンバシ市内に飛び込んできてくれた。私が宿泊しているペンションで数時間打ち合わせをした後、夜にはすぐさまカスンバレッサ町に出張し、そこに一週間ほど潜伏すると、当時ムソシ鉱山の病院で働いていたという六人の看護師のインタビューを一問一答形式のメモにまとめてメールで送信してきてくれた。

〈元看護師トションバ　五九歳　女性〉

——鉱山の病院で働いていたのはいつからいつまでですか？

「一九七二年から定年退職する二〇一一年までです」

——病院での仕事は？

「産婦人科の特に分娩《ぶんべん》でした。子どもが生まれる前、生まれたとき、生まれた直後の母子のケアなどです」

——日本人医師や日本人看護師の名前を覚えていますか？

「何人か覚えています。S看護師とT看護師、それにN医師とT医師。病院の事務員としてAさんとFさんがいました」

——日本人の父親とコンゴ人の母親から生まれた乳児の分娩を担当したことがありますか？

「もちろん、あります。日本人の子どもはお尻にマーク（蒙古斑《もうこはん》）があったのでよく覚えています。子どもが生まれると、日本人の父親は大変喜び、よく子どもと母親のために病院に贈り物を持ってきてくれました」

——当時、日本人とコンゴ人の間には何人くらいの赤ん坊が生まれたのですか？

「正確にはわかりませんが、たぶん二〇〇人以上です。多くは病院ではなく、自宅内分娩で生まれています。私が実際に分娩に立ち会ったのは一〇例以上です」

——日本人医師が日本人とコンゴ人の間に生まれた子どもたちを殺していたという話が出ていますが、本当ですか？

「そのような死亡例については見たことも聞いたこともありません。ただ多くの日本人の子どもが退院後に死亡したのは事実です」

——なぜ彼らは死んだのでしょう？

「正確な原因はわかりませんが、病院の近隣の村では当時、日本人医師が日本人との間にできた子どもを殺しているといった噂が立っていたのは事実です。以来、コンゴ人の母親たちは病院で行われていた新生児健診に子どもを連れてこなくなり、分娩も病院ではなく、近代化されていない伝統的な産院で行うようになっていました。日本人の子どもが普通のコンゴ人の子どもよりも頻繁に死亡したように見えたのは、彼らが病気になっても子どもを病院に連れてこなかったことが原因ではないかと思います」

——子どもが毒殺されたり、窒息死させられたりした例はなかったのですか？

「あり得ません。日本人の医師や父親たちはコンゴ人の奥さんとの間にできた赤ちゃんをとても可愛がっていました。彼らは勤勉で皆とても親切でした。当時噂されていたようなことは一切ありませんでした」

〈元看護師ムユンバ　七四歳　男性〉

――鉱山の病院での勤務期間を教えてください

「一九七二年から二〇〇二年までです。病気で目が見えなくなったので退職しました」

――病院での担当は何でしたか？

「一九七二年から七四年まではラボで働き、その後、小児科に移ってそこで一七年間働きました」

――日本人とコンゴ人の子どもが生まれたのを目撃しましたか？

「もちろん。病院ではたくさんの日本人の子どもが生まれました」

――日本人医師が日本人とコンゴ人の子どもを殺したという話があります

「その噂を聞いたのは一九七〇年代です。日本人が赤ん坊を殺している、そんな噂でした。でも、私は実際に病院にいましたが、そのようなことは見たことも聞いたこともありません。病院に残っている記録を見れば、子どもたちがどのように生まれ、どのように処置されたのか、簡単に証明できます。私が個人的に言えるのは、それらは証拠のない、証明することが不可能な、村の女性たちの噂だということです」

――その噂は誰が広め始めたのでしょう？

「日本人の元ガールフレンドが広めたというのが、私の聞いた噂です。でもその噂でも、どの日本人医師が殺しているのか、誰の子どもが殺されたのか、というような具体的な事実は何一つ触れられていませんでした」

――母親たちが抗議に来たことはなかったのですか？

「一度もありません。病院には両親や子どもの状態、その後の治療や処置について細かく記された書類があります。もし、そのような指摘があれば、どの医師や看護師が処置した結果死亡したのか、すぐに判明するはずです。日本人の医師や看護師たちはコンゴ人の医師や看護師と比べると、とても高い技術を持ったプロフェッショナルな人たちでした」

レオンは他にも当時ムソシ鉱山の病院で働いていた四人の元看護師にインタビューを実施していたが、彼らの証言はいずれも日本人医師による「嬰児殺し」を全否定するものだった。

レオンはリポートの最後に自らの感想をこう書き記していた。

〈いくら取材を重ねても、日本人医師や日本人看護師が日本人とコンゴ人の間に生まれた子どもを殺害していたという証言は出てこない。あったとしてもすべてが噂のレベルで、フランス24の記者が関係者の話を鵜呑《うの》みにしたか、あるいは意図的に話を作り替えた可能

性がある〉

私もレオンのリポートを読みながら、そのときはまだ彼と同じような可能性を――つまりフランス24の取材者が事実を意図的に「歪曲《わいきょく》」した可能性を――心の中で疑っていた。

14

ところが、私がレオンからリポートを受け取った数日後、そんな我々の疑念を打ち砕くような衝撃的なニュースが飛び込んできた。

イギリスの公共放送ＢＢＣが、今まさに私とレオンが取材しているコンゴの日本人残留児の問題をフランス24と同じ視点に立って報道したのである。

私はそのときヨハネスブルクの事務所の契約更新の関係で一時的にコンゴの取材現場を離れて南アフリカに滞在しており、第一報はレオンから携帯電話で受け取った。レオンからの報告によると、ＢＢＣは当初アフリカのフランス語圏に向けたインターネットサイトで日本人残留児の問題を報道したらしかったが、ニュースは瞬く間に世界各国に転電・転載され、レオンが暮らすケニアでも国営ラジオがそれらの内容を英語で詳しく報じているとのことだった。

すぐにＢＢＣのフランス語サイトを確認してみると、そこには確かに日本人残留児の問題の記事が掲載されていた。英語に自動翻訳して通読してみると、記事はフランス24が報じたものとほぼ同じ内容で構成されており、「日本人の父親たちが彼らの子どもを組織的に置き去りにし、「複数の目撃証言によると、彼らの何人かは出生時に殺されていた」と報じられていた。執筆者はＰという記者であり、フランス24で取材を担当したとされる記者とは別人だった。

私は英語に翻訳されたＢＢＣの記事を読みながら、しばらくの間、狐《きつね》につままれたような気持ちになった。

フランス24が一連の疑惑を報じたのは二〇一〇年のことであり、すでに六年もの年月が経過している。なのになぜ今、私やレオンがルブンバシ市内でまさに取材を始めたこのタイミングで、ＢＢＣがこの問題を報じたのか。私はあまりにも不自然なそのタイミングに、裏で何かが仕組まれているような――具体的には何者かによって我々の動きが監視されているかのような――薄気味の悪さを覚えずにはいられなかった。

私はレオンのリポートを受け取る以前から、フランス24が報じた日本人医師らによる「嬰児殺し」の疑惑については、取材者の完全な「勘違い」か、あるいは意図的な「捏造」の可能性があると疑っていた。

事実、私は心のどこかでフランス24を軽視していた。フランス24はフランス国営の国際ニュース専門チャンネルであるものの、開局は二〇〇六年とまだ歴史が浅く、報道機関としての知名度はそれほど高くはない。

しかし、ＢＢＣが同じ内容を報じたとなれば、話がまったく変わってきてしまう。ＢＢＣは一九二七年に設立された世界的に最も著名な報道機関の一つであり、主な使用言語が英語でもあることから、アフリカを始めとする世界各国において極めて大きな影響力を有している。

そのＢＢＣがフランス24と同じテーマを同じ方向性で報じたのであれば、考えられる結論は一つ。間違っているのは「彼ら」ではなく、「我々」の方ではないのか——。

ＢＢＣのフランス語サイトには日本人残留児の問題が次のように報道されていた。

子どもを捨てた日本人

コンゴ民主共和国では日本人の父親たちが彼らの子どもを組織的に置き去りにしていた。

ザンビア国境に近いコンゴ南東部の小さな町カスンバレッサでは、鉱石を積んだトラックがひっきりなしに行き交う。この埃っぽい小さな町には一九七〇年代や八〇年代初頭に日本人男性とコンゴ人女性との間に生まれた五〇人の子どもたちが暮らしている。

コンゴで暮らすＢＢＣ特派員によると、彼らは父親に捨てられた。複数の目撃証言によると、彼らの何人かは出生時に殺されていた。

切れ長の両目、銅褐色の肌とまっすぐな髪。学校の教師を務めるマサオは日本人エンジニアとコンゴ人女性との間に生まれた子どもである。彼は今、何よりも父親を探したいと訴えている。

「日本人の父親たちに僕らを認知してほしい。僕の父親は僕が赤ん坊のときに日本に帰ってしまった。もし会えたらとても嬉しいし、幸せだと思う」

ナナも日本人男性とコンゴ人女性の間に生まれた子どもだ。二児の母である彼女は父親を恨んでいる。

「もし父親に会ったら、あなたは私たちを捨てたんだと言いたい。本当の親なら子どもを手離したりしない。他の子どもたちと同じように私たちに教育を受けさせていたはずだ。あなたは殺人者だ。教育も受けておらず、育児をするためのお金もない母親と一緒に私たちを捨てたんだ――」

（中略）弁護士であり、カスンバレッサ地区の議員でもあるモイーズ・チョクウェはこれらの問題について訴えているが、彼の問い掛けにコンゴの当局もキンサシャの日本大使館も答えていない。

「コンゴ政府は責任を持って彼らが補償を得られるように彼らを支援するべきだ」

日本大使館とコンゴ政府当局は、ＢＢＣのインタビューの要請には応じなかった。

（二〇一六年六月一六日、ＢＢＣ電子版）

ＢＢＣの配信記事を読みながら、私は体内に何か異物が混入しているときのような違和感を覚えた。

最初の疑念は記事の「構成」についてである。

報道では通常、読者がその記事に何が書かれているのかを把握しやすいよう、冒頭で「リード」（前文）と呼ばれる記事の要旨を打ち出し、その後の「本文」でその内容を詳しく説明していくスタイルが取られている。

しかし、ＢＢＣの記事では、本文における当事者たちの証言はいずれも、「父親に会いたい」「あなたは私たちを捨てたんだ」という感情的なものに終始しており、肝心の日本人の父親らが組織的に子どもたちを置き去りにしたという経緯も、子どもたちが実際に殺害されたという証言も、何一つ記されていない。リードで指摘されている内容が本文では一切説明されておらず、事実が「宙に浮いた」状態になっており、本来であれば、記事としては成立し得ない原稿になっていた。

もう一つ気になる点があった。最後の一文である。

〈日本大使館とコンゴ政府当局は、ＢＢＣのインタビューの要請には応じなかった〉

その一文はやはり、田邊が個人のブログで紹介していた、フランス24の報道を日本語に訳した最後のパーツにも添えられていた。

〈フランス24からも質問したが、日本大使館は回答を拒否した〉


なぜ日本大使館は海外メディアの取材を頑なに拒否し続けているのか。

それは日本人残留児の取材を始めてからずっと、私にとっても大きな「謎」の一つだった。なぜ日本大使館はそれらの疑惑を否定しないのか。なぜ海外メディアの取材から逃げ続けているのか。あるいはそこには公表したくない何か別の理由が存在しているのではないか――。

まずはその疑問を潰しておく必要がありそうだった。

私と田邊は予定していたルブンバシ市内での取材を延期し、在コンゴ日本大使館のあるコンゴの首都キンシャサへと向かうべく、二人で飛行機に飛び乗ったのである。

15

アフリカを代表する近代都市キンシャサは、深刻な大気汚染によって目に映るものすべてが灰色に塗りつぶされたような街だった。片側六車線の主要道を埋める数十万の不整備車両から噴き出される鉛入りの有毒ガスが空気を汚し、アフリカでは珍しい道路脇に立てられている信号機や、独裁者が笑うひどくセンスの悪い広告板や、街角に貼られた歯磨き粉のポスターまでもを黒色にくすませ、街全体をまるで出来の悪い粘土細工のように見せていた。

私と田邊はキンシャサの国際空港からタクシーを乗り、目的地である日本大使館に向かった。運転手は途中、なぜか工事現場のような薄暗い路地に入り込み、一見大使館があるとは思えないひどく殺風景な一角で車を停めた。

我々が降ろされたのは建物の半分がプレハブ造りの「大使館」だった。「本当にここでいいのでしょうか？」と私が周囲を見回して田邊に聞くと、「ええ、間違いありません」と彼は答えた。「例の放火事件の影響なのです」

コンゴの日本大使館で放火事件が起きたのは、私が赴任する約一年前の二〇一三年六月だった。当時大使館で働いていた日本人職員がキンシャサでカジノに入り浸って大使館の金庫に入っていた米ドル約二五〇〇万円相当を着服したあげく、それがばれるのを恐れて大使館内の金庫室などにガソリンをばらまいて火をつけたのである。当時大使館が賃借していたオフィスビルの四階部分約二二〇平方メートルが焼け落ち、職員は現住建造物等放火容疑で日本の警視庁によって逮捕されていた。日本人職員による犯行だったが、極めて「アフリカ的」な事件でもあった。

厳重に警備された通用口で用件を告げると、田邊と旧知の参事官が入り口に現れ、我々を仮設の応接室へと案内してくれた。田邊からはその参事官こそが日本人残留児たちがルブンバシ市内で日本食レストランを開く際、大使館側で支援の中心を担ってくれた人物であると事前に聞かされていた。

そしてもう一つ、二人には外見からではわからない共通点があった。

参事官もまた敬虔《けいけん》なカトリック教徒なのである。

彼は出張でコンゴの地方視察に出向く際にも、外交官用の高級ホテルではなく、現地の教会や修道院の部屋に好んで寝泊まりする人物だとやはり田邊から聞かされていた。

参事官は私が同席しているためか、応接室に入ってからも田邊に気軽に声を掛けることもなく、しばらくの間沈黙を保った。

「結論から申し上げますと――」と数分後、参事官はまずは我々が事前に伝えていた質問の回答だけを口にした。「日本大使館はBBCからのインタビューや取材の要請を受けていません」

えっ、と私は質問の前提を失って思わず聞き返してしまった。「BBCからの取材要請はなかったんですか?」

「ええ、一切ありません」と参事官は事実関係だけを端的に答えた。「BBCだけじゃありません。二〇〇七年に日本人の子どもと名乗る方々が大使館を訪れて以降、日本大使館にこの件に関する報道機関からの問い合わせは一件もありません」

「一件もない……」と私は予想外の回答に次の質問を失ってしまった。「ということは、フランス24からの確認もなかったのでしょうか?」

「ありません」

「でも、BBCは明らかに『日本大使館はインタビューの要請に応じていない』と明記しています。フランス24も同様です。彼らの報道が間違っているということなのでしょうか?」

「私たちにはわかりません」と参事官はその質問には明言を避けた。自分の管轄以外については回答をしないといういかにも公務員らしい対応だった。「なぜそのような報道になったのか、私たちには推測がつきません。私が今ここで申し上げられるのは、大使館には問い合わせは一件もないということです」

そう言われてしまうと、私にはもう聞くべき質問がなくなってしまった。BBCやフランス24はその記事の中で「日本大使館は取材を拒否している」と主張している。他方、目の前の参事官は「日本大使館は取材を一切受けていない」と全否定している。両者の言い分は食い違い、真っ向から対立している。どちらかが確実に嘘をついているのだ。

私がしばらく考え込んでいると、参事官は「少しお時間をいただけますか？」と言い、応接室の背後に置かれた資料用のキャビネットから日本人残留児に関する資料のファイルを取り出してきてくれた。

大使館に残されている記録によると、日本人残留児の問題を大使館が最初に覚知したのは二〇〇七年一月八日、Kという記者が執筆したキンシャサの地元紙「La Reference Plus」の新聞記事であるらしかった（後日、私と田邉がその記事を入手したところ、そこにはフランス24やBBCが報じたものと同じスタンスで、日本人による「嬰児殺し」の疑惑がかなりエキセントリックに告発されていた）。

参事官によると、La Reference Plus紙に日本人による「嬰児殺し」の記事が掲載された直後、私と田邉がルブンバシ市内で最初に取材したケイコが記事を執筆したKと共に日本大使館を訪れ、大使館は二人から「記事の内容は当時勤務していた関係者から直接聞いたことであり、子どもたちが組織的に殺された可能性がある」との説明を受けた。その際、ケイコは「自分たちは日本人の子どもたちを集めた五〇人ほどの組織を作っている」と述べ、日本政府に「父親を探してほしい」「衣食住の提供と子どもたちの教育を保障してほしい」「日本人と認知し、日本国籍を与えてほしい」という三つの要望を記した文書を大使館側に手渡していた。

日本大使館側はケイコらに「誠意を持って対応したい」と案件を一度引き取った上で、外務省アフリカ第一課に報告。外務省はその後、コンゴで銅鉱山を開設していた日本鉱業の後継企業に連絡を取って報告を求めたところ、企業側は「個人の問題であり、会社としては対応できない」と回答してきたため、日本大使館は後日、ケイコたちを呼び出し、「民事の話であり、個人の話でもあるので、大使館としては対応できない」との事情を伝えていた。

「外交官としての意見を述べさせてもらえるならば」と参事官は慎重に言葉を選ぶようにして説明を続けた。「日本政府の『個人の問題なので対応できない』という回答は、法令に則《のっと》ったものだと思います。我々は日本の公務員であり、すべては日本の法律に従って物事に対処しなければならないためです。しかし……」

と、そこで参事官はわずかに言いよどみ、次の瞬間、聞いている私がハッとするような、外交官としては一歩踏み込んだ発言をした。

「しかし、私の個人的な感想としては、コンゴに取り残されてしまっている彼らの心情もよくわかるのです。ここで実際に生活をしながら仕事をしているとですね、色々と考えさせられることがあります。具体的にはですね、格差や我々の中に介在している不平等についてです。もし、彼らが本当に日本人男性と現地女性の間に生まれた子どもなのだとすれば——これはあくまでも私個人の感想としてお酌み取りいただければと思うのですが——そこには何か、日本とコンゴの圧倒的な経済格差によって生み出された『歪み』のようなものが介在していた可能性を完全には排除できないのではないかと個人的には考えています。正直に告白すれば、私は心を強く痛めております」

参事官は終始、沈着な態度を変えることはなかったが、私はその目の中に不条理を憎む者が常に宿している火のようなものを見た気がした。参事官の発言とその表情を見る限り、彼は外交官としての枠組みの中で精いっぱいの見解を私たちに開示してくれているようだった。がんじがらめの中央省庁に勤務する者としては、それは勇気のいる行為なのだろう。私は通常であれば、まともに受け取ることをほとんどしないその「政府見解」を、そのときばかりは血の通った発言として信じてみようという気持ちになった。あるいは心のどこかで、私は参事官を一人の外交官としてではなく、一人の敬虔なカトリック教徒として捉えていたのかもしれない。

「大使館としての回答は以上です」

参事官は最後に頭を下げてそう言うと、厚さ数センチのファイルを静かに閉じた。

16

日本大使館での取材を終えた翌日、私と田邊はキンシャサで暮らす「タカシ」と呼ばれる日本人残留児との面会に臨んだ。ケイコと一緒に「子どもたちの会」を立ち上げて初代会長に就いた中心人物であり、仲間内では本名とは異なる名前で呼ばれている元職業軍人だった。本名と呼び名が違うのは、彼が小学校に入るときにフランス語では本名に入っているHが発音しにくいため、教師が勝手に「タカシ」と名前を変えたためである。人の名前を呼びやすいように勝手に学校側が変更してしまう、そんな日本ではちょっと信じられないようなことがコンゴでは当たり前のように起きてしまうらしかった。

タカシは中学生になる娘を連れて私たちが宿泊していたホテルのレストランにやってきた。日に焼けた精悍《せいかん》な顔立ちとスーツ越しにも盛り上がって見える厚い胸板が長年の軍隊生活を物語っていた。

私と田邊はまず「子どもたちの会」の立ち上げに関する質問からインタビューを始めることにした。

『子どもたちの会』の設立のきっかけは確かに僕だった」とタカシはフランス語で田邊に言った。「まだカスンバレッサ町にいた頃だ。僕たちはみんなとても貧しかったから、とにかく団結してお互いに助け合わなきゃいけないということで始まった。ケイコは僕の妹のような存在で、当時はまだ結婚前だったから、確か市場で野菜売りをやっていた。そのとき、僕は教会の庭師のアルバイトをしていて、他の日本人の子どもよりも多少お金があったんだ。だから、まず僕が最初に動こうと思った」

田邊が通訳してくれたタカシの証言を私がノートに必死に書き記していると、中学生の娘は初めて見る日本語が珍しいらしく、私の手元をずっと興味深そうにのぞき込んでいた。

「そう、あれは一九九七年。僕がまだ高校二年生のときだった」とタカシは懐かしそうに振り返った。「最初に連絡を取ったのは、今はアメリカに行って牧師になっている男だ。彼と相談してまずは小さな協会を作ろうという話になった。週末、同じ境遇にある仲間に呼びかけて集まったんだ。マサオ、サンガウ、コーラ、ヨシミ……。互いに少しずつ会費を持ち寄って、まずは『仲間に教育を受けさせよう』という話でまとまった。何をするにもまずは教育が必要だ。女性の生活の足しになるように彼女たちに裁縫を学ばせようという話もあったのだけれど、結局、お金を集めてやったのは畑を借りて農業をすることだった。でも資金が続かず、収穫もたいしてなくて、すべての計画が頓挫してしまった。その後、僕は法律を学ぶためにルブンバシの大学に進学したから、その集まりは自然消滅した」

「軍隊に入ったのはなぜですか？」と私は通訳を務める田邊を介して聞いた。

「やっぱりお金がなかったから」とタカシは答えた。「軍隊には大学在学中に同じ日本人残留児のマサオと一緒に入隊した。当時、マサオは同じ大学で国際関係論を学んでいて、僕らは同じ境遇の者同士、一緒に部屋を借りて住んでいたんだ。二人ともまだまだ勉強を続けたかったけど、授業料を払い続けるだけの余裕がなかった。でも軍隊に入ったら入ったで、随分としぼられたよ。なにせ、入ったコンゴ軍の指導官が北朝鮮人だったんだ。『お前ら日本人は朝鮮半島を侵略したんだ』と言われてコンゴ人の何倍も暴力をふるわれた。でも、僕はたまたまオートバイの免許を持っていたから、すぐに大統領警護隊に抜擢されてキンシャサに配属されたんだ。そこで数年勤務し、伍長《ごちょう》のときに辞めた。その後はドイツの国際支援団体に勤務しながら、今は両親を亡くした子どもたちを支援する組織で庭師の仕事をしている」

「その後、『子どもたちの会』を本格的に立ち上げましたよね？」と私はタカシに聞いた。

「そう、あれは確か二〇〇六年だ」とタカシは言った。「ルブンバシ市でケイコと会ったとき、もう一度『子どもたちの会』を作ろうという話になったんだ。僕も軍隊を辞めて割と時間があったし、ケイコも結婚して安定した暮らしを送っていたから、僕が法律についての助言をして二人で協会を設立したんだ。僕が会長に就き、ケイコが副会長になった。役所に出向いて登録した後、ケイコと一緒に大使館に陳情に行った」

「えっ、タカシさんも大使館に行ったんですか？」と私は日本大使館の取材ではタカシの名前が出ていなかったので、確認のために質問した。

「うん、僕も行った」とタカシは言った。「大使館員が二度、僕らに対応してくれた。最初に僕たちの話を聞いてくれ、二回目に訪れたときには『三〇歳を超えたあなたたちを日本人と認めることはできないが、父親についてはできるだけ探したい』と言ってくれた」

「昨日大使館で取材したところ、『子どもたちの会』は衣食住の提供と教育費の補償を求めたことになっているのですが、お金の要求はしたのでしょうか？」

「いや、それはしなかったと思うな」とタカシは少し自信なさそうに言った。「僕らが求めたのは、父親を探してほしいということと、日本人として認めてほしいということの二つだった。お金の話はどうだったかな？　ちょっと昔のことなので正確には覚えていないけれど、お金を求めると、たぶん日本政府も嫌がると思ったから、仲間内では確かにお金を要求しようという声もあったんだけれど、そのときは確かしなかったと思う」

「その後、大使館からの連絡はありましたか？」

「残念ながら一回もない」とタカシは本当に残念そうに私に言った。「正直なところ、僕らは日本大使館が父親を探してくれるんじゃないかと信じていたんだけれど、時間が経つにつれてその望みも潰えてしまった。でも、協会としてはその後も何か活動を続けていくべきだという話になって、でも僕はキンシャサにいるから遠いので、ケイコが会長になり、僕は相談役に退いたというのが実情だ」

「子どもたちの会」の設立の話が一段落したので、私は今回の取材の狙いの一つである日本人医師による「嬰児殺し」についても彼に意見を聞いてみることにした。

「それは事実だと思う」とタカシはかつてコウヘイが語ったのと同じように肯定した。「証拠があるから」

「証拠？」と私は驚いてタカシに聞いた。

「うん、そうなんだ」とタカシは言った。「僕のお母さんがサトウから『病院でワクチンを打ってはいけないよ』と何度も言われていたんだ」

「サトウ？」と私は初めて聞く名前なので通訳をしてくれている田邊に確認を頼んだ。「それは日本人残留児ですか？」

「違う」とタカシは言った。「ムソシ鉱山で働いていた僕のお父さんの友だちだ。僕のお父さんはソデミザで探鉱の仕事をしていたときに母と知り合って結婚している。一九七七年に日本に帰国するとき、お父さんは僕らが住んでいた家の一年分の家賃を払って出て行っただけでなく、同時にお父さんの親友に『家族の面倒を見てほしい』と言付けてから帰国したらしいんだ。親友はその言葉通り、僕やお母さんの面倒を親身になって見てくれた。でも八カ月後、その親友も帰国することになってしまい、そのとき、お母さんは『病院に行ってはいけないよ、ワクチンを打ってはいけないよ』と注意されたらしいんだ。当時、ソデミザの病院では日本人の医師が子どもを殺しているとの噂があったらしい。その忠告を守ってお母さんは僕を病院に連れて行かなかったし、ワクチンも打たせなかった。だから、僕は今まで生きてこられたし、その後、お父さんが会いに来てくれたときも無事再会することができた……」

「えっ、お父さんが会いに来たんですか？」と私は突然話が急展開したので思わず身を乗り出して聞いてしまった。

「そう、お父さんは僕に会いに来てくれたんだ」とタカシは嬉しそうに言った。「ちょうど僕が一三歳のときだった。お父さんは一九七七年に日本に帰るとき、『コンゴの次は南アフリカに行くことになるかもしれない。そうしたら絶対に会いに来る』と言い残して帰国したから、僕もお母さんもずっとお父さんの帰りを待っていたんだ。そうしたら一九八八年、お父さんが南アフリカに赴任する直前にカスンバレッサ町に寄ってくれたんだ。僕が近くの川で水浴びをしていると、友だちが『おい、タカシ、お前のお父さんが家に来ているぞ』と大慌てで呼びに来てくれた。急いで家に帰ると、お父さんは家の前でコンゴ人と日本人の間にできた子どもたちを集めて、ノートや鉛筆や小さなおもちゃを配っているところだった。僕を見るなりいきなり駆け寄ってきて、力いっぱい抱きしめてくれたんだ。僕は感激して、何も言葉が出なかったけれど、本当に嬉しかった。ずっとお父さんに会いたかったから。お父さんは『これから南アフリカに行くんだ。だから会いに来たよ』と言ってくれた。『俺はお前のことが大好きだ。今、日本には別の妻や子どもがいるが、俺はお前を愛している。また会うときまでずっと元気でいるんだぞ』と言ってお父さんは大粒の涙を流していた。僕も友だちの前で女の子みたいに泣いたよ。お父さんは三時間ほどカスンバレッサ町に滞在した後、ザンビア方面に帰っていった。たぶん、ザンビア経由で南アフリカに向かったんだろうと思う」

「その後、お父さんからの連絡は？」と私は念のために尋ねてみたが、タカシは小さく首を振っただけだった。


日本に帰国した父親が愛する我が子や家族と再会するために再びコンゴを訪れていたという新証言は、かつてコウヘイが私に語った「ナナが生まれた日の夜」の思い出と共に、私の胸の中に温かな体温を残し、将来の取材に微《かす》かな希望を抱かせた。ナナの親類であるコウヘイの記憶によれば、日本人の父親はナナが生まれる日の夜、幼いコウヘイを肩車して大喜びで病院に向かっている。


誰だってそうなのだ、と私は思おうとした。我が子が生まれる瞬間は誰にとっても人生に与えられた最高の瞬間であるはずだった。タカシの父親に限らず、今も多くの日本人労働者たちがコンゴに残してきた家族のことを心のどこかで思い続けていると信じたかった。うまくいけば将来、失われた親子の絆をつなぎ直せる日がやってくるかもしれない……。

「もし、お願いできるなら、日本で僕のお父さんを探してくれないか」とタカシは取材の最後に私の手を握って言った。「僕がここで生きていることを知ったら、お父さんはきっとまた駆けつけてきてくれると思う」

「やってみるよ」と私はタカシの手を握り返して言った。「見つけ出せるかどうかはわからないけれど……やれるだけやってみる」

「嬉しいなあ」とタカシは大げさにはしゃいで言った。「これでまたここで生きる気力が湧いてきたよ」

笑顔で手を握り合う私とタカシを尻目に、田邊だけがなぜかわずかに表情を曇らせながら、排気ガスで煙った窓の外の風景をぼんやりと眺めていた。

第五章　修道院の光

17

首都キンシャサの出張から戻った後も、私と田邊好美は旧カタンガ州の州都ルブンバシ市を拠点に国境を越えてザンビアの町に出向いたり、車で六時間ほどかけて小さな農村を訪ねたりして日本人残留児たちの聞き取り調査を続けた。住所が判明している子どもたちの自宅を一軒一軒訪ね歩き、彼らの家の中やその軒先で時間の許す限り父親の記憶や自らの半生を語ってもらう。それはひどく地道で予想以上に時間のかかる行為でもあった。集落へと向かう道はそのほとんどが未舗装で、我々は案内人を立ててあぜ道や茂みの中を徒歩で進まなければならなかった。十数分で着く家もあれば、歩いて一時間以上かかる集落もあった。

そんなふうにして証言を一つひとつ落ち穂拾いのように集めていく作業の中で、私は取材前に田邊が「できるだけ彼らの住まいに訪ねて行き、彼らの暮らしの中で事実関係を尋ねた方がいい」と助言してくれたことに深く感謝していた。日本人残留児たちの戸別訪問を繰り返すことで、彼らが今いかに厳しい環境で生活を送っているのか、その現実を私は五感を通して理解することができたし、極めて身勝手な感想を述べれば、それらの行為によって私は初めて自分が「アフリカ特派員」になれたような気がした。

誤解を恐れずに正直に記せば、欧米・日本のメディアを問わず、「アフリカ特派員」を自称しながらも、この地でどっぷりと庶民の生活に漬かり、生活者の目線でニュースを発信している記者を残念ながら私は知らない。普段はヨーロッパやオーストラリアとまるで変わらない南アフリカのヨハネスブルクにいて、自身は先進国と何一つ変わらない日常を送りながら、紛争や事件が起きたときだけ一時的に現場に飛び込んで写真やルポルタージュを東京やパリやニューヨークへと送る。そんな詐欺師のような仕事ぶりに私はいささか疲れ果て、いつしか心のどこかに罪悪感さえ抱くようになっていた。

しかし今、こうしてコンゴのブッシュをかき分けて日本人の子どもたちの住居を自らの足で訪ねていくと、そこでは彼らが泥水をすするスラムのような環境の中で日々生活を送っている現実に直面する。彼らは我々に話をするときでさえも、生まれたばかりの裸の赤ん坊をひもで体にしばりつけ、やせた畑に手製の鍬《くわ》を振り下ろしている。

日本人残留児たちは皆、突然の日本人記者の来訪に一様に驚き、多くがその質問の内容に戸惑いの表情を浮かべはしたが、その一方で、取材自体を拒絶する人は驚くほど少なかった。あるいは、彼らはずっとこの日が来るのを待ちわびていたのかもしれない。彼らは語りたがっていた。日本人以外にはあまり話すことのできない自らのルーツを。自らをこの地に残して日本へと帰国した、父親に寄せる複雑な想いを——。

その後の取材も合わせると、最終的に三二人の日本人残留児が我々の取材に応じてくれた。父親の日本の住所の詳細を知り得ている日本人残留児はムルンダを除いていなかったが、父親の当時の写真を持っている人は一〇人ほどいた。彼らはそれを大切に戸棚の中や写真立ての裏などにひっそりと保管していた。私はそれらを両手で受け取ると地べたの上で丁寧に接写し、後日取材で活用できるよう、ホテルに帰って携帯用プリンターで印刷して取材用のファイルの中に綴じ込んだ。

取材に応じてくれたのは以下の三二人である。

「ケイコ」「ムルンダ」「ユキ」「ブルース」「ケンチャン」「ヨシミ」「ジョー」「キョウコ」「コーラ」「シャルロット」「ヒデミツ」「ヨシミツ」「ミチアキ」「タンドレス」「ムンバ」「ユーコ」「サクラ」「コウヘイ」「ナナ」「マサオ」「キミコ」「サツキ」「パティ」「テルユキ」「アヤコ」「カチェ」「タカシ」「ジャン」「アキオ」「キャクワンガシャ」「サチコ」「カイチ」。

彼らの口から発せられる日本語の名前は、それ自体が彼らにとって自分が「日本人」であることの証明であり、誇りであり、アイデンティティーでもあった。彼らはその「異国」の名前を頑なに握りしめながら、いつか父親が家族のもとに帰って来る日を夢見て、コンゴの厳しい現実を生き抜いていた。

18

ルブンバシ近郊で暮らす日本人残留児の取材が一段落すると、我々は徐々に取材の輪を日本人労働者の元妻たちへと——つまり日本人残留児の母親たちへと——広げていった。出生前後にコンゴに置き去りにされた日本人残留児とは異なり、母親たちは当然のことながら元夫である日本人労働者たちとの出会いや結婚などについて明確な記憶を有していた。一方で、その取材には予想外の障害もつきまとった。母親たちの多くが中等教育を受けておらず、公用語であるフランス語も十分に話せなかったため、インタビューには田邊の他にもう一人、スワヒリ語からフランス語へと通訳できる地元のコンゴ人を介さなければならなかった。インタビューには通常の二〜五倍の時間がかかっただけでなく、二人の通訳を介して言葉を「ロンダリング」することにより、証言の細かいニュアンスがつかみにくいといった障害が生まれた。

それゆえに、母親たちが語った証言については、その要点だけをここに簡潔に記そうと思う。その方が翻訳者の推測や技術的なミスの混入が防げるように思えるし、実際、私が彼女たちから受け取ったメッセージもここに表記しているような多分に平板化されたものだったからだ。

私がメモした母親たちの証言は主に次のようなものだった。

〈日本食レストランで働くユキの母親ムセンディーカの証言〉

一九七〇年代当時、村の広場ではマジェレットという踊りが流行《はや》っていて、週末になるとたくさんの日本人労働者たちが遊びに来ていました。彼らは村の娘たちに日本の流行歌を覚えさせたり、日本から持ち込んできた食材を持参して「焼きそばを作ってくれないか」とか「ラーメンを作っておくれよ」としきりにお願いしたりしていました。

日本人と村の娘たちが仲良くなっていくうちに、私はある日突然、ある日本人男性から「君、可愛いね」と声を掛けられました。彼はハンサムで優しかったので、私もすぐに恋に落ちました。何度かベッドを共にして、そのうち生理が来なくなったので、私は彼を両親のところに連れて行き、「この人と結婚をしたい」と申し出ました。彼も両親に「結婚させてほしい」と言ってくれ、その後、正式に結婚しました。

私は当時一三歳でした。私にとっては彼が初めての人だったし、彼にとっても初めての結婚のようでした。彼は新婚生活を送るにあたって新しく家を建ててくれましたが、一晩中家にいることはなく、夕食後は必ず日本人宿舎に帰っていきました。私はいつも彼が好きな焼きそばやラーメン、蒸したジャガイモを作って家で彼の帰りを待っていました。

ユキを産んだのは私が一四歳のときでした。彼は北海道の出身で、娘が一月に生まれたことから、彼が「ユキ」と命名しました。毎日娘を抱き上げては「白い、白い」と嬉しそうに言っていました。私は嬉しかったし、幸せでした。

でも、ユキが生まれてから約一年後に彼は日本に帰国しなくてはいけなくなり、私は大泣きしました。彼も私以上にたくさん泣きました。「こんなに可愛い娘を置いていくのは忍びない」「日本に帰っても絶対生活費や教育費を送るから」と言って帰国しましたが、一度もお金が送られてくることはありませんでした。

〈ミチアキの母親ネルナンテの証言〉

日本人の元夫と出会ったのは一九七二年、私が一五歳のときでした。ルブンバシで偶然知り合い、彼の勤務先があるカスンバレッサ町で交際を続けた後で結婚しました。彼は当初、「コーヨー地区」で他の日本人と一緒に暮らしていましたが、結婚後は私と一緒に近くのバンドゥンドゥウ村に家を作り、そこで暮らしながら会社に通っていました。コンゴ料理が大好きで、ウガリ（穀物の粉を練って作ったアフリカの伝統食）を食べ、スワヒリ語も話しました。本当にいい人でした。

バンドゥンドゥウは鉱山から少し遠かったので、その後、私たちはカスンバレッサ町内に家を作って住みました。結婚したときには知らなかったのですが、彼には日本に妻がいました。でも妻との間には子どもができなかったらしいのです。だから、私に子どもができたときには大喜びして、「俺の子どもを産んでほしい」と言いました。「男の子が生まれたら、名前はミチアキだ」と。

彼が日本に帰る直前、なぜか日本の妻がコンゴにやって来ました。彼は一時的に日本人住宅に戻りましたが、毎日私のところに来て、「俺は日本の妻よりもお前の方が好きだ」と言ってくれました。私は遠くから日本人の妻を見ましたが、小さくて白くて美しい人でした。

彼の妻は先に日本に帰ってしまったので、私は彼が帰国するとき、ルブンバシの空港に見送りに行きました。彼は「お前のお腹《なか》の中には俺の子がいる。しっかり世話をしてほしい。金も送るし、いつか必ず会いに来る」と言いました。実際、彼はその後二年間は数カ月に一度の割合でコンゴ人の知り合いを通じて洋服やおもちゃを送ってきました。お金も送ってきていたのかもしれないけれど、おそらくそのコンゴ人が盗んでしまったのでしょう。コンゴではそれが当たり前のことだから。私は日本の鉱山会社を通じて子どもの写真や礼状を送り、彼からも何度か手紙を受け取りました。残念ながらその手紙は残ってはいません。

夫がいなくなった後の生活は本当に大変でした。その後、どうやって子どもを育てたのかについては、今は言いたくありません。

母親の中には、二人の日本人労働者と結婚し、それぞれ子どもをもうけた女性たちもいた。コーラとキョウコの母親マチルダと、ユーコとサクラの母親スコラである。

〈コーラとキョウコの母親マチルダの証言〉

ある日突然、日本人男性が家に来て、「あなたと話がしたい」とスワヒリ語で言われました。私は一九歳でした。もちろんびっくりしましたが、当時は村にたくさんの日本人が遊びに来ていたので、「あの家には年頃の娘がいるらしい」という噂を聞きつけて私の家に来たのだと思います。しばらくお付き合いをした後、彼から「結婚したい」と言われ、両親が結納品を受け取り、私たちは結婚しました。

彼とはいつも一緒に暮らしていました。彼はコンゴの食事が合わないらしく、食事のときには宿舎に戻っていましたが、夜はずっと一緒に生活していました。

その頃、彼の勤務先がコンゴ人女性と結婚した人のために専用の宿舎を作ってくれたので、私と彼もそこに移りました。一戸二部屋で全部で一〇戸ぐらいあったと思います。しかし、第一子が生まれた二カ月後の一九七二年に彼が帰国してしまったので、私はその宿舎を出なければならず、乳児を連れて再びコンゴ人の村に戻りました。

二番目の夫と出会ったのは最初の夫が帰国した二年後の一九七四年でした。偶然家の前を通ったときに私を見初めたとのことでした。結納品も結婚式もありませんでしたが、翌年にはキョウコも生まれ、彼とは一九八一年に帰国するまで七年近くずっと一緒に同じ家で暮らしていました。二番目の夫は最初の夫とは違い、コンゴの食事を何でも食べました。ウガリが好物で、スワヒリ語も流暢に話しました。

でも、彼もやはり日本に帰国することになり、私と二人の子どもがコンゴに残されました。畑仕事で生計を立てましたが、生活は貧しく、生きていくのが精いっぱいでした。最初の夫も二番目の夫も直接連絡はよこしませんでしたが、二人を知る日本人がザンビアにいたので、その日本人が時々、私のもとに女性の洋服や子ども用の服を持ってきてくれました。私は再婚はしませんでした。彼らを待っていたというよりは、日本人との子どもがいたし、もう悲しい思いをしたくないという思いが強かったからです。

〈ユーコとサクラの母親スコラの証言〉

最初の夫とは村の飲み屋で知り合いました。私は当時一八歳。結納金ももらわず、結婚式も挙げませんでしたが、スワヒリ語で愛していると言われ、半年後に一緒に暮らすようになりました。朝起きると自宅から職場に行き、夕方は自宅に帰宅し、晩ご飯を食べて一緒に眠りました。

翌年すぐにユーコが生まれると、彼は私たちのために新しい家を作ってくれました。新居に移って一年が過ぎた頃、彼が交通事故を起こしてしまい、それで急遽日本に帰ることになってしまいました。彼は住所も連絡先も置いていきませんでした。

次に結婚した日本人とはカスンバレッサ町の飲み屋で知り合いました。すでに中年で日本に妻と一男一女がいました。二年間一緒に暮らしましたが、いつもは家におらず、週末だけの通い婚でした。よく即席ラーメンを作って食べました。近くには日本人とコンゴ人のカップルが一五組ぐらいいて、みんなで魚釣りに行ったり、川に行ったり、山登りに行ったりし、まるでボーイスカウトのようでとても楽しかったことを今でも覚えています。

最初の夫も二番目の夫もどちらもとても優しかった。日本人は皆優しい。二人とも帰国の際には「手紙を書くから」と言い残していきましたが、残念なことに手紙は一度も届きませんでした。

母親たちの取材を続けていくうちに、私は当時の日本人労働者を取り巻いていた環境や当時彼らがコンゴ人女性と送った生活の一部を徐々に頭の中で再現できるようになっていった。

彼女たちの話を総合すると、日本人労働者たちは週末になるとムソシ鉱山の近くにある集落に繰り出し、村の女性たちとビールを飲んだり、歌を歌ったりして遊んでいた。しばらくして現地のコンゴ人女性と親密になると、ある者は両親に結納金を納めて「結婚」したり、なんとなく「同棲」を続けたりした。普段は日本人居住区で暮らしながら週末だけ「通い婚」をした男性もいれば、新居を構えてずっと一緒に暮らしていた夫婦もいた。日本人の夫とコンゴ人の妻という同じ境遇にあるカップルが何組も集まって、近くの川で魚釣りをしたり、山にハイキングに行ったりしたこともあった……。

その際、どうしても気になったのが、彼女たちの当時の年齢だった。証言によれば、母親たちの多くが一三歳から一五歳という極めて若い年齢で結婚をしている。国連では現在、一八歳未満で結婚状態にあることを「児童婚」と定め、各国にその改善を促している。彼女たちは今の定義に照らせば、間違いなくその「児童婚」の状態にあった。

しかし、そのときの私にはまだ、当時の彼らの「結婚」について明確に非難できるだけの基準を持ち合わせていなかった。国連統計によると、現在のコンゴにおいても二九％の女性が一八歳未満で結婚し、八％の女性が一五歳未満で結婚している。一九七〇年代や八〇年代の旧カタンガ州において、一三〜一五歳の少女たちが日本人労働者と「結婚」していたことが果たして明確に「早すぎる」と言えるのかどうかについては、さらなる検証が必要そうだった。

母親たちにはもう一つ、思わず微笑みたくなるような意外な共通点が存在していた。彼女たちはほぼ例外なく、一九七五年に発売された歌手細川たかしのデビューシングル「心のこり」（なかにし礼作詞）を歌えるのである。「私バカよねおバカさんよね〜」という印象的なフレーズで始まる昭和の流行歌を、コンゴの公用語であるフランス語も満足に話せない母親たちがその歌だけはまるで日本人が歌っているかのような流暢な日本語で——さらにしとやかそうな表情までつけて——熱唱するのである。

自宅や集会場で何度も歌わされたのだろう、その経験はすでに三〇年以上前の過去になっているはずなのに、母親たちはそれがかつて自分が日本人の妻であったことを示す証拠だとも言うように、取材中、私や田邊の前で何度も嬉しそうに流行歌を歌った。「うまいですね」と私が褒めると、彼女たちは急にコンゴ人女性の表情に戻って、両手を叩いて大声で笑うのだ。

「日本人との生活は楽しかったですか?」と私が聞くと、彼女たちの多くが「楽しかったわ」と意外なほどあっさりと過去を振り返った。

その明るい態度に私は内心、複雑な気持ちになった。コンゴでは一夫多妻制が今も一部で残っているからなのだろう、父親の影を引きずっているような日本人残留児とは違い、母親たちの多くは——少なくとも私が取材で感じた限りにおいては——自らの過去をすでに清算してしまっているような印象を受けた。

19

私が田邊に誘われてルブンバシ市内にある小さな修道院を訪れたのは、約一カ月半に及んだコンゴでの取材が終わりに差し掛かっていた頃だった。

そこには田邊を含めて旧カタンガ州に二人しかいない日本人のうちのもう一人、「アスンタ」と呼ばれる日本人シスターが暮らしていた。そしてその日本人シスターこそが、日本鉱業がムソシ鉱山から撤退した後、これまで長きにわたってコンゴに置き去りにされた日本人の子どもたちを親身になって支え続けてきた人物でもあった。

分厚い鉄製の門を押し開けて修道院の敷地内に入ると、市街地の喧噪《けんそう》は背後に遠のき、涼やかな風が通り抜ける緑の空間が我々を迎えた。南欧風の低層階の建物が等間隔で並び、よく手入れされた小さな花壇にはオレンジ色のパンジーが数十株植えられていた。

黒人シスターに案内されて修道院の応接室でしばらく待っていると、カーテンが風に緩やかに揺れ、微笑みをたたえた小柄な日本人女性が室内に入ってきた。

佐野浩子、七五歳。

この地に赴任して三〇年以上、旧カタンガ州で暮らす貧しい人々のために働き続けている修道女だった。

「ようこそいらっしゃいました」

佐野は微笑みながら少しおぼつかなくなった日本語でそう言うと、私と田邊を柔らかな光が差し込む修道院の食堂へと誘った。そこはシスターたちの集いの場兼休息場所にもなっているらしく、重量感のある木製のテーブルの周りをいくつもの布張りのイスが取り囲んでいた。

「コーヒーと紅茶、どちらがいいかしら？」

佐野が尋ねると、田邊が急に子どものような声で「コーヒーにしましょう、ねえ、三浦さん！」と言ったので、私は少し驚いてしまった。

「絶対、コーヒーです！」と田邊は言った。「ここのコーヒーは実に美味しいですから！」

普段はクールな印象の田邊がなぜかそのときに限ってはしゃいでいるように見えたので、私は苦笑いしながら「それではコーヒーをお願いいたします」とシスターに告げた。

佐野は私と田邊を交互に見比べて満足そうに頷くと、食堂の隣に設置されている台所へと移動してカリカリと小さな音を立てる旧式のミルでコーヒー豆を挽《ひ》き始めた。カップに沸かしたてのお湯を張り、フィルターを使って丁寧にコーヒーを淹《い》れていく。魅惑的な香りが修道院の食堂全体に広がった。

「あまり知られていませんが、コンゴはコーヒーがとても美味しいところなんです」と佐野は淹れたてのコーヒーの香りの中で言った。「ここでは他とは比較にならないくらい、深くて美味しいコーヒー豆がとれます。知名度でこそ、タンザニアの『キリマンジャロ』やエチオピアの『モカ』に負けてしまうけれど、味に関して言えば、私はコンゴが一番だと思います。このコーヒーも修道院が経営する近くの農園でとれた豆を焙煎《ばいせん》したものです。田邊さんはここのコーヒーがとてもお好きでいらっしゃるようで、ここに来る度にいつもお飲みになられます」

佐野がいたずらっぽくそう言うと、田邊は少年のように照れ笑いしながら淹れたてのコーヒーを受け取った。私の前にもコーヒーカップが置かれた。重量感のあるチョコレート色の液体を口に含むと、鼻先に摘み立てのオレンジのようなみずみずしい香りが漂い、口全体に黒糖のようなまろやかな味わいが広がる。これまでに飲んだことのない、かなりボリューム感のあるコーヒーだった。

「美味しいですね」と私がコーヒーの感想を述べると、佐野は柔らかく微笑んだ。そのタイミングを見て、田邊が今回我々が修道院を訪問した理由を切り出した。

「実は今日は子どもたちのことについてお知恵を拝借できないかと思い、修道院に伺いました」と田邊は正直に訪問の趣旨を打ち明けた。「前にも少しお話しいたしましたが、新聞記者の彼が今、子どもたちについて色々と調べてくれています。もしこのままうまく取材が進み、彼らの現状を少しでも日本に伝えてくれれば、あるいは父親の何人かが名乗り出てくれるかもしれません」

佐野が表情をわずかに曇らせるのがわかった。佐野は「うーん」と鼻先から小さく息を漏らし、「子どもたちの話を日本の新聞に載せるというのは、どうなのかしら……」とまるで独り言のようにつぶやいた。

「ご存じの通り、彼らの問題はとても複雑です」と佐野は私ではなく田邊の方を向いて言った。「色々とこみ入った事情がありますし、それを日本で報道することが本当に彼らにとって幸せにつながるのかどうか……」

私は黙って頷いた。彼女の心情は私にも十分理解できた。これまでずっと一人で日本人残留児たちを見守り続けてきたところに突然、南アフリカから取材者が訪れ、「協力してほしい」と乞われても、戸惑わない方がどうかしている。

少しばかりの沈黙がコーヒーの香りの間に漂った。私は発言を控えて事の成り行きを見守ることにした。静寂を破ったのは田邊ではなくシスターの方だった。

「まあ、もう少しお互いにお話をしてみましょうか」と佐野は今度は田邊ではなく、私の方へ向き直って言った。「私にはまだ、あなたという人間をはっきりと理解する材料を持っていません。あなたがこれまでこの国でどのような取材を重ねてきたのか、この国についてどれくらい理解していらっしゃるのか、簡単でいいので少しお話ししていただけませんか。それがわかれば、私は今よりも深くあなたを理解できるようになるかもしれません」

その提案が私にとって助け舟になるのか、あるいは断りの口実になるのかはわからなかったが、私はできるだけ正直に語ってみようという気持ちになった。

「何からお話しすればよろしいでしょうか？」

「そうね」とシスターは少し悩んでから宗教家らしく私に尋ねた。「例えば、あなたは信仰はお持ち？」

その質問は私にとって、ある種の告解に通ずるものだった。

私は神を信じてはいない――いや、信じてはならない、と長らく心の中で誓い続けてきた人間だった。

私にそう誓わせたのは、ある事件がきっかけだった。一九九五年、狂信的な教団とその信者らが馬鹿げた野望を実現させるために地下鉄に猛毒のサリンをばらまいた、あの事件である。

当時、大学で化学を専攻していた私は事件の詳細を知り、数日間食べ物が喉を通らないほどのショックを受けた。その凶行に携わった信者のうちの何人かがかつて私と同じように大学で化学を学んだ化学徒だったという事実だけでなく、振り返ってみれば、私の身の回りにも思いあたる点がいくつもあった。事件との関連を指摘された他大学のヨガサークルからは化学専攻ということで大学入学時に執拗に勧誘を受けたし、何より私自身が科学を志した者がなぜ宗教へと走るのか、その理由を深く理解できるような気がしていたからである。

これはおそらく科学を志した者には共通した経験だと思うが、大学に入って本格的にサイエンスを学び始めたとき、私は幼少期からずっと抱えてきたこの世界の謎が今から解き明かされるのだ、という淡い興奮に胸が躍った。しかし、実際にそれを学び始めてみると、その期待が大きな誤りであったことに気づく。人間はまだ世界の成り立ちをほとんど理解できていない。科学が介入することで解明できた真理など〇・一％にも満たない。人間が光をあてることができた領域は広大な宇宙の点に過ぎない。人類はまだこの惑星を埋め尽くしている生命のかけらさえも作り出すことができないのである。

その反動で科学を志す者は必ず一度は神の存在を見る。これほど精密で、完璧で、調和がとれた生命や世界を作り出せたものとは何なのか。目に見えない設計書でそれは記されているのではないか。その法則を探る行為こそが科学という名の学問であるはずだったが、謎が深ければ深いほど、未解明な領域が大きければ大きいほど、人はそこに神の介在を疑う。大学院まで化学を専攻した私の経験から言えば、特に優秀な頭脳を持つ人間ほど、その「罠」にとらわれていく傾向が強いように思われた。私の友人のうちの何人かが化学の道を諦め、宗教へと走った。私は現実社会における科学の脆弱《ぜいじゃく》さこそが、彼らに神を信じさせるのだとあるときまでは思い込んでいた。

しかし、そんな私がアフリカに赴任して現実に直面すると、自らの無神論を笑わずにはいられなくなる。

この大陸では紛争や貧困や疫病により目の前で簡単に人が死んでいく。ここには国民の安全を守るために働こうという政治家はおらず、海外からの支援物資は横流しされて市場で売られ、病気になっても患者を運ぶための救急車も病院もない。人々に与えられているのは無償の神だけであり、事実、彼らは医療でも政治でも援助でもなく、神の存在を信じることによって生活の苦しみや肉体の痛みを和らげ、見事に救済されていた。どんなに虐げられていても、どんなに見放されていても、神に祈り、踊り、感謝することで、無神論者の私とは比較にならないほどの安寧と救済、さらには幸福までをも享受しているのだ。

そして、私にとってその実例を最初にまざまざと見せつけられたのが、ここコンゴでもあった。

私が初めてコンゴを取材で訪れたのは、アフリカ特派員になってから三カ月が過ぎた頃、赴任直後に届いたある業務連絡のメールがきっかけだった。

〈今年もノーベル平和賞の季節がやってきます。特派員の皆さまには担当地域の受賞候補者リストを確認していただき、予定稿の準備をお願いいたします――〉

毎年一〇月に実施されるノーベル賞の発表は、新聞社にとっては複数の紙面で展開する一大イベントだった。それぞれに担当部が割り振られており、化学賞と生理学・医学賞は科学部、文学賞は文化部、平和賞は私が所属する国際報道部が受け持つことになっていた。

それは同時に短時間で大量の原稿を捌《さば》かなければならない、担当記者にとっては「魔のイベント」でもあった。受賞者の発表がヨーロッパ時刻の正午前後、つまり日本では締め切り間際の夕刻過ぎに設定されていることから、発表までにいかに充実した予定稿を準備できるかが勝負の分かれ目になってくる。担当記者は事前に候補者を絞り込んだ上で周囲の関係者を前もって取材し、その人の実績を伝える原稿を発表当日までに準備しておかなければならなかった。

メールに添付されている候補者の予想リストを開いてみると、私が担当するサハラ砂漠以南のアフリカ地域の欄には一人の黒人男性の名前が記されていた。

デニ・ムクウェゲ。

内戦状態が続くコンゴ東部に私設病院を開設し、紛争下でレイプ被害に遭った女性たちの治療を二〇年以上続けている産婦人科医らしかった。引き継ぎのファイルを見返してみても予定稿はなく、現場に出向いて自分で原稿を作るしかなさそうだった。

翌週、私はムクウェゲが設立したというコンゴ東部のパンジ病院に隣国ウガンダから車で国境を越えて入った。

取材当日は朝から猛烈な雨に見舞われた。空の上で水を含んだ巨大なスポンジを力いっぱい絞ったようなアフリカ特有の豪雨で、病院へと向かう未舗装道路は田んぼのようにぬかるみ、丸太を重ねて作っただけの簡素な陸橋が土砂崩れで流されてしまったため、通常なら三〇分ほどで到着する道のりがランドクルーザーで五時間以上もかかってしまった。

ムクウェゲが設立したパンジ病院は、治安が極度に悪化している東部ブカブ郊外の鉄条網が張られた高い塀の中にあった。敷地内には診療所や病棟が十数棟並んでおり、それはイギリスの旧植民地でよく見られる白人専用の小学校のようにも見えた。事務室の前で一時間ほど待たされ、ようやく事務長への面会が許可されたときには、時計の針がすでに午後二時を回っていた。

応接室に現れた事務長は目と頭が異様に大きい、カマキリのような顔をした黒人男性だった。

私が取材の趣旨を一通り英語で説明し、ムクウェゲへの面会についての許可を求めると、彼は一言、「ドクターは忙しい」とフランス語で断った。現地通訳が必死にフランス語で事情を説明し、南アフリカからはるばる来ているのだからどうか対応してほしいと粘っても、事務長は頑なに首を振り続けるだけだった。

私たちは少し妥協して滞在予定の数日間にインタビューできる時間を作っていただけないかと頼み込んだ。すると、事務長は手帳を開き、スケジュールを確認した上で「明日の早朝であれば、時間が作れなくもない」とつぶやき、「ところで……」と咳払《せきばら》いして我々を見た。

私は平静を装った上で、彼の仕種をあえて無視した。

いつものことだ。賄賂の要求である。

アフリカの国々では――特にこのコンゴでは――権力を持つ者がそれを持たない者に当然のように「冷たい水」(賄賂)を要求してくる。領収証の取れない出費は新聞社には請求できない。当然、すべての出費が自腹になる。

事務長は、私の反応を楽しんでいるように見えた。

が、次の瞬間、彼は意外な「言語」を口にした。

「ニホンゴハナセマス」

「はい……?」

「ワタシ、ニホンゴ、ハナセマス」

私は事務長が突然、私の母語である日本語を話し始めたので、その場でひっくり返りそうになってしまった。

「どうしてですか？」

事務長は自分の日本語が通じたのがよほど嬉しかったのか、大きな口をUの字に曲げて微笑むと、実は学生時代にコンゴを飛び出し、長らくニューヨークでエンジニアの仕事をしていた、そこで少しだけ日本語を習ったことがあるのだ、と笑いながら話してくれた。

「本物の日本人と話すのはあなたが初めてだけれどね」と彼はおもむろに英語で言うと、私に向かって握手を求めた。

いったん打ち解けた関係になると、アフリカでは話が早い。ムクウェゲは連日のように手術の予定が詰まっているらしく、その日のインタビューは難しかったが、事務長は予定が急遽キャンセルされた翌日の早朝に私のインタビューをねじ込んでくれただけでなく、「もし時間があるのであれば、今から病院内を案内しよう」と自ら案内役を買って出てくれた。

事務長が若手の黒人医師と一緒に施設内を案内してくれたのは、診療時間が終わった午後三時過ぎだった。パンジ病院の特色は紛争下でレイプされた女性の救済にあるらしく、病院にある全四五〇床のうちの約二五〇床が性的被害を受けた女性に割り当てられていた。

「病院では四つの柱に沿って治療が続けられています」と若手医師は病院施設の中を歩きながら我々に説明をしてくれた。「『医療処置』『精神的なサポート』『法的な幇助《ほうじょ》』『経済的な援助』

の四つです。この病院に運び込まれてくる女性たちは森の中で何カ月間もレイプされたり、性器を火や塩酸で焼かれたり、銃剣や割れたビール瓶などを膣《ちつ》内に挿入されたりして大けがを負っています。体だけでなく、家族や子どもたちの前でレイプされたり、夫や娘を目の前で殺されたりしているため、精神的にも大きな傷を負っています。だから、私たちは彼女たちが病院に運び込まれてきても、緊急性を要しない限りすぐには手術を施しません。たとえ手術を受けても、心に傷を負った人たちは食べ物を戻してしまったり、薬を飲むことを拒否したりして、長期間の治療に耐えられないからです。コンゴでは一度敵にレイプされた女性は周囲から『汚れた』と見なされてしまう悪しき慣習があります。女性の側も自らが『汚れて』しまい、もう二度と家庭や地域に戻れないと思い込んでしまうのです。ですから、私たちはまず時間をかけて彼女たちに『あなたたちは今も家族や地域から必要とされている』ということを理解させることから始めます。彼女たちが生きるための意志を十分に取り戻したことを確認してから、必要な処置を行うようにしています」

いくつかの病室や診察室を見て回った後、事務長と若手医師が案内してくれたのはレイプ被害者たちのケア病棟だった。厳かな雰囲気が漂う診療棟とは異なり、ケア病棟では小さな庭や食堂の周りをたくさんの子どもたちが走り回っており、一見日本の児童館のような明るさに包まれていた。

事務長は庭の片隅で立ち話をしていた女性のケアマネジャー二人に私を紹介し、もし可能であれば、何人かの女性たちの話を聞かせてやってくれないか、と仲介してくれた。二人はしばらく取材の条件について小声で話し合っていたが、被害者の顔写真は写さない、記事内容は英語やフランス語には翻訳しないことを条件に取材を許可してくれた。

ケアマネジャーが最初に連れてきてくれた女性は喉に大きな傷を抱えた三四歳の黒人女性だった。「私は二回誘拐されました」と彼女は最初に私に言った。

若手医師が通訳してくれたところによると、彼女が最初に拉致されたのは一九九九年四月、彼女が一九歳のときだった。日曜日、村の教会で祈りを捧《ささ》げていると、突然、反政府勢力の民兵が乱入してきて、自動小銃を突きつけられたまま教会にいた四人の女性と一緒に森の中へと連行された。森には約二〇人の民兵がおり、そこで丸二日間、集団でレイプされ続けた。「逃げたら殺す」と脅され、木の棒で頭や足を何度も叩かれた。

夜、気を失って倒れていると、一緒に捕まった女性二人の姿が見えないことに気づいた。翌日、逃亡した女性二人は民兵に見つかって連れ戻されると、頭の上に灯油の入ったバケツを担がされ、火をつけられて焼き殺された。

次に森の中へと連れてこられたのは弟だった。弟は「銃を持ってお前の村を襲え」と民兵たちから脅されていたが、断固として拒否し続けたために、尻の穴から鉄の棒を差し込まれ、川魚のように喉まで突き刺されて死んだ。

その日から約四年間、彼女は隊長の「妻」となり、反政府勢力の民兵たちと一緒に森の中を逃げ回って暮らした。部隊の名称はよくわからなかったが、民兵たちは自分たちのことを「一〇六」と呼んでいた。民兵たちは腹が減ると近くの村を襲って食料を調達していたが、女性たちには米や豆はほとんど与えられず、時折ゾウやシカを襲ってその肉を食べた。その間もずっとレイプは続き、彼女は三人の子どもを身ごもり、産んだ。

「長女は今一四歳になります」と彼女は声を震わせて私に言った。「ある日、隊長が私に向かって『なぜお前は俺の言うことを聞かないのだ』と怒り出し、おもむろに銃剣を取り出して私の喉を突いたのです。私は両手で喉を押さえ、出血を止めるのに必死でした。もう死んでしまいたいとも思いましたが、子どもたちのことを考えると怖くて死ねなかったのです。だから数日後の夜、私は三人の子どもたちを連れて死ぬのを覚悟で逃げました」

「逃走は成功したんですか？」

「はい」と彼女は言った。「私と子ども三人は必死で逃げた後、しばらくは政府側の治安部隊の宿営地の近くに隠れるようにして暮らしていました。でも、そこでも二〇一四年に再び反政府勢力との戦闘が始まり、私は民兵の手によって森へと連れ戻されてしまいました。三人の子どもがその後どうなったのかは今もわかりません。レイプの日々が再び始まり、私のお腹には今四人目の子どもがいます……」

ケアマネジャーが連れてきた二人目の女性は、病院から三九〇キロ離れた南西の村で暮らす五〇歳の女性だった。やはり教会の礼拝中に民兵に襲われ、森に連行されていた。数日後、なんとか脱出して故郷の村に戻ったが、「敵の血を継ぐ女は村に入るな」と追い出され、今は仕方なくケア病棟で暮らしているという。

三人目の女性は、瞳の大きな三三歳の黒人女性だった。インタビューの最初に名前と年齢を尋ねると、彼女は困惑しながら首を振り、「レイプされたのは私ではなく、この子なんです」と彼女のスカートにまとわりついている三、四歳の少女の頭をおもむろになでた。

「三カ月前のことです」と彼女は半ば放心状態のまま大きな瞳に涙を浮かべた。「その日は激しい雨が降っていました。いつも通り買い物から戻ったとき、家の扉が開いていたので、『どうしたのかな』と思って中に入ったんです。窓からはヘッドライトの光が見えました。慌てて家の中を確認してみると、ベッドルームの床に娘が一人座り込んでいたんです。泣きもせず、騒ぎもせずに。部屋中に精液のにおいがしたので、抱き上げてお尻を触ってみると、血だらけでした。性器は切り裂かれ、股関節が外れそうになっていました。このままでは歩けなくなってしまうと私は半狂乱になって、神にもすがる思いでこの子をこの病院に連れてきたんです」

「女の子は今何歳ですか？」と私は少女の年齢を取材に立ち会っていたケアマネジャーに聞いた。

「三歳一〇カ月」

「三歳一〇カ月……」

私は言葉を失ったまま、二人のケアマネジャーに「これはどういうことなのですか？」とさらに詳しい状況の説明を求めた。無言で首を振るだけの二人の横で若手医師が「ここでは珍しいことではないんです」と一人ため息のようなものをついた。

「彼女だけじゃない。四歳、五歳、六歳の子もいる。ケア病棟にいる二〇〇人の性的被害者のうち二五人は一〇歳未満の子どもたちなんです」

「なぜ？」

「なぜって……」と若手医師は私を見ながら吐き捨てるように言った。「エイズだよ」

「エイズ？」

「奴《やつ》らは処女をレイプすれば、自分たちのエイズが治ると信じているんだ」

「本当に……？」と今度は私が言葉を詰まらせる番だった。「でもそれじゃあ……」

「うん」と若手医師は言った。「彼女たちはエイズに感染している可能性があります」

三歳一〇カ月の愛くるしい少女が目を瞬《しばた》かせながら笑い声を上げると、母親は少女を胸の中に強く抱きしめ、自らの頬を何度も彼女の額にこすりつけていた。

20

私が過去の記憶やコンゴ東部での経験を打ち明けている間、修道院のシスターである佐野は一言も発することなく私の話に耳を傾けていた。私が見聞きした悲惨な状況も、彼女にとってはこの国で日々繰り返される日常の一部に過ぎないのかもしれなかった。彼女はわずかに沈黙し、「わかりました」と小さく言っただけだった。

しばらくすると、佐野は私や田邊が飲み終えたコーヒーのカップを台所へと下げ、今度は別の器に甘い香りのする紅茶を淹れて食堂のテーブルへと運んできてくれた。私や田邊の前にカップを差し出すと、彼女もミルクや砂糖は入れずに温かい紅茶をすすった。

「私があの子どもたちと出会ったのは今から三〇年以上も前、一九八二年のことでした」と佐野は紅茶の入ったカップを両手で包み込むようにしてゆっくりと語り始めた。「それは私がコンゴに赴任した年であり、同時に、カスンバレッサの鉱山から日本人が引き揚げ始めた年でもありました。多くの日本人の子どもたちが取り残され、そのうちの何人かが私たちのもとを――当時、この修道院にはもう一人、日本人のシスターがいたのです――訪ねて来て、『父親を探してほしい』と懇願されました。当時、修道院にいたもう一人の日本人シスターは日本に一時帰国した際、日本鉱業の本社に出向いて調査のお願いをしています。でも、会社側からは『私たちは撤退にあたり、しなければならないことをすべてした。お金も払ったし、その父親には今は別の家族がいると思うので、問題になるようなことはしたくない』という回答だったそうです。結局、私たちは何もできませんでした……」

「いや、そんなことはないですよ」と田邊が突然話を遮って熱っぽく言った。「アスンタさんはこれまで彼らのために精いっぱい尽力なさってきたと思います。それを子どもたちは十分理解しているし、彼らは随分と救われた――」

「いえ、私たちは結局は何もできませんでした」と佐野は申し訳なさそうに田邊の言葉を否定した。その表情を見る限り、彼女はこの地に置き去りにされた日本人の子どもたちに対して罪の意識を感じているようだった。

シスターが黙り込んでしまったので、私は沈黙を嫌って「もしよろしければ、佐野さんがコンゴに来るようになったきっかけについて教えていただけませんでしょうか？」と話題を変えた。それは取材者としての機転ではなく、なぜかそのとき、私は個人的に佐野の半生について話を聞いてみたいと思ったのだ。

佐野は私の申し出に頷くと、一つ深呼吸をした上で、ゆっくりと自らの半生について語り始めた。

「私がコンゴに来たのは本当に偶然でした」とシスターは修道院の食堂を見渡すようにして、三〇年前の過去を振り返った。「人生というのは不思議なものですね。時々、すべてが昨日のことのように思い出されるときがあります。あれから三〇年が過ぎ去ったなんて、今でも信じられないくらいです……」

佐野が我々に語ってくれたところによると、彼女は一九四一年、兵庫県伊丹市近郊で関西電力に勤める父と洋裁の先生をしていた母との間に五人兄弟の三番目として生まれた。姉二人が神戸のカトリック系の女学院に進学し、六歳年上の長女に毎週日曜学校に連れて行かれていたこともあり、小学六年生で洗礼を受けた。六年制の神戸海星女子学院を卒業後、東京の聖母女子短大へと進み、看護師の資格を取得した後は神戸の小児科病棟で約三年間働いた。

その後、北海道で助産師の資格を取り、横浜市戸塚区の修道院を訪ねたとき、大きな十字架の前で神の声を聞いた。

〈あなたには苦しんでいる子どもたちの声が聞こえないのか——〉

それまでは修道女になることなど考えもしなかった佐野は、しかしそのとき、生涯を神に捧げる決意を固める。北海道に戻ると戸塚の修道院に入り、以後、修道女として各地の病院で看護師として働いた。

ある日、札幌市の天使病院で看護部長に呼ばれた。

「あなたには人をまとめる力があると思うの」と看護部長は褒めた。「できれば病院の責任者として頑張っていってほしいのだけれど、そのためには大学院で勉強をする必要があるわ。あなた、大学院に行くつもりある？　それともどこかの国のミッションに出たい？」

そのときすでに三九歳になっていた佐野は「いまさら勉強をするよりは、見知らぬ国で新しい仕事をしてみたい」と思い、「ミッションに行かせてください」と申し出た。

数週間後、ミッションの派遣先として告げられたのは旧ザイール（現在のコンゴ）だった。

佐野はその国が地球上のどこにあるのかさえも知らなかったが、その場で看護部長に「お受けいたします」と応じ、部屋に帰って一人世界地図を広げて初めて驚きが胸に来た。

ここに行くのか——。

その国はアフリカ大陸のほぼ中央に広大な土地を抱いて横たわっていた。

「まったく抵抗がなかった、と言えば嘘になるけれど、当時の私にとっては期待の方が遥かに大きかった」と佐野は日本語で私に微笑みながら振り返った。「一九八〇年の子どもの日に日本を出国した後、フランスやローマで研修を受けて、一九八二年一〇月に滞在先のローマからベルギーを通ってザイールの首都キンシャサに飛行機で入ったの。飛行機に乗る前、ベルギーはとても寒かったのだけれど、キンシャサに着いた瞬間、ムッとする熱気が機内に押し寄せてきたのね。それで、私は着ていた分厚いコートをサッと脱ぎ捨てたんです。その瞬間、私はね、生まれて初めてすべてのものを脱ぎ捨てたような気がしたの。うまく言えないけれど、私が持ち合わせていたすべてのものを。到着ロビーでは案内役の黒人シスターたちが私の到着を待っていた。真っ黒な肌と真っ白な歯。彼女たちはそこで歓迎の歌を大きな声で歌ってくれたの。アフリカで歓迎のときに必ず歌われる、あの歌よ。私はそのとき、四一歳でしたが、今から新しい人生が始まるんだ、自分のできる精いっぱいのことをこの人たちと一緒にやっていこう、と心に決めました」

いい話ですね、と私が言うと、佐野は嬉しそうな表情をして少し笑った。

「私ね、コンゴのことをそれまで全然知らなかったのです。首都キンシャサに一週間ぐらい滞在してからすぐに今いるこのルブンバシの修道院に来たのですが、ここはキンシャサとは違って随分涼しいでしょう。私はずっとアフリカは暑いとばかり思い込んでいたから、この夏の軽井沢みたいな気候にちょっと拍子抜けしてしまってね。少し体調を崩したりもしたんです」

田邊が笑うのを見て、佐野は恥ずかしそうに小さな口に手をあてた。まるで一〇代の少女が見せるような仕種だった。

「それから三年間、私は僻地の病院に派遣され、看護師として働きました」と佐野は続けた。「この国には日本やヨーロッパと違って僻地に医師がいません。看護師自らが患者を診察し、処方箋を書き、治療をしなければなりません。患者の多くはマラリアやチフスといった熱帯病を患っています。スタッフ六人が三交代制で、一日三〇人から四〇人の患者を診ました。その後、アンゴラで内戦が起こり、それに伴って多くの難民が押し寄せてくるようになったので、私たちはしばらくの間、その難民たちのお世話をしました」

「ルブンバシ郊外のスラムで働いていたのはいつ頃ですか？」と田邊が私に代わって質問をした。

「それはその後のことです」と佐野は言った。「難民たちのお世話をした後、私はルブンバシ郊外の貧しいスラムにある小さな診療所を任されました。一九八六年のことです。衛生状態の非常に悪い貧しいスラムで、多くの人が病気にかかり命を落としました。私は毎日自分の無力さを噛みしめながら、平時は常にスラムで暮らし、休日は徒歩や自転車でこのルブンバシにやって来て、医療品や食べ物を買った後、またスラムへと戻りました。あそこには電気も水道もないから、川の水や井戸の水を汲んできては、一日洗面器一杯の水で生活しなければならないの。でも幸いなことに、私は大きな病気はしませんでした。一度マラリアにかかったくらい……」

「強いですね」と私は聞き手としてはいささか不適切な相槌《あいづち》を挟んだ。

「いいえ、違います」と佐野は厳しい口調で私の見解を否定した。「私は強い人間ではありません。弱くはないとは思うけれど、決して強くはない。たぶん……そう、夢中だったんだと思います。人々と共に生きることに夢中だった。私たちシスターは五年に一度、一カ月半だけ祖国に帰ることが認められています。でも正直に言えば、私はあの頃、一度も日本に帰りたいとは思いませんでした。そんなふうに私が生きてこられたのは、そう、きっとあるシスターのお陰です。ザイールに赴任することが決まったとき、私はある期間、ずっと悩み続けていたのです。『アフリカで一体何ができるのだろう?』と。そのときにね、あるシスターがそっと肩を叩いてくれた。『あなたの行くアフリカは、フランス語が難しいし、何もかもがうまくいく場所ではないかもしれない。あるいは、あなたには何もできないかもしれない。でもね、それでいいのよ。あなたの使命は〝そこで何かをする〟ことじゃなく、〝人々と共に歩む〟こと。それだけで十分なの。何かをするために行くんじゃない。〝人々と共に歩む〟ために行くのよ』。そ彼女の言葉がその後の私をどれほど勇気づけてくれたことか。ただ人々と共に歩めばいいんだ、それが私の使命なんだ、と。だから、私は絶対に逃げなかった」

その後、佐野は自らのコンゴ内戦における経験を私と田邊に聞かせてくれた。

一九九六年、隣国ルワンダで起きた大虐殺をきっかけにコンゴ国内でも内戦が始まると、翌年には佐野が暮らしていた東部の村の近くでも戦闘が散発するようになった。反政府勢力の猛攻で戦火が村に押し迫ってきても、修道女たちは「村人たちが逃げない限り、私たちも逃げない」と決めて村人たちに医療や食事を提供し続けていた。

やがて戦局は悪化し、地域を守っていた政府軍兵士たちが村を捨てて敗走し始めた。その際、所属部隊からはぐれた政府軍兵士が一人修道院に迷い込み、佐野の左胸に自動小銃をあてて怒鳴り声を上げた。

「車を出せ、命令に背けばお前を殺す」

修道院の車はすでにタイヤがパンクしており、兵士に貸し出したくてもそれが不可能な状態だった。佐野はまずは兵士の恐怖を鎮めるために、「あなたに食事を提供しますから、その分だけの時間をください」と言い、台所で煮炊きの準備をしながら、同時に知人に電話をして車のパンクを修理するよう依頼した。一時間後、食事と車の準備ができると、佐野はその両方を敗走兵に惜しみなく与えた。

「人はね」と佐野は穏やかな声で私に言った。「人を殺したい人なんて本当はどこにもいないの。自分が殺されるのが怖くて、人は人を殺すのよ。だからね、まずはご飯を食べさせることなのね。それは生きることと同義だから。私はあなたを殺《あや》めたりしない、そう気づかせることが、何より大事なことなのね――」

そして、佐野は意図的に私の目を見た。

「私にはあなたの取材活動を止めることはできません」

突然のシスターの回答に私は黙って頷いた。

「同時に、私はあの子どもたちがどうしてこの地に置き去られてしまったのかという具体的な情報も持ち合わせていません。その上で、もし私があなたに一つだけお願いしたいことがあるとすれば、それはあの子どもたちの問題を決してお金の問題にすり替えてはほしくないということです。今後あなたが取材を続けていく過程において、あるいは貧しい暮らしを続けている子どもたちの何人かが『お金がほしい』『生活を保障してくれ』と言うかもしれない。でも、それは私が知る限りほんの一部の人たちで、私がこれまで接してきた子どもたちのほとんどは、ただ『父親に会いたい』と純真に願っている人たちです。子どもたちの問題はお金の問題に置き換えてしまった方が、実は解決がずっと楽で簡単なのです。わずか五〇人しかいない子どもたちが求める補償金なんて、日本政府や日本の大企業にしてみれば、ほんのわずかなお金でしかないのですから。あるいは、日本政府や日本の企業はお金で解決しようとするかもしれない。でもね、それでは彼らの希望は何一つ叶えられない。もし、あなたの取材で世界の何かを変えられるのであれば、一人でも二人でもいい、彼らが将来親子の絆を取り戻せるような、そんな記事を書いてほしいと思います。『父親に会いたい』という願いは人の子であれば誰もが持っている普遍的な愛です。あなたの書く記事が誰かを批判したり、何かの責任を追及したりするものではなく、彼らと父親の橋渡しになるような、そんな正しい記事であることを私は心から願っています――」

佐野はそう言うと、修道院の自室から数枚の資料の束を持ち出し、そっと私に手渡してくれた。資料の束をめくってみると、そこには五〇人に及ぶ日本人残留児たちの氏名と、日本に帰国した父親からみれば孫にあたる、約二〇〇人に及ぶ日本人残留児の子どもたちの名前が細かな文字で書き込まれていた。佐野が約三〇年間かけて個人的にまとめてきた「子どもたち」に関する資料だった。

私はその丁寧な文字の羅列を目で追いながら、自分の胸の奥がひそかに熱くなっていくのを感じていた。

「またいつでもいらしてください」と佐野は穏やかに微笑みながら私に言った。「あなたが良いことをしようと思い続けている限り、私はあなたの力になります」

佐野はゆっくりと胸の前で十字を切ると、その透き通った時間の中で、壁に掲げられた聖母像に向かって小さく何かをつぶやいていた。

日本食レストラン「ホープ」で働くユキ（右）と母親ムセンディーカ。［**第二章　ジャパニーズ・ネームの秘密**］

右頁上●工具店を経営するムルンダ。〔**第二章 ジャパニーズ・ネームの秘密**〕
右頁下●「子どもたちの会」を立ち上げたケイコ（右）とその母親。〔**第一章 真実への距離**〕

左頁上●貧しい環境で生き抜くナナ（右）と母親ルティー。［**第三章 日本人が遺したもの**］
左頁下●日本食レストランで暮らすケンチャン。［**第二章 ジャパニーズ・ネームの秘密**］

右頁上●台所で子どもたちに水浴びをさせるサクラ（後列右）とその家族。［**第二章　ジャパニーズ・ネームの秘密**］
右頁下●カスンバレッサ町で日本人残留児のまとめ役を担うコウヘイ（左端）。日本人労働者たちの孫にあたる世代が生まれ育っている。
左頁上●葦で覆われたムソシ鉱山の鳥居。日本企業の繁栄と衰退を見守ってきた。
左頁下●ムソシ鉱山の立坑建屋。いずれも［**第三章　日本人が遺したもの**］

右頁上●家屋の前で記念写真に収まるヒデミツとその母親。
右頁下●ある日本人残留児の家に残されている唯一の家族写真。
左頁●玄関先に立つユーコ。多くの日本人残留児たちが我々の取材を受け入れてくれた。いずれも［**第Ⅱ章　修道院の光**］

写真上●日本人残留児たちを見守り続けるマリアの宣教師フランシスコ修道会の佐野浩子［**第五章 修道院の光**］
同下●日本カタンガ協会の田邊好美［**第一章 真実への距離**］

第六章　空と銃声

21

南アフリカの最大都市ヨハネスブルクのO・R・タンボ国際空港を飛び立ったエミレーツ航空七六一便は、中東地域の交易拠点であるアラブ首長国連邦のドバイ国際空港へと向かって東アフリカの星空を飛び続けていた。乗り込んだ機体は「スーパージャンボ」の異名で知られる世界最大の超大型旅客機エアバス「A380」。コックピットの頭部が大きく隆起し、機首がイルカの顔のようにも見える世界初の総二階建て超大型ジェット旅客機は、普段アフリカで小型機ばかりに乗り慣れている私の目には飛行機というよりはむしろ巨大な船のように映った。全長七三メートル、翼幅八〇メートル。二階部分にはバーやラウンジも設置されており、エコノミークラスの狭い客席からは全体像さえわからない。自重を含めて五六〇トンもの物体を空中に浮遊させることのできる「空の怪物」は、翼下に取り付けられた四機のロールス・ロイス社製の高性能ジェットエンジンにより、その騒音さえも船に似ていた。

私はドバイを経由して祖国日本へと向かっていた。コンゴで取材した日本人残留児たちの情報をもとに、彼らの父親の手掛かりを探すことを目的とした「海外出張」だった。父親をうまく見つけ出せる可能性は、どんなに楽観的に見積もっても五分五分だった。正確な父親の住所がわかっているのはムルンダ一人しかおらず、その住所さえも三〇年以上も前のものだった。果たしてその父親が今もそこに暮らしているのか、あるいはその住所が今も存在しているのかさえも、出国前の私にはわからなかった。

旅行会社から送られてきた旅程表によると、ヨハネスブルクから東京までの飛行時間は乗り継ぎ時間を合わせて全部で二六時間かかるらしかった。私はその気の遠くなるような長い移動時間を一冊の本を読み通すことで消費しようと決めていた。

朝日新聞のアフリカ特派員だった伊藤正孝の追悼集『駆けぬけて――回想　伊藤正孝』（非売品）。伊藤の死去に際して友人や同僚らが自費出版したその冊子を私は出国前にナイロビ支局の倉庫に見つけ、取材用のザックに押し込んできていた。

伊藤正孝は、アフリカを取材した数ある日本人特派員の中で、私が最も影響を受けた人物だった。

一九七七年、タンザニアのアフリカ支局に赴任した伊藤は、一九八七年には筑紫哲也の後任として朝日ジャーナルの編集長に就き、一九九五年に五八歳の若さで他界していた。

彼が残した最大の仕事は、一九六七年から七〇年初頭にかけて起きたビアフラ内戦におけるルポルタージュである。ナイジェリア東部のイボ民族がビアフラ共和国として独立を宣言したことに端を発する内戦で、彼はナイジェリア政府軍に包囲されて滅亡寸前だったビアフラに飛び込み、飢餓に追い詰められていく人々の様子を最後の連絡便で脱出するまで克明に記録し続けた。

特筆すべきは、伊藤はそのときはまだ正式なアフリカ特派員ではなかったという事実である。彼は当時、渋谷警察署担当の社会部記者であり、アフリカには日曜版の企画取材で出張していた。そこで偶然ビアフラ内戦を知り、そのまま現場に飛び込んだのである。当初、タンザニアのダルエスサラームで取材の申請をしたものの当局に認められなかったため、実に四カ月もかけてアディスアベバ、ロンドン、パリを転々としながら取材許可を入手し、ビアフラ崩壊の瞬間に立ち会っていた。

追悼集『駆けぬけて』の冒頭には「もっと良心的に、もっと行動的に」というタイトルの伊藤自身の文章が掲載されていた。一九九四年にルワンダ虐殺の取材に向かう途中、小型飛行機の墜落事故で亡くなったフジテレビのカイロ支局長入江敏彦と共同通信ナイロビ支局長沼沢均の死亡を受け、伊藤が亡くなる約一カ月前の一九九五年四月に月刊誌『新聞研究』に発表されたもので、事実上、伊藤の最後の原稿らしかった。

そこには「記者が現場に行くことの意味」について次のように記されていた。

これから私が書こうとしているのは、地域紛争の取材に当たる記者たちに、「もっと良心的に、もっと行動的に」という要請である。それは「死にに行け」と言っているのだと

受け取られるかもしれない。(中略)
七〇年一月、密林のなかに独立を宣言したビアフラ共和国が、ナイジェリア中央政府の正規軍に包囲され、断末魔を迎えていた。百五十万人の餓死・戦死者を出したといわれるビアフラ内線の最終場面を取材していた記者は四人しかいなかった。私と英紙タイムズの記者が二人、英紙オブザーバーの記者が一人である。正式社員の記者は私とタイムズの一人だけで、あとの二人は特約のフリーランスだった。大惨事のしめくくりをカバーした記者がたったの四人ということは、いつまでも衝撃感を私の内部に残した。当時私は東京・渋谷警察署の記者クラブに所属しており、日曜版の取材でアフリカに臨時特派されていた。渋谷署では人が一人死ぬとクラブに所属している十人前後が必ず現場に出向いた。それと百五十万人死んだ現場に記者が四人しかいないという落差は、どう考えても命の値段の差としか思えなかった。(中略)
日本人が一人死ねば十人もの記者が死に至ったいきさつを熱心に取材する。アフリカでは何万人死んでもその人数、虐殺の現況すら報道されない。これでは不公平を通り越して不正義であり、虐殺の進行を止めるものは何もないのである。(中略)
実は私は紛争現場に一人でも多くの記者に踏み込んでほしいと願っている。それは記者たちの目があれば、虐殺はかなり防げると信じるからである。中東アフリカに関するかぎり、大量虐殺は記者の目の届かない密室状態のなかで起きている。(中略)殺される方は記者たちに「来てほしい」と叫び続けている。彼らの側に五人、十人とカメラを構えた記者がいたら、ほしいままな虐殺は続けられなかっただろう。殺されるのはたいてい小数《ママ》民族であり、叫び声の小さい人々である。

伊藤の遺稿を読みながら、ひどく勇気づけられている自分がいた。コンゴにおける日本人残留児の問題を取材し始めてからずっと、私は心のどこかでこの問題を取材する意味のようなものをはかりかねているようなところがあった。最初のきっかけはフランス24が報じた日本人医師による「嬰児殺し」に対する疑念だった。それが今では徐々に、日本人残留児がコンゴに残された背景や、現在彼らを取り巻いている劣悪な生活環境、そして彼らが父親に対して抱いている思いといった個人的なものへと取材の軸足が移り変わっている。テーマが個人的なものになればなるほど、新聞記事で扱うことが難しくなっていく。それを承知の上でなぜ、私はこのテーマに固執するのか——。

その答えはおそらく、伊藤が語っているような——あるいはキンシャサの日本大使館の参事官が指摘していたような——我々と彼らの間に存在する「不公平」あるいは「不平等」に起因していた。

伊藤は書いていた。

〈日本人が一人死ねば十人もの記者が死に至ったいきさつを熱心に取材する。アフリカでは何万人死んでもその人数、虐殺の現況すら報道されない。これでは不公平を通り越して不正義であ（る）〉

〈殺される方は記者たちに「来てほしい」と叫び続けている。（中略）殺されるのはたいてい小数《ママ》民族であり、叫び声の小さい人々である〉

田邊好美によると、コンゴにおける日本人残留児を取り巻く問題についてはこれまでも複数のメディアによって取材がなされたものの、世に出されることはなかったという。もし同じような出来事が日本やアメリカやヨーロッパといった先進国で起きていたなら、多くのメディアによって大々的に報じられ、一部は救済されていたに違いない。それがなされなかったのは、ただ単に事案の発生場所が日本から遠く離れたアフリカであったというだけでなく、事案そのものが日本のメディアがあまり報じたがらない、日本人の「加害性」が焦点となりうる「事件」だったからではなかったか――。

〈もっと良心的に、もっと行動的に〉と伊藤は遺稿の中から呼びかけていた。私は伊藤の言葉通りに日本人によって引き起こされた「不正義」の現場に飛び込み、〈叫び声の小さい人々〉の声を拾い集めていく中で、職業記者として――あるいは一人の日本人として――その地域的・経済的な格差が生み出した「不条理」を見て見ぬ振りをすることができなかったのだ。

と同時に、私はもう二度と自らの保身のために現場から逃げ去るような卑怯な真似はしたくないという思いが強かった。

胸の奥に小さな痛みを感じ、私は伊藤の追悼集を膝の上に置いた。

超大型旅客機のジェットエンジンの音に混じって、あの日の銃声が聞こえた気がした。


私が銃撃戦に巻き込まれたのは二〇一五年、コンゴの東隣にあるアフリカ中部のブルンジだった。

ブルンジではその頃、憲法で定められた二期の任期を満了しようとしていた現職大統領が「私は現在、実質的には一期目である」というわけのわからない理由で退任を拒否し始めたため、各地で大統領の辞任を求める学生たちの抗議デモが広がっていた。大統領は兵士や警察を使って野党の党首を暗殺したり、政権に批判的なラジオ局に火をつけたりしてなんとか抗議デモを鎮圧させようと必死だったが、混乱は日に日に拡大を続けていた。

私はその混乱の様子を取材するため南アフリカから首都ブジュンブラに入った。ブルンジはコンゴと同様、公用語がフランス語なので、私は兵士によって火を放たれた地元ラジオ局の編集局長に通訳兼取材アシスタントをお願いし、一緒に取材現場を回ってもらった。本来であれば、ナイロビ支局の取材助手であるレオンがケニアから先に現場に入って準備を進めているはずだったが、ケニア航空のストライキで搭乗便の到着が大幅に遅れてしまったため、彼とはその日の午後に現場で合流することになっていた。

銃撃戦に巻き込まれたのはその日の午前中だった。

私は朝から地元大学生らが組織するデモ隊に同行して抗議活動を取材していた。レオンが正午過ぎの便で到着することになっていたので、車を持っている編集局長にはレオンを空港に迎えに行ってもらい、私はまだ入社一年目だという地元ラジオ局の新人アナウンサーと一緒にデモ隊の写真を撮ったり、学生の声を取材したりしていた。

学生たちは「憲法を守れ」「大統領は辞任を」と書かれたプラカードを掲げ、市街地から大統領府のある中央官庁街へと向かって進んでいった。私は彼らが掲げるプラカードの内容がファインダー内に収まるようにデモ隊の正面前方に回り込み、後ろ向きで歩きながらシャッターを切っていった。私のすぐ隣では両肩から数台のカメラをぶら下げた欧米のカメラマンが同じようにデモ隊の動画を撮影していた。

そのときだった。

私の背後で爆竹のような破裂音が炸裂《さくれつ》し、デモ隊の足が一瞬止まった。振り向くと、道路の枝道から次々と重武装した治安部隊の隊員が現れ、駆け足で目の前の主要道を封鎖しようとしているところだった。先ほど聞いた炸裂音は、どうやらデモ隊の足を止めるために治安部隊が撃った空砲のようだった。

数秒後、主要道は銃を水平に構えた治安部隊によって完全に封鎖された。デモ隊の学生たちはしゃがみ込んだまま、このまま進むべきなのか、あるいは態勢を整えるため一時撤退すべきなのか、次なる対応をはかりかねているようだった。道路は封鎖されているものの、両者の間には二〇〜三〇メートルほどの距離がある。緊張感のある静寂の中、強烈な太陽光がジリジリと路面に降り注いでいた。

均衡が崩れたのは数秒後だった。デモ隊の中列にいた青年が突然、大声で何かを叫びながら立ち上がり、持っていた拳大ほどの石を治安部隊に向かって投擲《とうてき》し始めたのだ。それを号砲とするかのように十数人の若者たちが次々と道路脇に転がっている石やレンガを拾い、前方の治安部隊に向かって投げつけ始めた。彼らは「進む」でも「退く」でもなく、治安部隊に「戦い」を挑み始めたのである。

私は飛んでくる石が当たらないよう、取材用に使っているザックで頭を隠して道路脇に並んでいる商店の中へと転がり込んだ。商品棚の陰に身を隠して道路の方向を見上げようとした瞬間、銃を構えていた治安部隊の方から一斉に発砲音が響き、私の約二〇メートル前方で今まさに石を投げようとしていた青年の肩が吹き飛ぶのが見えた。

「マジかよ……」

私は慌ててその場にひれ伏した。土がむき出しになっている商店の床にあごをこすりつけるようにしながら横目で治安部隊の方をのぞき見てみると、兵士は銃口を上空ではなく、まっすぐ大学生らのデモ隊に向けて水平射撃を実施していた。しかも、兵士たちは彼らが作った防衛線上に立ち止まっているのではなく、おのおのが銃を水平に構えて連射しながら徐々にデモ隊に向かって前進し始めている。

次の瞬間、前方に立ちすくんでいた男子学生の頭部が血しぶきを上げて後方へ吹き飛ぶのが見えた。

その状況に、道路にしゃがみ込んでいた学生たちは一斉に道の両脇に立ち並ぶ商店の陰に身を隠したり、脇道に逃走したりし始めた。しかしそんな状況の中でも、一部の学生たちは治安部隊への抵抗を止めず、拾った石を投げつけたり、持っていた火炎瓶のようなものを放り投げたりしていた。

それは正式な意味では「銃撃戦」とは呼べないものだった。一方的に銃撃しているのは重武装している治安部隊であり、撃たれる側に立たされている学生たちは道路脇の石を拾って投げつけたり、逃げ惑ったりしているだけで、限りなく「虐殺」に近いものだった。

私は商店の中でうつぶせになったまま、小動物ににらまれた昆虫のようにまったく身動きが取れなくなっていた。体を動かしたくても全身に力が入らないのだ。

辛うじて顔を横にずらして路上へと視線を向けると、頭部や胸部に銃弾を浴びた三、四人の男子学生がうずくまっているのが見えた。私はこのままでは自分も撃たれるのではないかと思い、全身の力を振り絞ってノート型パソコンが入ったザックをヘルメット代わりにして、商店のわずか十数メートル後方にある小さな脇道へと両膝を突きながらずりずりと後退していった。

十数メートルの距離がまるで数キロのように遠く感じられた。口の中がカラカラに干からび、何度かつばを飲み込もうとしたが、結局何も飲み込めなかった。目はむき出しの地面だけを見ていたが、鼻は硝煙の臭いを嗅ぎつけ、耳は道路の真ん中で石を投げつけながら叫ぶ若者たちの悲鳴を聞いて、現場との距離を正確に測ろうとした。

ようやく体の一部が脇道に出ると、私はなんとかその場で立とうとしたが、足がもつれてうまく立ち上がれなかった。数秒後、フラフラしながら歩き出したが、自分がどこにいるのか現在地がわからず、治安部隊とデモ隊との衝突が起きている現場からなるべく離れた方向に向かって全力で「歩いた」。

銃声を聞いて周囲の住民も逃げ始めていた。未舗装の細い脇道を二〇〇メートルほど行き、その先の舗装された道路の脇でバイクに乗った青年たちが数人たむろしていたので、私は二〇ドル札を握りしめて、これで私が宿泊しているホテルに向かってほしいと英語で告げた。青年は英語を話せなかったが、なんとか意図は伝わったらしく、私をバイクの後部座席に乗せてブジュンブラ中心部にあるホテルまで運んでくれた。

取材助手のレオンがホテルに到着したのは、その日の午後二時過ぎだった。私の部屋をノックして入ってくるなり、レオンは私に向かって「ラジオが『もうすぐクーデターが起きそうだ』と言っている。この状態での取材は無理だ。今すぐこの国から脱出した方がいい」と忠告した。部屋でつけっぱなしになっているテレビでは、ブルンジ軍の高官がデモ隊の活動に理解を示す声明を読み上げていた。軍がデモ隊を擁護する、それはつまり軍が政府と袂《たもと》を分かってクーデターを起こす可能性があることを示唆していた。私が目撃したブジュンブラ中心部でのデモ隊への水平射撃は、大統領に近い親衛隊がそのクーデターを見越して強行した「警告」である可能性が高かった。

万一クーデターが起こってしまうと、空港が真っ先に占拠されるため、外国人は国外に脱出する術《すべ》を失ってしまう。東京の編集局に電話を入れると、「すぐに脱出してくれ」との命令が飛んだ。

しかし、いつも航空券を手配しているナイロビの旅行会社に電話を入れると、普段穏やかな担当者からは緊張感に満ちた声で「本日発の便はナイロビ行きがまだ辛うじて残っていますが、残席が一席しかありません」と告げられた。

「明日は？」

「明日はまだ数席空いていますが……今の状況がどこまで持つか。今夜クーデターが起きてしまえば、明日は全便がキャンセルされてしまうでしょう」

私は自分以外にもレオンの座席を確保しなければならなかった。

「なんとか二席確保できませんでしょうか？」

「無理です」とレオンも現地入りしている事情を知っている旅行会社の担当者は苦しそうに言った。「まずはミスター・ミウラが脱出すべきです。レオンなら万一空港が閉鎖されても、ケニア人なので陸路で隣国ルワンダに脱出できます。ミスター・ミウラはビザがないのでルワンダには越境できない。それにあなたはフランス語が話せないでしょう？　レオンならスワヒリ語が話せるので、現地でコミュニケーションを取ることが可能です」

　私は旅行会社の担当者の助言に従い、残り一席の空席をとりあえず私の名前で押さえてもらうと、レオンについては翌日の早朝便に名前を入れた上で、空港で座席のキャンセルが出るのを待つことにした。

　しかし、ブジュンブラの国際空港に到着した瞬間、その望みがいかに自分にとって都合の良いものであったかを思い知らされた。出国ロビーはクーデターの発生を予想して緊急脱出を試みようとする多数の外国企業の駐在員や政府機関の関係者らでごった返しており、航空会社のカウンターの上に置かれたキャンセル待ちのリストにはすでに数十人の名前が並んでいた。

　事情を察したレオンはあえて不安そうな表情を見せずに私に言った。

「俺は大丈夫だよ。先に脱出して、ナイロビで待っててよ」

「でも……」と私は言いかけて、自分の卑劣さに思わず泣き出したくなった。私とレオンは立場上は上司と部下の関係にあったが、それを離れれば、危険な現場を何度も一緒に乗り越えてきた同い年の親友でもあった。私と同じように彼にも妻と二人の子どもがいる。

「じゃあ、こうしよう」とレオンは思案を続ける私に向かって代案を告げた。「もし今夜クーデターが起きて空港が使えなくなったら、翌朝の便を待たずにすぐにラジオ局の編集局長の車でルワンダに脱出させてくれ。〈蜂〉（レオンは私をこのニックネームで呼んでいた）はルワンダ国境を抜けられないけど、俺はケニア人なので問題なく抜けられるから」

私はすぐにラジオ局の編集局長に電話を入れて、万一クーデターが起きた場合にはレオンを乗せてルワンダ国境に向かってもらうよう依頼した。編集局長は「そのときには私もルワンダに逃げるつもりだから問題ない」と快諾してくれた。

私はナイロビへと向かうケニア航空機の中で、自ら下した判断が本当に正しかったのかどうか激しく自問し続けた。

導き出された答えは「否」。たとえ私一人が現地に残るのは難しかったとしても、私もレオンと一緒に空港に残り、何があっても二人で帰還する道を探るべきだった。

翌朝、レオンは第一便のケニア航空機に乗ってブルンジからナイロビに無事帰還した。怪我などはしていなかったが、全身を蚊に刺されていた。

「空港のイスで寝たんだけれどね、蚊がひどくてさ。クーデターは起きなかったけれど、蚊の集中砲火を浴びたよ」

笑いながら話すレオンの表情に私はわずかに救われた気分になったが、それ以降もずっと私が犯した「罪」の意識は消えることがなかった。

ブルンジでクーデターが起き、空港が閉鎖されたのはその翌日だった。

第七章　祖国への旅

22

日本への出張は、結論から言うと「大失敗」だった。

極めて運の悪いことに、私が二六時間かけて羽田空港に到着した直後、日本が唯一国連の平和維持活動（ＰＫＯ）として自衛隊を派遣しているアフリカ中東部の南スーダンで政府軍と反政府勢力による大規模な戦闘が発生してしまい、急遽、取材の予定を大幅に切り上げてアフリカに帰らなければいけなくなってしまったからである。その時点では自衛隊員や在留邦人に犠牲者は出ていなかったが、現地の情勢は不透明であり、現地入りするかどうかは別にしても、アフリカ特派員としては一刻も早く持ち場に戻らなければならない状況だった。私は自らが持つ運の悪さをひどく呪った。

当初、日本では大きく三つの取材を予定していた。そのうち最も重要なものは日本人残留児たちの父親に関する取材で、これについては日本人残留児の父親ではないものの、かつてムソシ鉱山に勤務経験のある人物を三人ほど見つけ出していた。まずは彼らに直接会った上で、当時のムソシ鉱山での生活状況や日本人残留児が生まれた背景などについて尋ねられないかと考えていた。と同時に、かつてムソシ鉱山を経営していた日本鉱業の後継企業の東京本社を訪問し、事実関係の確認と今後の取材における協力を要請できないかと考えていた。

日本での滞在は全部で一〇日間を予定していた。しかし、南スーダンの情勢を見る限り、すべての日程を消化した上でアフリカに戻ることはどう考えても不可能だった。米ニューヨークタイムズや英BBCのニュースサイトによると、自衛隊が宿営地を置く首都ジュバでは大規模な戦闘によってすでに兵士ら数百人が死亡しており、多くの市民が隣国ウガンダへと逃げ始めていた。

私は東京本社の上司に事情を説明し、数日間だけ日本での滞在を認めてもらうと、今後の取材にどうしても必要なインタビューだけをその数日間に詰め込んだ。具体的には、すでにアポイントが入っていたムソシ鉱山での勤務経験者と日本鉱業の後継企業の本社取材を優先し、その後時間をかけて探し回ろうと考えていた日本人残留児たちの父親については再び日本に戻る機会を見つけて取材を継続することにした。

翌日、最初に足を運んだのは東京都内にキャンパスを持つある私立大学の大学院だった。ビジネスを学ぶ学生のために作られた大学院で、そのセミナー室の一室が取材場所として指定されていた。

大学院で現在教員を務めているというその男性は、私が唯一、インターネット上でムソシ鉱山での勤務経験を知り得た人物だった。六〇代後半とみられるその男性は現在ある協会の幹部も務めており、一九七〇年代に日本鉱業に入社後、一九八〇年代にカスンバレッサ町に駐在していた経歴をネット上で公開していた。

セミナー室に入ると、部屋では大学講師を務める男性の他にもう一人、男性よりも若干年上とみられる高齢の紳士が二人で私の到着を待ち受けていた。

私が自己紹介をして二人と名刺を交わすと、男性は唐突に「この人、偉い人なんだよ」と私に言った。

「日本鉱業で幹部を務めていたんだ。今日はこの人にも同席してもらった方がいいと思ってね」

一人でも多くの関係者から話を聞きたいと思っていた私は男性の配慮に感謝し、高齢の紳士に「ムソシ鉱山での勤務はいかがでしたか？」と明るく声を掛けた。すると、高齢の紳士は眉をひそめ、「いえ、私はコンゴには行ったことがありません」と声を曇らせた。

三人の間に一瞬不穏な空気が漂った。何かがうまくいっていない、あるいは事前に何かが意図的に仕組まれている、そんな不安を感じさせるような滑り出しだった。

「それではインタビューを始めさせていただきます」と私は取材の冒頭、いつものように今回の取材の趣旨とインタビューの狙いを二人に簡潔に説明した。それは取材者である私がどのような問題意識を持ち、何を聞きたがっているのかを相手に事前に開示することで、相手の記憶や意見を効率的に引き出すための基本的な取材上の手続きでもあった。

しかし、インタビューは開始直後から、こちらが意図した方向とはまったく異なる方向へと進み始めた。私が何を尋ねても大学講師の男性は回答をはぐらかし、話題を変え、あえて関係のない事柄について延々と持論を展開し続けるのである。その受け答えや態度から男性が私のインタビューを快く思っていないことは明らかだった。そのときになって初めて、私は男性がなぜ高齢の紳士をこの場に同席させたのか、真の理由がわかった気がした。男性はきっと、彼が私に何も話していないことをどこかで高齢の紳士に証明してもらうためにあえて同席させているのだ。彼は自己保身のために——あるいはもっと大きなものを守るために——彼をこの場に呼んだのであり、私はまんまと罠にはめられた可能性があった。

私がカスンバレッサ町に取り残されている日本人残留児たちについて尋ねると、男性は「知らないなあ」と人を小馬鹿にするような態度で笑った。「私の知る限り、現地で近隣の村に行っていた日本人は皆無だよ。ましてや現地の女性と付き合っていたなんてあり得ないし、そんな話まったく聞いたことがない。君、騙《だま》されているんじゃないの？」

私は日本人残留児たちの存在を示すため、これまで撮りためてきた日本人残留児たちの写真が挟み込まれている分厚いファイルをバッグから取り出し、男性や高齢の紳士の机の前に広げて見せた。

「これ、日本人じゃないよ」と男性はその数十枚の写真を指さして笑った。「どれもこれも日本人の顔をしてないじゃないか。どう見たってコンゴ人だよ。なあ、君はこれが日本人だと思うのかい？」

「ええ」と私は短く肯定した。「少なくとも現地で暮らすコンゴの人とはまるで違った顔立ちだと思うのですが……」

「いや、君、これ、全然コンゴ人だよ。コンゴ人」と男性は言った。

「そうでしょうか」と私はなるべく感情を抑えるようにして言った。「でも、横に添えられている彼らの名前を見てください。どれも現地の人では思いつくことが難しい日本名です。親子で写っている写真を見てください。子どもの顔はどう見ても、コンゴ人というよりは東洋人です……」

「名前は勝手につけたのでしょう」と男性は私の説明を遮って言った。

「名前が日本人だとか、そんなの簡単にできますよ。ソデミザに行って、日本人の名前を聞いて、勝手につけたんでしょう。まったくのデタラメですよ」

「デタラメ？」

「そう、デタラメだ」

私は男性のあまりの言い方に怒りの感情を隠せなかった。

「でも、私が彼らのお父さんが日本人であると考えているのは、日本人残留児たちを写したこのポートレートだけじゃないんです。彼らの家には日本人の父親と一緒に写った家族写真や旅行スナップなどがたくさん残っています。プライバシーの関係で今はお見せできませんが、私がこの目で確認していますし、接写してデジタル画像として残しています」

「あり得ませんね」と男性は私の反論を切り捨てるように言った。「会社では盆踊りみたいなものはやりましたよ。でも現地の村人との交流はそれくらいで、あとは何もない。現地のコンゴ人と家族を持ったり子どもを作ったりしていたなんて聞いたこともない」

興奮気味に話す男性の横で高齢の紳士が困ったような表情で私と男性のやりとりを聞いていた。

「君は誰かに騙されているのかもしれないよ」と男性は吐き捨てるように言った。「アフリカでは人を簡単に信じちゃいけない。それぐらいわかっているだろう」

その言葉を聞き、私は彼の発言を一切信じないことにした。私は生来、「人を信じるな」と発する人間の言葉を信じない。

私はその場で取材を打ち切ることにした。お礼を言ってセミナー室を出ようとすると、男性は私が帰るのを確認するようにエレベーターの前まで送ってくれた。

「アフリカからわざわざ来ると聞いたから、てっきり手土産か何かを持ってくると思ってたんだがね。昨今はそういうこともしないんだな」と男性は私がエレベーターを待つ間、冗談のように言った。私は「今回は取材でしたので。もし次もお会いしていただけるようであれば、アフリカの土産をお持ちいたします」と声に若干力を込めて返した。

「いや、結構だわ」

エレベーターの扉が閉まる瞬間、私は男性に向かって形式的にお辞儀をしながら拳を堅く握りしめていた。

23

日本鉱業の後継企業の本社は東京・大手町の超一等地に建てられた近代的なオフィスビルの中にあった。自動ドアを抜けて吹き抜けのエントランスに入ると、汗が染み出たワイシャツを身につけていることが気恥ずかしく思えるほど、清潔で洗練された受付フロアーが広がっていた。グループ企業が東京２０２０オリンピックのスポンサーになっているのだろう、受付前に設置されている巨大な薄型テレビからは誰もが一度は見たことのある体操選手や卓球選手たちが東京開催の成功を呼びかけるプロモーションビデオが流れていた。

受付の女性に名刺を渡して来訪を告げると、事前にメールで面会のアポイントを入れていたためか、時を置かずして広報担当とみられる男性二人が受付に現れ、美しいブラインドが掛かった来客者用の個室へと案内してくれた。

「本日は遠いところからわざわざお越しいただきまして、誠にありがとうございます」と高級スーツに身を包んだ男性がまるで大口融資を担当する銀行員のような口調で私に向かって頭を下げた。名刺を交わすと、彼は後継企業の広報部長らしく、同席しているもう一人の男性は今回の面会のセッティングをしてくれた広報部の参事らしかった。

私はいつものように取材の趣旨を説明した上で「今回の取材は正確を期するため、録音させていただいてもよろしいでしょうか？」と許可を求めた。広報部長は「ええ、どうぞ。こちらは構いません」と涼やかに答えた。

私は今回、主な質問の内容を事前に広報部にメールで伝えていた。二人は面会に際し、企業側の見解を示したA４サイズの説明文を一枚準備しているようだった。取材の冒頭、広報部長がその文面を読み上げ始めたため、私は「いや、内容は読めばわかりますから」と遮ってその説明文を受け取った。

そこには次のような文面が記されていた。

ザイール鉱工業開発株式会社におけるザイール共和国銅鉱山開発概要について

日本鉱業株式会社は国内の非鉄金属会社、商社等と共同で、一九六九年に旧コンゴ民主共和国政府との合弁により、「コンゴ鉱工業開発株式会社」（一九七一年に国名変更に伴い、『ザイール鉱工業開発株式会社』に商号変更。一九八三年解消時の日本鉱業出資比率は二四・九六％）を設立し、同国シャバ州の銅鉱山の探鉱・開発に本格的に着手した。その後、同社は一九七二年、操業を開始した。

同社はムソシ鉱山とキンセンダ鉱山を開発し、両鉱山の出鉱量は一九七六年の約一六〇万トンをピークに平均年産約一三〇万トン、一九七二年から一九八三年までの一一年間の総量は約一五〇〇万トンであった。

操業開始後、銅価の大幅下落、度重なるアフリカ地域での紛争による輸送ルートの変更等に伴う輸送コストの大幅増加、政情不安による諸物価の高騰により、ザイール鉱工業開発株式会社の企業業績は大幅に悪化した。同社はザイール政府との協議の結果、同鉱山を国策会社として経営存続させるとの結論を得、一九八三年に同社の持つ経営権を同政府に譲渡することで合意に達し、事業から撤退した――。


説明文には社史などにも掲載されているムソシ鉱山の経緯に関する事実関係が記されているだけで、私が知りたいと思っている日本人残留児たちの話についてはどこにも記載されていなかった。

私は「電話やメールでもお伝えしました通り、まずは現地に取り残されている日本人残留児たちについての御社の見解をお伺いしたいのですが」と単刀直入に質問を投げた。

「承知しました」と広報部長は広報のプロらしく、誠実な態度で今度は準備してきた手元の回答を読み上げ始めた。「その件につきましては、二〇〇七年に外務省から当時の〇〇〇社（筆者註・日本鉱業の後継企業の一つ。現在は社名を変更）に問い合わせがあり、現地の日本人とコンゴ人の間に生まれたとされる子どもについての調査を実施しましたところ、そのような事実は確認できませんでした」

「確認できなかった？」と私は少々大げさに驚きながら聞き返した。

「はい」と広報部長は極めてビジネスライクにそれに答えた。「当社の記録を調べてみたところ、当時、そのような事実は確認できなかった、ということです」

「本当ですか？」と私もビジネスライクに驚いて聞いた。「私がこれまで続けてきた取材の結果とはあまりに違うのですが？」

私はテーブルを挟んで座っている二人の顔を凝視した。しかし、人の良さそうな広報部長やその隣に座った広報部の参事の表情からは何かを隠し立てしているような点は見受けられなかった。むしろ、こちらがどこからかガセネタをつかまされて間違った方向で取材を続けてきてしまっていることを気の毒に思っているような、そんな雰囲気さえ漂わせていた。

私は大学院で面会した男性にもそうしたように、二人にも日本人残留児たちが写ったポートレートを示したり、これまで現地で続けてきた取材結果を口頭で伝えたりしたが、彼らは私の説明にただ困ったように頷くだけだった。

「これはあくまでも参考の情報なのですが」と広報部長が困惑した表情で私に告げた。「色々調査したところ、当時ザイールに駐在していた弊社のＯＢの中には『聞いたことがある』と答えた人がいたそうです。しかし、調べてみたところ、そのような事実関係は確認できなかったそうです」

「確認できなかった……」

スーツ姿の男性二人に真正面から否定され、私は言葉が続かなかった。そんなことはない、あるはずがない、と私は心の中で連呼していた。それでは私がこれまでコンゴで出会ったたくさんの日本人残留児たちはみな幻だったというのだろうか……。

ふと、先日大学院で面会した男性の声が胸に蘇《よみがえ》った。

「そんな話まったく聞いたことがない。君、騙されているんじゃないの？」

〝私は騙されているのか……？〟

新聞記者であれば誰でも駆け出し時代に一度や二度、自分が絶対におかしいと思った「疑惑」が取材の末にまったく根も葉もない勘違いだったという経験を持っている。コンゴに取り残された「日本人」の子どもたちも、あるいは私の勘違いや思い込みなのだろうか……？

私は背中が急に汗ばんでいくのを感じながら、最後に一連の問題を記事にする際に必要な会社側の正式なコメントを二人に求めた。

「弊社としましては『コメントを差し控えさせていただきます』ということでお願いいたします」

広報部長は最後まで誠実な態度を崩さなかった。

24

事前に予想していたとはいえ、ムソシ鉱山における勤務経験者や日本鉱業の後継企業の広報部の回答は極めてネガティブなものだった。彼らは日本人残留児の問題に対して態度を保留する「ノーコメント」ではなく、問題の存在自体を全否定していた。事実、私はそれらの回答を受け取った後、しばらくは何が嘘で何が本当なのか、自分でもうまく判別がつかない状況に陥ってしまった。

取材の帰り道、私は「これまでの取材に何か大きなミスや誤解が含まれていたのではないか？」と自問してみたが、久しぶりに乗った都営地下鉄でカバンの中から日本人残留児たちの写真が入ったクリアファイルを取り出してみると、やはり自分の目と耳を――何より彼らと交わした無数の言葉を――信じないわけにはいかなかった。

本来であれば、一度新聞社の編集フロアーに戻り、アフリカ担当の上司と今後の取材方針について協議すべきところだったが、南スーダンでは政府軍と反政府勢力の戦闘が拡大しており、とても日本人残留児のテーマについて腰を落ち着けて話し合いができるような状況ではなさそうだった。

私は出社を諦めて、東銀座駅近くの立ち食いそば屋で夕食を済ませると、数秒考えてから「明日、アフリカに戻ります」と担当デスクに電話を入れた。

「まあ、仕方ないな、こんな状況だ。せっかく来たのに悪いが、今は南スーダンに集中してくれ」と担当デスクはホッとしたような声で私に言った。


Yからの連絡が私の携帯電話に掛かってきたのは日本を出国する当日の朝だった。

「三浦さん、Yです」と受話器越しに初めて聞くYの声が聞こえた。「メールでアフリカにお戻りになると伺いました。まだ日本にいらっしゃるのでしょうか？」

「ああ、Yさん」と私は素直に謝った。「この度は本当に申し訳ありません。今ちょうど羽田空港に向かっているところです」

私は前日、取材のアポイントを入れていたYに面会を次回の帰国時に延期してほしいという内容のメールを送っていた。Yはそのメールを見て慌てて電話を掛けてきてくれたようだった。

「ああ、とりあえず間に合って良かった」とYは私がまだ日本にいることに安堵《あんど》したような声で言った。

Yは私が今回取材を予定していたムソシ鉱山に勤務経験のある三人のうちの一人だった。彼の存在を私は田邊好美を通じて知った。田邊のブログを読んで彼に連絡を取ってきた閲覧者の一人で、その後メールでやりとりをするなどして田邊と親交を深めていた人物だった。田邊を通じて取材を申し込んだところ、当初は「私は何もわからないから」と面会を拒否していたが、何度かメールでやりとりをするうちに最終的には渋々ながら取材を受け入れてくれることになっていた。

「直接お会いできると思っていましたが……。でもそのような理由でしたら、今回は仕方がありません」とYは携帯電話越しに穏やかな口調で言った。「実は今回、新聞記者に間違ったことを言ったら大変だと、過去の記憶を数枚の紙にまとめて整理しておったのです」

Yと直接会話するのは初めてだったが、その柔和な話し方から彼の人柄が伝わってくるようだった。私は取材を申し込んでおきながら直前になって面会に伺えなくなってしまった非礼を詫びた上で、「限られた時間ですが、少しの間だけでも電話でお話をさせていただけませんでしょうか？」とYに尋ねた。Yは少し考えて、「少しの間でしたら」と私の要請を受け入れてくれた。

私は手短に前日までの日本における取材結果をYに伝えた。ムソシ鉱山に勤務経験のある男性に面会して話を聞いたが、「そんな話まったく聞いたことがない」と全否定されたこと。翌日には日本鉱業の後継企業の本社に出向いて広報部長に面会したが、「そのような事実は確認できなかった」との回答を受けたこと。

「誰がそんなことを言っているんですか？」とYは私の報告が終わらないうちに怒気を含んだ声で言った。「最初に面会したというその人は、本当にムソシ鉱山で働いたことのある人ですか？

もしそうだとすれば、私は許せませんよ。全部嘘ですよ、それ」

Yは興奮気味に私の取材結果を批判し始めた。

「まったく腹立たしい限りです」とYは一方的に言葉をつないだ。「私は計四年間、現地で働きました。何が事実で、何が事実でないかは自信を持って証言できます。冗談じゃない。当時、あそこには日本の鉱山で食えなくなった人たちがたくさん送られてきていたんです。他に娯楽のない場所ですからね。当然、みんな随分と遊んでいました。勤務時間は午前八時から午後五時までで、テレビもありませんし、やることといったら仲間で集まって酒を飲むか、麻雀をするか、集会場で騒ぐかしかありません。近くの現地人の村にはビールを飲ませるバーのような場所があって、みんなよくそこに誘い合って行っていました。もちろんそこには現地人の女性もいます。私は酒が飲めないので頻繁には行きませんでしたが、それでも何度か行ったことはあります」

「例えば……」と私は少し控えめに質問をした。「そこで知り合った女性と結婚したり、子どもをもうけたりしたことはあったのでしょうか？」

「ええ、もちろんです」とYは言った。「現地の村に通っているうちにコンゴ人の女性と男女の関係になり、一緒に暮らしたり、子どもを作ったりした人が何人かいました。紛れもない事実です。でも、それは公に語られるようなことではなくて、いわゆる『公然の秘密』といったような感じのものでした。知らない人なんて誰もいないでしょう。だって、我々は当時日本人宿舎から職場のある鉱山まではバスで向かったのですが、日本人宿舎に戻らずに、村の女性のもとからバスに乗ってくる日本人が当時何人もいたんですから――」

私はスマートフォンを耳と肩の間に挟むようにして、必死にYの証言をメモ帳に書き込んでいった。

「赴任はだいたい数年と決まっていました」とYは電話口で当時の記憶を語ってくれた。「赴任中に一度は一時帰国ができるのですが、独身者の多くはそれをせず、代わりにお金をもらっていました。日本人男性の多くは二〇代から三〇代で、現地の人とコミュニケーションを取るためにスワヒリ語を覚えていました」

「Yさんもスワヒリ語をお話しになるそうですね」

「はい、当時は私も話すことができました」

実は私はYがスワヒリ語を話すことをかつての取材で知っていた。彼自身、現地で子どもを作りはしなかったものの、結婚しようと考えていたコンゴ人女性がおり、その女性の家に通い詰めた過去があったからだ。

私と田邊は事前にその女性の家族を訪ねてもいた。

Yが通い詰めたという女性の自宅はムソシ鉱山のあるカスンバレッサ町ではなく、ルブンバシ市の外れにあった。花々で飾られた洋風建築には今もYのことを知る母親が暮らしていた。

「あの頃は日本の若者が随分たくさん家に遊びに来たものです」と八七歳になる母親は当時の

Yとの思い出話を我々にそっと語ってくれた。「私はその度に彼らに食事を出してあげました。彼らのお目当てはたぶん私の娘だったのでしょうけれど、みんな良い青年ばかりだったので、私も彼らをどこかで息子のように感じていました」

母親は取材時、足を悪くしていたが、日本人の私を見て「あの頃の若者たちとそっくりだ」と懐かしそうに言い、私と田邊に温かい紅茶を出してくれた。壁には十字架に架けられたキリスト像と映画女優のような顔立ちをした美しい三人の娘たちのポートレートが飾られていた。

帰り際、私は八七歳の母親からY宛ての手紙を預かった。

「Yならこの手紙が読めるはずだわ」と老婆はスワヒリ語で文面をしたためると、封をしないで封筒に入れた。私が「私的な手紙なら封をした方がいいのではないでしょうか」と尋ねると、彼女は「この国では手紙に封をしてはいけないのよ」と忠告してくれた。

「封をした手紙が見つかると、空港や国境で没収されてしまうの。何か秘密があるのではないかと疑われて。だから大事な手紙は封をしないで誰でも読めるようにしておくの。この国で生きるための大切な知恵なのよ」

私は帰国直後にその手紙をYの自宅へと送付していた。

「『公然の秘密』だったんです」とYは電話口で私に言った。「現地で日本人労働者とコンゴ人女性が子どもを作った。でもやっぱり日本に連れて帰るのは難しかったから、お金を置いていくというルールがあったと聞いています。たぶん会社が決めたんじゃないでしょうか。当時の日本円で一〇万円ぐらいでした。日本ではたかだか一〇万円ですが、現地では大金です。みんな一〇万円を置いてきたと聞いています。みんなそれぞれの家族を愛していましたから……」

「実は今回、ムソシ鉱山に勤務していた別の方にも取材を申し込んでいたのですが、日本に来る前に断られてしまいました」と私は正直にYに打ち明けた。

「Wさんからは私のもとにも電話が来ました」とYは突然言った。私はYとWがつながっていることを知らなかったので、少し驚きながらその話を聞いた。Wは今回取材を予定していた現地での滞在経験者三人のうちの一人で、直前に取材を断られた人物だった。

「先週、電話があって、『この話が公になると困る』というようなことを言われました。どうやら日本鉱業のOBたちは今でも数カ月ごとに東京で会合を開いているらしく、先日、この話が出たんだそうです。『子どもの話が出ると会社に迷惑が掛かる』ということで、自主的に箝《かん》口令《こうれい》を敷いているようでした。まあ、私は日本鉱業の人間ではないし、日本鉱業と今もつながっているわけでもありませんから関係ありませんが……」

私がつばを飲み込みながら証言を聞き続けていると、Yは私の想像していた以上のファクトについて語り始めた。

「実を言うと、誰がどこで何をしていて、どんな子どもを作ったのかということは、ある程度、会社側が知っていたようなのです」とYは携帯電話越しに言った。「それであまりにも変なことをすると、その人は強制送還させられていました。その状況を把握していたのが、私の直属の上司でした。その人はつい先日死んでしまって、今は詳しい事情を聞くことはできないのですが、彼ならすべてを知っていたはずです……」

「その人の名前を教えていただくことはできませんでしょうか？」と私は咄嗟に詰め寄った。

「それは、今はちょっと……」とYは言いよどんだ。「もう亡くなってしまいましたし。彼が生きていて、取材を受けると言ってくれれば、なんとかなったのかもしれませんが……」

私は執拗にその上司の名前や住所をYに聞いた。たとえ人物が亡くなっていたとしても、彼の自宅には日本人残留児やその父親たちに関する記録が何らかの形で残されているかもしれない。しかし、Yは義理堅い人間のようで上司の名前も住所も頑として教えてはくれなかった。

「Yさん」と私は携帯電話にすがりつくようにして言った。「コンゴでは今も五〇人以上の子どもたちが父親を探しています。今回はご面会できず申し訳ありませんでしたが、ぜひもう一度、日本に帰国した際にはお会いしてお話を伺うことはできませんでしょうか？」

携帯電話の向こう側では、イエスともノーともつかない沈黙が続いた。

「色々とお伺いしたいのです。カスンバレッサでの生活のことや、ムソシ鉱山の職場のことや、そしてもしできるなら、子どもたちをコンゴに残して日本に帰国していった日本人の父親たちの話を……」

「いや」と短い言葉で沈黙が途切れた。「私はもうこの件についてはあまり関わりたくないのです。これが私の知っているすべてです。私には私の生活があります。どうかもう、私のことは忘れてほしいのです……」

「Yさん、Yさん……」と私は何度かYの名前を連呼したが、携帯電話越しの小さな声は短い沈黙を残したままプツリと途切れた。

第八章 富と紛争

25

日本からアフリカに戻っても、すぐに紛争中の南スーダンには入れなかった。自衛隊が駐留する南スーダンの首都ジュバでは巨大な石油利権をめぐって大統領派と副大統領派が激しい戦闘を繰り広げており、国際空港であるジュバ空港は使用不能になっていた。

私はひとまず南スーダンの隣国であるケニアの首都ナイロビに入ると、ナイロビ支局で南スーダン情勢の記事を書いて東京に送りながら、ナイロビ支局のベテラン取材助手であるレオンと一緒に現地入りのタイミングを待つことにした。

海外通信社から送られてくるニュース配信を見る限り、ジュバではすでに三〇〇人を超える兵士が死亡し、一万人を超える市民が隣国ウガンダへと逃げ出していた。大統領派は戦車や戦闘ヘリまで持ち出して副大統領派と撃ち合っているようだったが、そもそも軍隊としての統制が取れていないので、どちらが敵か味方かさえもわからなくなっているような状況だった。

南スーダンは約二〇年間に及ぶ内戦を経て二〇一一年に北部スーダンから分離独立したばかりの世界で最も新しい「国家」だった。しかし、そんな人々の希望があふれる「夢の国《ドリーム・ステート》」

も——多くの国連関係者が予測していた通り——堕落の道を歩み始めるまでにそれほど時間はかからなかった。

独立闘争時は威勢の良かったそれぞれの英雄たちは実際に独立して国家運営を委ねられるとすぐさま腐敗し、巨大な石油利権や国家資金の独占にやっきになった。独立翌年の二〇一二年には国庫から約三一〇〇億円の国家資金が突然消えた。新生大統領は政府閣僚を含む七五人の政治家に「盗んだ金を国庫に戻せ。そうすれば罪には問わない」との警告を出したが、もちろん誰も指示には従わなかった。横領を最も疑われていたのがその警告者、新生大統領だったからである。

政府中枢が腐れば、現場も腐敗する。軍や警察に格上げされた元反政府勢力の戦闘員たちは統制が行き渡らずに、市民を脅して賄賂を要求したり、商店の商品を強奪したり、集団で女性をレイプしたりし始めていた。

アフリカで見られる典型的な「失敗国家」。でもそれはいわば、先進諸国の欲望によって作り出されたものだった。アフリカで支援活動を続けるNGO「テラ・ルネッサンス」の理事長小川真吾の著書『ぼくらのアフリカに戦争がなくならないのはなぜ?』(合同出版)によると、南北スーダンには独立前、確認されているだけでも六三億バレルの石油資源が埋まっており、約八割が南部に集中していた。アフリカでの資源獲得を狙うアメリカはスーダン政府と友好関係を結び、一九七八年、米シェブロン社が石油の発見に成功すると、一九八一年にはスーダン政府と合弁会社を設立して石油開発に乗り出す。ところが、一九八三年に石油資源が集中する南部で紛争が勃発し、米シェブロン社は一九八五年、スーダンからの撤退を余儀なくされてしまう。

そこに入り込んできたのが中国だった。アフリカでの権益獲得に邁進《まいしん》していた中国は、アメリカとの関係が悪化しているスーダン政府に軍事・経済の両面から積極攻勢を仕掛け、巨額の支援の見返りとして各地の油田の権益を押さえようとした。これに対し、アメリカはスーダン政府を再び親米政権にしようと画策するが、これが難しいと判断すると、今度はスーダンから油田が集中している南部を分離独立させるよう国際社会に働きかけていく。二〇一一年、南部スーダンが独立することが決まると、米大統領バラク・オバマはすぐさま南スーダンを独立国家として承認する。南北間の国境線すら定まっておらず、付近の油田地帯の石油の利益配分さえ決まっていない段階での国家承認は、通常ではあり得ない出来事だった。

そして何を隠そう、そのアメリカの陰でスーダンから最も石油を輸入していたのは極東の非資源国・日本なのだ。二〇〇〇年代に入り、スーダンから石油を積極的に輸入し始めていた日本は二〇〇六年には中国を抜いてスーダンにとって最大の石油輸入国になった。そして二〇一一年、南スーダンが独立すると「復興支援」の名目で自衛隊を現地に派遣することを決めたのである。

今も昔も戦争の原理は何一つ変わっていない。貧しい場所では戦争は起こらない。あらゆる戦争は国家間における富の奪い合いの結果であり、利益を生み出す資源こそが――あるいはその豊かさこそが――常に戦争の引き金になるのだ。

ナイロビに滞在して三週間が過ぎても、南スーダンに入れるタイミングはなかなか訪れなかった。私とレオンはナイロビ支局で待機しながら、海外通信社から配信されてくる記事を日本語に翻訳して東京に送るだけの仕事を悶々《もんもん》と続けた。現地の戦闘が徐々に収まってきつつある中で、東京の編集局も「無理して入る必要はない」という判断に変わっていった。日本における南スーダンの記事への関心も日に日に薄まっているようだった。私は日本人残留児の取材を打ち切って日本からアフリカに舞い戻ってきてしまったことを少しばかり後悔していた。

そうこうしているうちに、私は日々の南スーダンの原稿と並行して、その年の八月にナイロビで開催されることになっている日本政府主催の「アフリカ開発会議」（ＴＩＣＡＤ）の取材準備に取りかからなければならなくなってしまった。アフリカに対する日本の経済援助を国際的に発信する場として一九九三年に設置された政府系の国際会議で、六回目を迎える今回はこれまでの東京や横浜といった日本国内ではなく、アフリカで初めて開催されることになっていた。アフリカ経済の急成長により、ＴＩＣＡＤは近年、日本企業とアフリカ政府を結びつける「マッチングイベント」の色合いを濃くしており、アフリカ特派員としては日本とアフリカの橋渡しとなるような大型企画の出稿を求められていた。

私は個人的にはあまり気乗りのしないこの手の政府系会議をできるだけ前向きに乗り切るために、ある「秘策」を用意していた。

これまで取材を続けてきた日本人残留児たちが暮らす資源大国コンゴの実情をこの会議に向けた大型企画としてぶつけられないかと考えていたのである。

日本企業とアフリカ政府のマッチングイベントの企画記事でいきなり日本人残留児の問題を取り上げることはさすがに無理があったので、私はまず世界的な問題としてクローズアップされつつあったコンゴ東部における「紛争鉱物」の問題を取り上げられないかと画策していた。

資源大国コンゴの東部にはスマートフォンやゲーム機などの電子機器の製造に不可欠なタンタルやタングステンといった希少金属が大量に眠っている。現地に乱立する武装勢力は子どもたちを使ってそれらを違法に採掘し、先進国に密輸することで莫大な戦闘資金を稼いでいた。電子機器の製造を担う日本や先進国はそれらの紛争鉱物を輸入することで間接的に武装勢力へ資金援助をしている形になっており、紛争の長期化に加担してしまっている――。

そんなアフリカと日本をつなぐ「黒い枠組み」を実際のルポルタージュで伝える一方、その後続記事として、コンゴにはかつて日本企業が進出し、そこで生まれた日本人の子どもたちが今もコンゴで貧しい生活を送っている、という実情を日本の読者に紹介できないかと考えたのである。

我ながら良いアイデアであるように思えた。紛争鉱物をめぐる問題はテロリストや武装勢力に資金が流れ込むのを防ぎたいアメリカやヨーロッパを中心に今まさに対策が採られようとしているホットなテーマであり、コンゴに置き去りにされた子どもたちの話にもつなげやすい。最大の問題は、武装勢力によって占拠されている紛争鉱物の採掘現場への取材をどうやって実現させるかだったが、幸運にも私はそのときすでに採掘現場への「潜入ルポ」に成功していた。

きっかけはある日本人残留児に関する取材だった。私と田邊好美はその中で端緒をつかみ、一緒に紛争鉱物の最前線へと飛び込んでいたのである。

我々を紛争鉱物の取材へと導いてくれたのはDと呼ばれる日本人残留児の夫だった。

ある日、私と田邊が日本人残留児の調査を続けていると、ルブンバシ市郊外で暮らす七人の子どもを持つ日本人残留児の女性がインタビューに応じてくれることになった。

翌日、教えられた住所に訪ねていくと、現れた住宅の門構えがあまりにも豪華なので、私と田邊は一瞬、ここが本当に日本人残留児の自宅なのだろうかと身構えてしまった。門の外では銃を持った複数の兵士(警備員ではなく、政府軍の制服を着ていた)が家を厳重に警備しており、庭先では警備員が大型犬を使って不審物を探知させている。

携帯電話で連絡を取ると、一目で日本人の子どもだとわかる色白の女性が家の玄関から現れ、我々を家の中へと招き入れてくれた。リビングの端には最新式のランニングマシンが設置されており、部屋の中央にはローズウッドの大きなテーブルが据えられていた。

日本人残留児の女性は動物の彫刻が施されたイスに腰掛け、我々の取材に「日本人の父が私の出生後すぐに帰国してしまったので、昔はとても貧しかった。一日一食食べることがやっとだった」と告白したが、周囲のインテリアを見る限り、その証言はあまり説得力を持ち得ないものだった。彼女が現在享受している豪華な暮らしは、普通のコンゴ人では想像することさえ難しい、一部の政治家や経済人にのみ許されているものだった。「ご主人は何をされているのでしょうか?」と私と田邊は質問したが、女性は「ビジネスをしている」と答えただけで、その具体的な内容についてはあまり知らされていないようだった。

四〇分ほど彼女の半生に関する取材を続け、お礼を述べて家を出ようとした直後、家の前の駐車場に最新型のトヨタ・ランドクルーザーが滑り込んだ。運転席からスーツ姿の男性が現れたので、田邊が「旦那さんかな、ちょっと挨拶してきます」と男性の方へと歩み寄っていった。

二人はしばらくの間、楽しげにフランス語で会話を交わしていたが、数分後、田邊は急に真面目な表情になって私のもとへと駆け寄ってきた。

「あの男性、彼女のご主人らしいんだけれど、どうも鉱山を経営しているらしいんだ」と田邊は男性に聞こえないように日本語で言った。

「鉱山?」と私は話がうまく呑み込めないまま田邊に尋ねた。「何の鉱山ですか?」

「どうもコルタンらしい」

「コルタン⁉」と私は驚いて聞き返した。「コルタンって……紛争鉱物のコルタンですか?」

「うん。本人はそう言っている」と田邊も半信半疑の様子で続けた。「それだけじゃない。彼は『今度、うちの鉱山を見に来ませんか?』と我々を誘ってくれている」

「本当ですか?」

私は思わず小さく声を上げてしまった。

田邊が発したコルタンとは希少金属タンタルを含む鉱石の名称である。コンゴで産出されるタンタル、タングステン、スズ、金の四種類は長年違法採掘によって武装勢力の資金源になっていることから「紛争鉱物」と呼ばれ、世界中でその流通が厳しく規制されている。特に希少金属タンタルはスマートフォンやゲーム機などに不可欠なコンデンサー(蓄電器)の製造に使われるため、その重要性から採掘現場の特定やその取材が極めて難しい鉱物の一つだった。

実を言うと、私はアフリカに赴任直後、コンゴ東部の武装勢力が支配する鉱山に潜入してコルタンの採掘現場の取材ができないか、半年がかりで調査をしたことがあった。しかし、調査を進めれば進めるほど、それらが無謀な「賭け」であることが次第に明らかになっていった。国連報告書によると、二〇一四年の段階でコンゴ東部に乱立する武装勢力は五〇以上。私が取材を計画していた地域ではすでに米ニューヨークタイムズと米ナショナルジオグラフィックが潜入ルポを敢行しており、成功の確率は決して低くはないように思われたが、その鉱山を占有している武装勢力はコンゴ東部でも最も野蛮とされる派生部隊で、殺害した敵兵のペニスをすりつぶして「不死の薬」として戦闘前に体に塗りつけたり、捕らえた先住民をバラバラにして大鍋に入れて食したりしているという変な噂が流れており、調べれば調べるほど取材に行く気が萎える情報ばかりが集まってきていた。私は現地に潜入したことのあるコンゴ人カメラマンと連絡を取り、現地の司令官に取材のアポイントを取ってもらった上で現地入りの準備を進めたが、リスク対効果の比率を落ち着いて考えた場合、東京の上司がゴーサインを出してくれるとはとても思えず、泣く泣く取材を断念していた。

その紛争鉱物の採掘現場を取材できる機会が突然、私と田邊の目の前に現れたのである。

私は慌てて日本人残留児の夫のもとへと駆け寄り、まずは英語で自己紹介をした。Dと呼ばれる男性はコンゴ人にしては珍しく流暢な英語で「今日は妻に会いに来てくれてありがとう。日本人は私にとって家族のようなものだから本当に嬉しいよ」と笑顔で言った。

私が「コルタンの鉱山を経営していると聞いたのですが……」と恐る恐る聞くと、Dは「ああ、その通りだ」と笑顔のまま言い、「興味があるなら家に鉱石があるから見ていくかい？」と私と田邊を再び自宅の中へと誘った。

数分後、Dが自宅の奥から運び出してきたのは中型のジュラルミンケースだった。Dは二種類の鍵を使って慎重にそのケースを開けると、厳重に梱包《こんぽう》された布袋の中からコルタンの原石を両手ですくって私たちに見せてくれた。確かに写真で見たことのあるコルタン鉱石だった。

「純度三五％のコルタン鉱石だ」とDは手のひらで原石を転がしながら得意げに言った。「この石はコンゴで売ると一キロ三五ドルだ。でも、南アフリカで売れば一八五ドル。中国や東南アジアに運んで売れば、三五〇ドルと一〇倍に化ける。ビッグビジネスだ」

私と田邊は互いに顔を見合わせてこのタイミングで何を聞くべきか――あるいは何を聞くべきでないか――を視線だけでやりとりした。Dがこのコルタンを合法的に取引している可能性は、彼の自宅の豪華さから見ても限りなくゼロに近かった。彼はおそらくコルタンの違法取引に関わっている。一方で、我々はその日は日本人残留児の取材でこの場に来ていた。状況から見ても、今、その詳細を彼に問うのはいささかリスクが高すぎる。

「もし可能であれば、なのですが」と私はあくまで世間話を装いながら、先ほど田邊から聞いた鉱山訪問の話を前に進めることにした。「私たちが今度コンゴ入りした際にDさんの鉱山を見学させていただくことはできませんでしょうか?」

「ああ、問題ないよ」とDはあまり深く考えずに私たちの要請を受け入れた。「今月末、ちょうど南アフリカからクライアントが鉱山の視察に来るんだ。ヨハネスブルクからルブンバシを経由してプライベートジェットで現地へと向かう。もし日程が合えば、君らも一緒に乗っていくといい」

そして、日本人残留児の夫であるDは一週間後、本当に私と田邊をコンゴ東部のZ市にある彼が所有するコルタン鉱山へと案内してくれたのだ。約束では彼のプライベートジェットで向かう予定だったが、書類の不備で機体が南アフリカの空港を飛び立てなくなってしまったため、我々は仕方なくコンゴの民間機に移動手段を変更して現地へと向かった。

鉱山へと向かう途中、私と田邊は民間旅客機に乗り込むルブンバシ国際空港で、Dの豪快な振る舞いに度肝を抜かれた。コンゴでは国内移動時もパスポートや荷物のチェックが必要になる。係員からはそのすべての過程で執拗に賄賂を要求されるが、Dは待ち構えている空港係員に随所で米ドル札を手渡し、煩雑な手続きを一切経ることなくノーチェックで——つまり手荷物の検査さえも受けることなく——それらのゲートを通過していくのである。手元を見ると、驚くことに手渡しているのはどれも一〇〇ドル札だった。Dはその賄賂を「後でみんなで分けるように」とあえて衆人環視の下で手渡していた。Dと知り合ったとき、彼は「自分はコンゴにおける経済界の重鎮であり、南部や東部に限って言えば、できないことはあまりない」と話していたが、それらはどうも客観的事実であるようだった。Dが係員に一〇〇ドル札を手渡す度に、隣で田邊が「すごい人ですねえ」と感嘆の声をあげていた。

Dが所有する鉱山は飛行場のあるZ市の中心部から四輪駆動車で未舗装道路を四〇分ほど行った山中にあった。

銃を携えた数人の傭兵《ようへい》が守衛する検問所を抜けると、低木で覆われた山の合間から突然、赤土が露出して赤褐色に染まった広大な鉱石の採掘現場が現れた。

「色々と予定があるので、滞在は一時間以内にしてほしい」とDが我々に向かって告げた。

山間に広がるレアメタルの採掘場は一見、日本の奈良や京都で見られるような遺跡の発掘現場によく似ていた。山肌が削り出されて粘土質の土壌がむき出しになったフィールドに、数人の男たちが小さなグループを作ってしゃがみ込んでいる。近寄って見てみると、男たちは近くの小川から水を引き込み、スコップで地面を掘り起こして泥水を作った後、洗面器をまるで砂金取りのザルのように使って、泥水に交じっている希少金属を集めていた。コルタンは水に溶けず、砂や土に比べて比重が大きい。泥水を入れた洗面器を左右に揺すりながら徐々に上澄みだけを取り除いていくと、洗面器の底にはコルタンだけが沈殿する仕組みらしかった。

現場を見渡すと、グループのリーダー格の男性は三〇代から四〇代だったが、泥だらけの斜面で必死にスコップを振ったり、洗面器を揺すったりしているのは多くが一〇代後半の未成年者だった。明らかに一〇歳に達していない小学生くらいの子どもも見える。

彼らは英語を解せなかったため、ザンビアで働いたことがあるという英語を話す二〇代の青年に通訳をお願いして少年たちから話を聞いた。砂で目をやられたのか、左目が膜を張ったように白く濁った一一歳の少年は「学校には行きたいけど、お金がないので働いている。同年代の友人もみんなそうだ」となぜか嬉しそうに我々の質問に答えた。

田邊は脚があまり丈夫ではなかったので、急な岩場の先にある採掘現場には私だけが歩いて向かった。

山頂付近の採掘現場では小さなクレーターのような窪《くぼ》みが無数に口を開けており、穴の底では中年男性と少年たちがそれぞれ組になって地下の坑道を掘り進めていた。岩盤の割れ目にノミを突き刺し、ハンマーで打ち砕く度に、周囲に白煙と砂埃が舞い上がる。

地表から約二〇メートル下の坑道に入ると、中で働く少年たちに写真を撮るように促され、私は坑道の天井にフラッシュを反射させるようにして彼らの写真を数枚撮った。モニターで確認してみると、少年たちはヘルメットなどの防具は一切身につけておらず、ノミを持った少年は上着さえも着ていない。

「危なくないのかい？」と通訳代わりの青年に尋ねてもらうと、片足だけの少年が「しょっちゅう落石や落盤があって危ないけど、お金をもらうためには仕方がないよ」と彼もなぜか明るく答えた。

手掘りの坑道から這《は》い出ると、Dが山頂付近で私の帰りを待っていた。

「いい写真は撮れましたか？」とDが聞くので、私は「おかげさまで」と恐縮しながら答えた。Dはなぜか満足そうに微笑んでいた。

私は見晴らしの良いコルタン鉱山の山頂で大きく伸びをして体をほぐすと、雑談を交えながらDに鉱山の基本情報を尋ねていった。

「大きな鉱山ですね。面積はどれくらいあるのですか？」

「いくつかに分散しているけれど、全部合わせると合計約一〇平方キロぐらいかな」とDは言った。「年間一〇〇トン以上のコルタンを産出できる」

「働いている人は？」

「近くの村から常時四〇〇人が働きに来ている。全部男だ。女はこの地域の風習でヤマに入ることができない」

「子どもの姿も見ましたが」

「ああ、あれか」とDは笑いながら私の質問に答えた。「彼らは遊んでいるんだよ。家にいてもすることがないからね。手伝いみたいなものだ。みんな自発的にやっている」

Dは子どもたちを危険な鉱山で働かせていることについて特段罪悪感を持ち合わせていないようだった。コンゴ東部では武装勢力の乱立で治安が完全に崩壊しており、近年畑で農作業をすることができない。食べていくためには鉱山で働かなくてはならず、どこの村でも子どもたちは働かなければならないのだよ、とDはまるで他人事のように語った。

「でも、人には言うなよ」とDは口元に人差し指をあてて忠告した。「俺たちはここで『合法的』に事業をしているんだから。何も悪いことはしていない」

周囲の状況を見る限り、Dの供述をそのまま信じるにはあまりにも無理がありすぎた。採掘現場には多数の子どもが働かされているだけでなく、国際的に義務づけられている輸出用の袋に取り付けられるはずのタグも、採掘量などを記録する紙も、何一つ見当たらない。Dは採掘したレアメタルを直接的には武装勢力に提供していないのかもしれなかったが、私と田邊はDの自宅が多数の政府軍兵士に守られていることから、それらの鉱石を政府軍や政府上層部へと横流しして裏金に換えているのではないかと疑っていた。

「コンゴは豊かだ」とDは突然、眼下に連なる広大な山脈を見渡して言った。「富にあふれている。この巨大な富に魅せられて、アメリカ人も来るし、オーストラリア人も来る。かつては日本人も来た。ここに資源がある限り、誰もコンゴを無視できないのさ。コンゴはこれからもどんどん成長する。そしていつか世界の中心になるんだ。これからコンゴの時代がやってくる。君もそう思わないか？」

Dの発した一連の言葉は私の心を激しく揺さぶり、直後、言いようのない嫌悪感が胸の奥から込み上げてきた。私の身体はそれらの言葉を強く否定したがっていたが、現実にはただ受け入れるしか方法がなかった。

Dが語った文脈は、客観的に見ればいずれも真実なのである。

コンゴは世界的に見ても資源が極めて豊かな国であり、それゆえにその膨大な資源の恩恵に与《あずか》ろうと先進国が蟻のように群がっている。地下の資源が豊かすぎるために、地上では何かを生み出そうとする産業が育たず、人々はレオポルド二世の時代から何一つ変わることなく、そこにある資源を奪い合う「ゼロサムゲーム」を繰り返している。豊かすぎるゆえにこの国は貧しく、豊かすぎるゆえに人々は今も殺し合って生きているのだ。

そしてその「ゲーム」の一つの結末として、今、私と田邊が取材している日本人の子どもたちがいる。

資源の子——先進工業国でありながら、それを生み出すためのエネルギーをほとんど持てない極東の島国によって生み出され、この地で生き抜くことを余儀なくされている彼らは、あるいはそう呼ばれるべき存在なのかもしれなかった。

眼下の森で「ねじまき鳥」がいびつな鳴き声をあげているのが聞こえた。

「ゲラウェイ、ゲラウェイ」(出て行け、出て行け)とその声は私に言った。

第九章　未来への賭け

26

二〇一六年八月にケニアの首都ナイロビで開催された日本政府主催のアフリカ開発会議（TICAD）は、日頃アフリカで取材を続けている私にとっては極めて退屈なイベントだった。会場となったケニヤッタ国際会議場では日本やアフリカ各国から大挙してやってきた政府高官や大企業の幹部らが大げさに日本のアフリカ支援策を紹介したり、それらに称賛の拍手を送ったりしていたが、実態は日本政府がアフリカ諸国に対して行う総額三兆円の経済援助を発表するだけの陳腐な政治的なショーに過ぎなかった。アフリカの人口は二〇五〇年には二五億人になり、二〇二〇年には消費活動を活発に行える年間所得五〇〇〇ドル以上の世帯が一億二七〇〇万世帯へと激増する。その輝かしい未来市場の獲得という強烈な官製スローガンの前では、私が普段目にしているアフリカの陰の部分は何一つ語られなかったし、たとえ語られたとしてもそれらはそこに集う人々の関心の枠外にあった。

そんな退屈な会議の中で私にとって唯一収穫だったのは、南スーダンの内戦勃発で日本出張時に面会ができなかった笹川《ささかわ》陽平に会うことができたことだった。三〇年以上にわたってアフリカへの支援を続ける日本財団の会長として会議に出席していた笹川は、私の取材の申し込みが直前だったのにもかかわらず、会議場内の手狭なカフェで三〇分ほど快くコンゴの日本人残留児の問題についてのインタビューに応じてくれた。

日本人残留児の取材において、笹川はどうしても外せないキーパーソンの一人だった。彼こそが日本人残留児たちがルブンバシ市内で日本食レストラン「ホープ」を開いたとき、その開設資金のすべてを個人的に寄付した人物だったからである。

「実は私もちょっと気になっておりましてね」と笹川はＴＩＣＡＤの出席者らで混み合う小さなカフェのテーブル席で安価な紙コップのコーヒーを口にしながらインタビューに応じた。「日本人残留児たちが始めたレストランがその後、どんなふうになっているのか。経営が順調に回ってうまくいっているといいな、とちょうど思っていたところなのです」

笹川がコンゴの日本人残留児たちと関わり始めたきっかけは二〇一四年、彼が長年取り組んでいたハンセン病患者への支援活動中での出来事だった。

顔や手足の変形を伴うハンセン病は感染力も弱く死に至る病ではないにもかかわらず、途上国を中心に患者たちは今も極度の差別を強いられている。笹川は父である故笹川良一と初めて韓国のハンセン病施設を訪れて以来、自ら積極的にアフリカやアジアなどの途上国を中心とした感染地帯に出向いて行ってハンセン病施設やそこで暮らす患者たちを直接支援するなど、自らの半生をこの不条理な病の制圧に費やしてきていた。

彼はその一環として二〇一四年にコンゴ東部の感染地帯を訪問した際、現地を案内する日本大使館員から次のような問題を打ち明けられていた。

「ハンセン病の関連ではないのですが、コンゴには実は日本人の父親をルーツに持った数十人の子どもたちが今も残されているのです」

笹川は私のインタビューに当時の心境を次のように振り返った。

「それまで聞いたことのない話でしたので、『少し驚いた』というのが正直な感想でした。大使館の方からは『なんとかしてあげたいのですが、日本大使館や日本政府としては対応ができないのです』と伺いました。私どもが運営する日本財団は海外の日系人をサポートするということも活動の大きな柱の一つとしています。何かお役に立てることはないかとそのときには思ったのですが、正直、日本財団で何かをしようとすると相応の調査も必要ですし、随分と時間もかかってしまいます。大使館の方からは『一万ドル（約一二〇万円）ほどあれば、彼ら自身で食堂を開き、なんとか生活していけそうです』との相談をいただきましたので、それならば、と私がポケットマネーから寄付することにしたのです」

私のインタビューでは直接口にはしなかったものの、おそらく笹川にはもう一つ、彼とコンゴの日本人残留児たちとを結びつける、ある「動機」が存在していたように思う。

それは笹川自身がいわゆる「妾腹《しょうふく》の子」、つまりコンゴの日本人残留児たちと同じく、父親の顔を知らないで育った子だったからである。

笹川は自らの生い立ちを著書『残心――世界のハンセン病を制圧する』（幻冬舎）の中で次のように告白している。

私の父は、笹川良一である。昭和時代の日本人なら、知らぬものはいない有名人である。政治活動家、社会活動家として、戦前・戦後の波乱の時代を生き抜いた父の破天荒な生涯について、没後二〇年になる現在も、さまざまな臆測や誤解が存在している。そして、七五歳を超えた私にはいまなお「笹川良一の三男」というレッテルがつきまとう。

私は笹川良一の妾腹の子として生まれ、母の手で育てられた。東京大空襲のときも、それ以前もそれ以降も、私の家に「父」はいなかった。母が仏壇に立てかけていた写真以外に、「父」を知る手だてはなく、幼少のころ突然家にあらわれた見知らぬ男性を「父」と認識することもできなかった。

「私たちが現在取り組んでいる事業の一つに、フィリピンに残されている日系二世の国籍取得問題というのがあります」と笹川は取材の中盤、私に向かってそう切り出した。

「フィリピンの残留日系二世？」と私は記憶の中に微かに残るフレーズをかき集めて取材を続けた。

「そうです」と笹川は穏やかな表情のまま話を続けた。「第二次世界大戦の終結までにフィリピンに渡った日系移民の子どもたちです。最盛期、フィリピンに移住した日本人は三万人ほどおり、多くは現地のフィリピン人女性と結婚して子どもをもうけていました。でも、その後に父親が戦死したり、戦後日本に強制送還されたりしてしまったため、日系二世の子どもたちは母親と共にフィリピンに残されてしまいました。戦後のフィリピンでは反日感情が強く、日系二世たちは出自のわかる書類を焼却処分したり、日本名をフィリピン名に変えたりしながら、これまでフィリピン人として生き延びてこられました。教育を受ける機会にも恵まれず、今も多くの家族がフィリピン社会の貧困層に属しています」

「似ていますね」と私はあえてコンゴの日本人残留児のことは出さずに感想を述べた。

「ええ、とてもよく似ています」と笹川はその意を酌んで頷いてくれた。「年代こそ違いますが、コンゴのケースととてもよく似ていると思います」

後日、インターネットで調べてみると、笹川が取り組んでいるというフィリピン残留二世の問題は、コンゴで暮らす日本人の子どもたちの問題と極めて多くの類似点を含んでいた。

笹川は二〇一六年、産経新聞のコラム「正論」で次のように語っていた。

フィリピン残留日系人2世（残留2世）の日本国籍取得を進める上で懸案となっていた面接調査への外務省職員の参加が5月、初めて実現した。（中略）

面接調査の対象となったのは、戦前2万人を超す日本人が住んだミンダナオ島の港町ダ

バオやその周辺に住む残留2世10人。（中略）
調査では日本人の父親の身元判明に直接つながるような新事実は出なかったが、日本人の子として生まれたことを十分、裏付ける内容となっている。（中略）
フィリピンでは1956年の日本との国交回復後も長い間、反日感情が強く、残留2世は「敵性国民」として憎悪の的となり、多くが半世紀近くも「日本人の子」であることを隠して生きた。（中略）
戦争で両親と離れ離れになった中国残留孤児の場合は、国が日中国交回復後の1981年から訪日調査を開始する一方、中国政府が「日本人の子」と認めた孤児の名簿を作成。これを家庭裁判所が証拠採用することで、両親の身元が分からない孤児に関しても就籍の道が開け、既に約1250人が日本国籍を取得している。
中国残留孤児が満蒙開拓団など国策で中国に渡った両親とも日本人の子であるのに対し、残留2世は仕事を求めて沖縄など全国各地からフィリピンに渡った日本人男性と現地女性の間に生まれた子で、その違いを指摘する向きもある。しかし当時の国籍法は日本、フィリピンとも父系主義で、父親が日本人である以上、双方の立場に何ら違いはない。
残留2世の国籍取得がここまで遅れた背景には、90年代に外務省が調査に乗り出すまで、その存在がほとんど知られていなかった、という特殊な事情がある。
（二〇一六年六月二日、産経新聞電子版）

「フィリピンに残された日系二世の方々もそうですし、コンゴで暮らす子どもたちもそうです」と笹川はインタビューの中で私に語った。「世界には何らかの事情で海外に取り残されてしまった『日本人』がいます。その方々が『自分たちは日本人である』という思いを大切にして生きておられるのであれば、我々はそのアイデンティティーを回復するためのお手伝いをさせていただけないかと願っているのです」

笹川には直後に会議に出席する予定があったため、取材はわずか三〇分ほどで終わった。彼は別れ際、「何か力になれることがあれば、いつでもいらしてください」と笑顔で私の右手を握った。

それは世間一般で交わされている社交辞令のようでもあり、私や私の背後にいる無数の日本人の子どもたちに向けた彼なりのメッセージであるようにも感じられた。

27

アフリカ開発会議（ＴＩＣＡＤ）の取材が終わると、その後数カ月間は南スーダンの内戦取材に追いまくられた。日本政府がその前年に成立させた安保法制に伴って国会では海外に派遣している自衛隊の武器使用基準を大幅に緩和するかどうかの議論が続いていたため、私は国会でその議論が節目を迎える度に防弾チョッキとヘルメットを抱えて何度も首都ジュバに入り、戦闘状況を確認するために国連機に乗って激戦地である北部や西部にも足を運んだ。

地方の惨状はどれも目を覆いたくなるようなものばかりだった。当初、大統領派と副大統領派による権力闘争だった戦いは、戦闘を経るごとにそれぞれの出身民族を巻き込んだ民族紛争へと発展し、私が西部に入った頃には各地で民族浄化《エスニック・クレンジング》が繰り広げられるまでに泥沼化していた。兵士たちは各地で異民族の若い女性を一カ所に集めて集団でレイプをしたり、敵対民族の青年を捕まえて母親を家族の前でレイプさせたり、少数民族の子どもたちを小学校の教室に押し込め、鍵を掛けて火をつけたりしていた。急速な治安の悪化で収穫期に屋外での農作業ができなくなり、人口の三分の一にあたる約四〇〇万人が飢え始め、飢饉《ききん》が発生した北部では親たちが道ばたに生えている草や木の葉を「食料」として子どもたちに分け与えているような有り様だった。

コンゴの日本人残留児たちへの取材を再開できたのは二〇一七年の年明けだった。

その少し前からいくつかの動きが出始めていた。まず日本人残留児たちが経営している日本食レストラン「ホープ」の資金繰りが悪化し、新年以降も経営が継続できるかどうか微妙な状況に立たされていた。笹川から一二〇万円の寄付を受けて二〇一五年八月に開店したホープだったが、雨季に入って客足が落ちたところにずさんな経営が追い打ちをかけ、月四〇〇ドルの家賃が支払えない状況になっていた。私は今回の日本人残留児の取材に関しては田邉にわずかばかりの通訳料兼取材アシスタント料を支払うようにしていたが、田邉はその報酬のほとんどを――私や日本人の子どもたちには内緒で――ホープの家賃や運営資金に充てていた。それでも運転資金を充足できず、田邉は自身のブログで食堂の窮状を訴え、カンパを求めるメッセージを日本の読者に向けて発信していた。

もう一つは、二〇一六年の大晦日《おおみそか》に届いた田邉からのメールだった。

タイトル欄に「新事実の発見」と記されたそのメールを開いてみると、冒頭に「日本人残留児問題の経緯を記した新資料が見つかりました」という驚きの文章が記されていた。

〈新資料が出てきました。コウヘイ君が大切にとっておいた資料です。仮に「ビバリア・リポート」と呼びます。作者はビバリア・ビンボという元ソデミザの総務担当者です。四六ページにわたる手書きのリポートで「ムソシの子どもたちの歴史」が記されています。手書きで読みにくいので、日本カタンガ協会で会計担当を務めるアラン君にタイプを頼みました。ちらっとしか見ていませんが手記の中では「嬰児殺し」も出てきます。ビバリアさんは日本人がすべて帰国してしまってから一九八四年頃に入社。残念ながら二〇一五年に亡くなっています。コウヘイ君はこれまで他のジャーナリストに見せたことはないと言っていますが、フランス24などの筋書きのもととなったシナリオのように思います〉

私は期待して田邊からリポートの日本語訳が送られてくるのを待った。しかし、二〇一七年の年明けに送られてきたリポートは、私の淡い期待を粉々に打ち砕くものだった。

日本語に訳されたリポートには一応、「コンゴの日本人残留児に関する現状報告」とのタイトルが付けられ、「現状」「目的」「行動戦略」「結果の詳細」「提言」と報告書風の章立てがなされていたが、一読してみると、旧日本軍がかつてナチスと同盟関係を結んでいたことが子どもたちの殺害の原因の一つとして推測されていたり、日本と仏教の相関点から殺害の動機が追及されていたりしていて、とても報告書とは呼べそうもない代物だった。リポートを預かったコウヘイの証言によると、執筆者であるビバリアは元ソデミザの総務担当者で、自らが入社する前から日本人とコンゴ人女性との関係を調べていたらしい。二〇一五年にガンで死んだが、リポートを書き終えたのは死ぬ直前のことで、病床でもこれらの記録の推敲《すいこう》を続け、自らの死後であっても世に出すことを望んでいたという。

一方で、リポートにはいくつかの興味深い記述も存在していた。執筆者がすでに死亡しているため、その事実性を確認することは難しそうだったが、それらは我々のこれまでの取材では出てきていない、今後の取材の中で気にとめておく必要性がありそうな「ファクト」ではあった。

〈一九六六年三月から一九八四年二月一四日まで日本人はアフリカ黒人女性と子どもをもうけた。（中略）日本人とアフリカ女性の売春行為はよく見られた。（中略）この地方の隠語では売春婦を「赤いベレー帽」と呼んでいた。売春婦の中には一九五一年から一九五四年にかけてムソシ鉱山で働いていたベルギー人を父親とする子どももいた。彼らは彼女たちのことを「ムラート」と呼んでいた〉

〈アフリカ人妻と生活していた日本人には日本に妻がいた。（中略）嫉妬深い妻たちは日本鉱業及び関係する国の機関に圧力をかけた。その結果、妻帯者用宿舎がコーヨーに建設されることになった。アバンチュールを否定し、揉《も》み消そうとした日本人の夫たちはアフリカ女性との婚外で生まれた子どもたちを抹殺することに決めた。しかし、このオペレーションは秘密にされた。産科で日本人看護師（女性）によって臍帯《さいたい》にある物質が秘密裏に投与された。子どもが日本人病院で生まれたのではない場合は、毒を含んだ飴やビスケットを、家族訪問の際に与えた。子どもは六カ月から九カ月後に死んだ〉

ビバリア・リポートにもやはり日本人による「嬰児殺し」の記載があった。

私と田邊はこれらの記述がフランス24などの誤った報道の発端になったのではないかと疑っ

ていた。

28

田邊からビバリア・リポートの日本語訳を受け取った後、私はすぐにでも日本人残留児たちがいるルブンバシ市に入りたかったが、コンゴ行きはなかなか実現しなかった。コンゴでは当時、かつてのブルンジを真似するように、現職大統領のジョゼフ・カビラが憲法で規定された二期の終わりを迎えても大統領選の実施を拒否したため、各地で大統領の退任を求める大規模な抗議デモが勃発していた。治安部隊はデモに参加する市民を「テロリスト」と呼んで容赦なく実弾を撃ち込み、政府は国内の電話通信やインターネット網を遮断したため、私はしばらくの間、田邊と連絡を取り合うことさえもできなかった。

私がなんとかルブンバシ市に入ることができたのは、混乱がようやく収まりかけた二〇一七年一月だった。コンゴで強い影響力を持つカトリック教会の説得により、与野党が二〇一七年中に大統領選挙を実施することに合意したタイミングを狙って、私はコンゴ行きのチケットを買った。

ルブンバシ国際空港に到着すると、私は田邊の車で日本人残留児たちが経営する日本食レストランへと直接向かった。店内ではこれまで取材に応じてくれた日本人残留児たちがずらりと顔をそろえていた。彼らを見守り続けてきたシスター・佐野浩子の姿も見える。

その日は日本食レストラン「ホープ」の再建策などを話し合う「子どもたちの会」の総会が開かれることになっていた。

私はその席上で田邊にある提案を諮ってもらうことにしていた。

これまで続けてきた日本人残留児に関する一連の取材を新聞記事としてではなく、投稿サイト「ツイッター」で個人的に発信させていただけないか、という一歩踏み込んだ申し出である。

それは私が数カ月間、ずっと思い悩んできた次善策だった。

コンゴにおける日本人残留児の問題は、かつて日本の外務省や大使館がそう判断したように、存在自体が極めてプライベートな部分に依拠しており、新聞ではいささか取り上げにくいテーマだった。事実、私は前年八月に開かれたアフリカ開発会議（ＴＩＣＡＤ）に合わせてコンゴの日本人残留児を取り上げた原稿を準備していたが、新聞に掲載されたのはコンゴ東部の紛争鉱物の採掘現場を取材したルポルタージュだけで、日本人残留児の原稿は編集会議を通らずにそのまま見送られてしまっていた。

ならば、それらを個人の領域であるツイッターで発信してみてはどうだろう、と私は考えたのである。

狙いは、コンゴに日本人の子どもたちが取り残されているという事実を日本の国民に周知することと、今も父親を探し続けている彼らへの情報提供を募ることだった。

一九六〇年代後半から八〇年代前半にかけて、日本を代表するある鉱山企業がアフリカ中部の資源国に進出し、巨大な銅鉱山を開設した。鉱山はその後、内戦と経済の悪化によって閉鎖に追い込まれたが、その際、現地に駐在していた日本人労働者とコンゴ人女性との間に生まれた五〇〜二〇〇人の子どもたちが置き去りにされたとみられている。

彼らは今も貧困と紛争の中で父親からの連絡を待ち続けている。大半がすでに四〇歳を超え、家族との対面は父親の年齢的にもタイムリミットに達しようとしている。父親を探し続ける彼らにどうか情報を寄せてくれないか——。

もちろん、ツイッターによる発信が極めて危険な「賭け」であることは私自身も熟知していた。不特定多数の人間が匿名でメッセージを飛ばし合うツイッターは、投稿された情報が爆発的に拡散し、問題が広く認知される利点がある一方で、その匿名性ゆえに誹謗《ひぼう》中傷が安易に飛び交い、対象者が不合理な攻撃を受ける危険性を孕《はら》んでいる。新聞社に所属している現役の記者がまだ一度も記事化していない取材内容をツイッターで発信することに、社内外から多大な疑義と批判が出されることもあらかじめ覚悟しなければならなかった。

それでも私はツイッターを使えないかと考えていた。まずはどんな形であれ、事実の存在を明らかにし、問題を表出させないことには、彼らが置かれている状況は何一つ改善しないと感じていたからである。

見て見ぬふりをしない――そこに確固たる事実があるのに、日本大使館も報道機関も動けないのであれば、個人の領域で可視化するしかないと私は思った。

そのためには相応の工夫が必要だった。私はツイッターに投稿する際、一連の取材内容を記事としてではなく、あくまでも現在取り組んでいる取材への「情報提供のお願い」として発信することに決めていた。そこにはこれまで取材で明らかになった事実や経緯が盛り込まれており、読む人が読めば、それらが単なる「情報提供のお願い」ではなく、歴《れっき》とした「ニュース」であることに気づく。不必要な軋轢《あつれき》を避けるため、父親を始めとする関係者を非難することはできるだけ避け、コンゴに日本人が取り残されている現実や、彼らが今も父親に会いたがっているといった心情を端的に伝える内容になるよう心がけた。日本政府や外務省が発信によって問題を認知し、日本人残留児たちをめぐる状況が少しでも改善に向かって動き出すように考慮して文面を練った。

最後まで頭を悩ませたのが、ツイートに日本人残留児の顔写真と実名を表記すべきかどうかだった。例えば「タナカ」のように、多くの日本人残留児たちの実名はその父親の氏名に依拠している。彼らの顔写真と実名をさらせば、あるいは周囲に父親本人が特定されてしまう恐れがあった。父親に新しい家族がいれば、その家族にも影響が及んでしまう。

それでも、私は数日悩んだあげく、どちらもそのまま公表することに決めた。

実名と顔写真を掲載して情報提供を求めるべきだと主張したのは他でもない、当の日本人残留児たちだったからである。

「だってさ、それが僕たちの本名なんだよ」と「子どもたちの会」の新会長に就任していたムルンダは私の相談に正論で答えた。「なんで仮名や匿名で紹介されなきゃいけないんだよ。それに僕たちは『父親に会いたい』って思っている。僕たちの本当の名前がわからなかったら、父親たちが自分の子どもかどうか、気づいてくれなくなっちゃうじゃないか」

彼らは日本人の子として生まれ、その容姿と名前に誇りを持ってこのアフリカの地で生き抜いてきた。彼らの名前を取材者の都合で勝手に変更することは、彼らがこれまで過ごしてきた人生を否定する行為であるように私には思えた。彼らの写真や実名を隠した形で一連の内容を発信すれば、ある一定の受信者からは「作り話だ」「捏造だ」といった批判を浴びかねない。

「よし、この案で行こう」と日本食レストランで開かれた「子どもたちの会」の総会で新会長のムルンダが宣言し、私の提案は全会一致で承認された。

終了後、総会に出席していた英語の苦手なケンチャンが「マイ、ジャパニーズ、ファーザー、ＯＫ？」と嬉しそうな顔で私に聞いてきた。

29

日本人残留児に関する一連の取材内容をつづったツイッターは、私がコンゴから南アフリカへと帰国した二〇一七年一月二一日夜、私の個人アカウントから発信された。

私はこれまでの取材の経緯をできるだけ丁寧につづった上で、日本人残留児たち一人ひとりの写真とプロフィールを全部で三六回に分けてネット空間に放出した。一連のツイートは配信と同時に爆発的な勢いで拡散し、やがて延べ約八万人によってリツイートされた後、延べ約六〇〇万人によってパソコン画面やスマートフォン上で閲読された。すぐさま「まとめサイト」が立ち上がり、事前に予期していた通り無数の意見が――ヤジや暴言と呼べるものも含めて――コメント欄にあふれかえった。

〈日本人の残留孤児は満州だけではなかった。どうにかして解決に導いてほしい〉〈アフリカの血が混じっても最終的にはやはり日本人の顔になるんだな〉〈こんな方々がいるんだなあ、恥ずかしながら知らなかった〉〈無責任すぎるわ！　父親だって再会する意思があれば自分から探して会いに行くくらいするのが大半だろ。日本で温和な家庭を築いていた場合、崩壊する可能性もあるんだぞ〉〈現地の女性と避妊することなく性交渉をして、認知などもせず、日本で普通の家庭を築いてること自体がまず無責任なんじゃないですかね〉〈なんか、ヤバイネタ見つけちゃったけど責任取れないんで報道しません！なんてマスコミはそもそも必要ないんだよなあ〉〈ツイッターでやるのは単純にスペースが割けないのと、紙面でやるとかえって迷惑がかかると判断したんじゃないだろうか？〉……。

翌朝、予期していた通り東京の編集局から電話があり、早急に「事情説明」を求められた。上司は私の行動に激怒していた。今回の一連の行動について、私は上司への相談や報告を意図的に控えていた。事前に相談すれば、上司にも管理責任が及ぶ。個人のツイッターアカウントでつぶやいている限りにおいては、それは私の責任であり、上司への責任の拡散は免れることができると考えていたが、そんな自分勝手な戯言《たわごと》が通用するほど組織が甘くないことも私は十分に理解していた。私は「始末書」を提出し、処分を社の上層部に委ねることにした。

私が発信した日本人残留児に関するツイートへの意見や批判は約一週間の長きにわたりネット空間を飛び交い続けた。数日後、まとめサイトのコメント欄を読んだ田邊から「三浦さんが矢面に立たされているのを知り、心配しています」という内容のメールが届いた。私は「批判や中傷は初めから予期されていたものです。一方、今回は予想以上に好意的な支援を表明するコメントもかなり含まれているのが特徴だと思います」と返信し、不必要な釈明や弁明はしないよう注意を求めた。

そんなことよりも、私にはひどく気になることがあった。

私がツイートに添付したメールアドレスには直後から、ツイートを読んだ日本在住者の感想や日本人残留児たちへの声援を記したメールが全部で数十通寄せられてきていた。

しかし、そこには当初の目的だった日本人残留児たちの父親に関する情報は何一つ——父親自身からの連絡についても——含まれていなかったからである。

第一〇章 医師たちの証言

30

鹿児島空港を飛び立ったボンバルディア社製のプロペラ旅客機「ＤＨＣ８」は、日本南西部の黒潮の上を離島に向かって低高度で飛行していた。眼下の豊潤な海は所々で表面が泡立ち、まるで何かが沸騰しているように見えた。凝視してみると、それらは海面を飛び交うトビウオたちの群れだった。胸ビレを翼のように広げてグライダーのように海上を滑空するトビウオは、実は海中に潜む捕食者から必死に逃れているのだと何かの本で読んだことがあった。すべては遠くから眺めているだけではわからない。真理を知りたければ、自らその中へと飛び込んでいくしかない。私は読みかけの文庫本から目を離し、アフリカと日本の二つの時刻が表示されているデジタル時計の後者の時刻を確認した。

私が日本人残留児の関係者を取材するために日本へと再帰国したのは二〇一七年四月だった。最初に東京本社に呼び出され、編集局の上層部の前で一連のツイートに関する「事情説明」を求められた。私への処分についてはさらに上層部内で協議されることになったため、私はその処分が出る前に前年七月の一時帰国時に会えなかった関係者への取材に乗り出すことにした。

最大の狙いは、かつてムソシ鉱山の病院で働いていた日本人医師たちへの接触だった。フランス24やBBCから「嬰児殺し」の容疑を掛けられた後も、当事者である医師や看護師たちはこれまで何一つコメントらしきものを発表していなかった。私はそれまでの取材から「嬰児殺し」は存在し得ないとほぼ確信していたが、海外メディアによって正式に嫌疑を掛けられている以上、取材者としては当事者に直接確認しておく必要があった。

最初に連絡を取ったのは、ケニアの首都ナイロビに研究拠点を構えている長崎大学の熱帯医学研究所だった。一九四二年に長崎医科大学の附属東亜風土病研究所として発足したその研究所には戦後、アフリカやアジアなど熱帯地域での感染症やウイルス学研究を志す若い医師や研究者らが集まり、現在もアフリカにおける一大研究活動拠点としての役割を担っている。それまでの取材により、日本鉱業が経営していたムソシ鉱山の病院にも当時、この長崎大学の熱帯医学研究所から複数の医師が派遣されていたことがわかっていた。

熱帯医学研究所の幹部を兼務する教授とはナイロビ市内のホテルで面会することができた。これまでの取材の経緯をメールに書いて面会を願い出たところ、教授はフランス24やBBCの報道を「まったく知らなかった」と私に告げた。

「いや、メールを読ませていただき、本当に驚きました」

教授はホテルのバーのイスに腰掛けて言った。

「もしこれらのことが事実であれば——と言っても、私は日本人医師が子どもを殺したなどということが本当にあったと信じているわけではなく、フランスやイギリスのメディアがそのような『疑惑』を実際に報じているのであれば、ということですが——それは長崎大学にとっても、熱帯医学研究所にとっても大変遺憾なことであり、何らかの対応が必要なことであるように思います」

教授はそう言うと、近く日本に一時帰国する予定があるので、大学に一度持ち帰って協議し、できる限り早い段階で回答させていただきます、と私に約束してくれた。面会前は取材を拒否されるのではないかと考えていた私は、教授が取材に前向きな姿勢を示してくれたことにひとまず安堵した。

「お手数をお掛けして申し訳ありません」と私は極めて日本人っぽく頭を下げた。「日本人の医師が乳児を殺すことなど、実際にはあり得ないことだと思うのですが……」

「絶対にあり得ないことです」と教授は力強く否定した。「実はですね、私もこの頃、同じ長崎大学におりまして、このコンゴの鉱山の病院で働いてみないかと誘われたことがあるのです」

「え、先生も？」

「そうなんです」と教授は言った。「当時、私は研究分野におりまして、募集が掛かったときには若干心が揺れたのですが、やはり鉱山の病院ということで、臨床の医師の方が向いているだろうなと思い、結局は手を挙げなかったのです。さらに言うと……」

教授は何か思い詰めたものを吐き出すようにして言葉をつないだ。

「私はもともと産婦人科の人間なのです。これは一般の方にはお話ししにくいことなのですが、産婦人科をやっていますと、何と言えばいいか、実に様々な子どもが生まれてきます。脳が極めて小さかったり、いくつもの奇形を抱えていたり。私たちが医学を学んでいた時代は、そのような子どもたちについては放置するしかありませんでした。医学の力を使えば、彼らは数時間は生き延びられる。本来二時間で亡くなる子どもが、三時間は生き延びられる。四時間生きられる子どもなら、五時間は生きられるかもしれない。でもそれが当時の限界でした。私はそういう現実に向き合うことが、性格的にちょっと耐えられなかったのかもしれません。いつしか私は臨床ではなく、研究の方に移っていきました」

「なので、コンゴでも嬰児殺しはなかったと……」

「絶対にあり得ません」と教授は再び断言した。「私たちが医学を学んだ時代、医師の勝負は極めて少ない体重で生まれた子どもたちをどうやって救うかということでした。私たちは必死で――文字通り寝食を忘れて――一人でも多くの子どもたちを救おうと闘ったんです。当時の教授には『技術がなくて子どもを救えなかったなら、それはお前たちが子どもを殺したのと同じだ』と何度も怒鳴られました。ましてや無事に生まれてきた子どもを自ら手に掛けることなど想像すらできません。それも一人ではなく、何人もの医師が。私たちの世代は――特に長崎大学の人間は――戦中戦後に様々な経験を経て医師になった人が数多くいます。命の尊さと儚《はかな》さを誰よりも強く感じている世代です」

しかしその約一〇日後、日本に一時帰国している教授から届いたメールの内容は、私をひどく落胆させるものだった。「長崎に帰って大学関係者を通じて少し調べたことをお知らせします」と書き出されたメールには次のような文面が記されていた。

〈本件はずいぶん昔のことで物故者や行方がわからない人もあり、当時を知る関係者の足取りを探すことは非常に困難です。（中略）当時ザイールに派遣されていた関係者の方からお話を直接お聞きになる件については現在開業されている先生方がほとんどで、ご高齢でもありますので直接会って話を聞くことについては断られました〉

努力はしたが、結果的には医師の紹介に応じられない、といったような趣旨のメールだった。私は大学関係者に協力を打診してもらったことを教授に感謝した上で、「今後は大学を通さない形で当事者への取材を続けていきます」と彼のメールアドレスに返信した。

以後、私は自力で当時ムソシ鉱山に勤務していた医師や看護師を洗い出す作業に没頭した。取材ファイルには、ナイロビ支局の取材助手レオンが当時鉱山の病院で働いていたという複数のコンゴ人看護師らから聞き取ったいくつもの取材メモが挟み込まれていた。そこには彼女たちが当時一緒に働いたという日本人医師や日本人看護師らの名前が記載されている。彼女たちはそれらを「文字」ではなく「音」で記憶していたため、それが「スズキ」なのか「ツヅキ」なのかは正確には判別がつきにくいところがあったが、それでも複数のコンゴ人看護師の証言を重ね合わせていくうちに、あるいは、これが当時実在した日本人医療者の名前ではないか、と思わせるような氏名がいくつかあり、私は長崎大学熱帯医学研究所が一九八〇年代に発行していた年次要覧などをもとにその名前を持つ医療従事者を特定していった。

ムソシ鉱山に勤務していたとみられる医師らはすでに全員が六〇歳を超えており、多くが大学を出て西日本で開業していた。彼らの住所を割り出すのには約二カ月間を要した。「大変失礼なのですが、当時コンゴのムソシ鉱山の病院にお勤めだった医師の方ではありませんでしょうか？」という未確定事実を含んだ職業記者としてはいささか恥ずかしい取材依頼文を約一〇人の医師や看護師の住所へと送ると、三人の医師から「取材に応じても構わない」という返信が私のもとに送られてきた。これは後になってわかったことだが、彼らはいずれも私の取材依頼文ではなく、同封した私の書籍『南三陸日記』（集英社文庫）を読んで取材を受けることを決断してくれていた。それは東日本大震災の直後に私が宮城県南三陸町に一年間住み込んで津波に被災した人々の心の揺れや日々の変化をつづったルポルタージュだったが、それらの光景が日頃、難病や障害を背負った患者と向き合っている彼らの日常と重なり、取材への協力を申し出てくれたようだった。

31

最初に訪れたのは日本南西部の離島で医院を経営している七〇代のベテラン開業医だった。離島の空港からタクシーに乗って島の中心部に向かい、ビジネスホテルにチェックインすると、真っ黒に日焼けした漁師風のフロント男性が「何もない島ですが、海の幸は充実していますので、夜はぜひ海のものを召し上がってください」と島の言葉でねぎらってくれた。

翌日、医師は潮の香りが漂う医院の上階で私の取材に応じた。

「アフリカから来ると聞いて断れなかったんだよ」とベテラン医師は挨拶代わりに爽やかに笑った。

彼がコンゴへ赴任したのは、まだ日本鉱業がムソシ鉱山に病院を開設してから二年しか経過していない操業初期の頃だった。西日本にある国立大学の医学部を卒業後、「アフリカで仕事をしたい」という夢を抱いていた彼は、一時は中東航路を持つ船舶会社の船舶医として就職したものの、なかなかアフリカに行く機会がないことを不服としてその船舶会社を辞め、一九七二年に長崎大学の熱帯医学研究所を通じてムソシ鉱山の医師派遣に応募していた。ルブンバシ市内で約三カ月間、熱帯病治療の研修を受けた後、実質的には残りの八カ月間、ムソシ鉱山の病院に勤務していた。

私がフランス24やBBCが報じている日本人医師による「嬰児殺し」の話題を向けると、彼は「まったくもって、あり得ないね」とあきれた表情で首を振った。

「まずね、状況的にあり得ないんですよ」とベテラン開業医は私に言った。「僕が勤務していた当時、あの病院には日本人医師が二人、ベルギー人医師が内科医と外科医で一人ずつ、あとコンゴ人医師が一人勤務していました。看護師は日本人看護師が二人、現地人の看護師はたくさん。医療スタッフだけでも総勢六〇～七〇人で診療活動を続けていたわけです。だから基本的には日本人医師は日本人の患者を診ることになっていた。鉱山でケガをしたり、現地で感染症にかかったりした、つまり日本人の労働者やその家族たちです。近隣の村で暮らしている現地人については、ベルギー人かコンゴ人の医師が診ることになっていました。だって、私たちはフランス語もスワヒリ語も話せないんですよ。それに大がかりな手術が必要なケースでない限り、医師がお産に関わることはまずありません。現地人のお産に立ち会うのは、そのほとんどがコンゴ人の助産師たちです。我々日本人医師が現地人のお産に関与していたら、それこそ不自然です」

「日本人と現地人との間に子どもが生まれていたことについては知っていましたか？」

「まったく知りません」とベテラン開業医は全否定した。「嘘じゃないさ。正直なところ、今回の取材を受けるまでそんな話は聞いたこともなかった。当時、僕らは日本鉱業の幹部たちと一緒にカスンバレッサの日本人幹部住宅で暮らしていたんだけれど、そこでもそんな話は聞かなかったし、帰国後も聞いたことはなかった。でも……」

「でも？」

「実を言うとね、今回、あなたから取材の依頼を受けたとき、『ああ、やっぱりそういうこともあったんだろうな』と思ったんです。実はね、僕自身、当時鉱山内に作られていた下請け企業用の単身赴任者住宅に何度か足を運んだことがあったんだ。そこに行くとね、何と言えばいいんだろう、一応住居の形はしているけれど、僕たちの幹部住宅と比べるとあまりに違いすぎるんだよ。昔の『飯場』と言えばいいのか、『ドヤ』と言えばいいのか、まるで刑務所のようなところで、だから一度、僕は知り合いになった日本鉱業の総務課の人にこう注意したんだよ。『これじゃあまりにもひどすぎるよ、なんとかならないのかね』って。すると総務課の人にこう言い返されたんだ。『これでも良い方なんですよ。先生は彼らが日本でどのような暮らしをしているか、ご存じないでしょ？』って。今回、取材の申し込みを受けたとき、あのときの単身赴任者用住宅の光景が一瞬頭を過《よぎ》ったんだ。あんな窮屈な環境に三年も四年も閉じ込められたら、誰だって外で子どもを作りたくなるかもしれないって——」

私が次に訪問したのは九州地方のある県庁所在地だった。

繁華街の中心部にある、落ち着いた佇まいの高級日本料理店の入り口をくぐると、奥の個室で二人の医師が私の到着を待ち受けていた。当初、私は二人別々に取材依頼の手紙を郵送していたが、手紙を受け取った後、彼らは互いに連絡を取り合ったらしく、後日、「できれば二人で一緒に取材を受けたい」との希望が寄せられていた。二人は長崎大学医学部整形外科の先輩後輩であるらしく、私が「アフリカ帰り」であることに配慮して、後輩医師の方が気を遣って日本料理店の個室を予約してくれたようだった。

「まったく、信じられないような話ですよ」

先輩医師の方がビールのグラスを傾けながら上気したような声で私の取材に対して苦言を述べた。

「だって、考えてもみてください。我々は当時、あのようなひどい衛生環境の中を、それこそ決死の覚悟で現地に赴任したんです。大げさじゃなくて、（歌手の）さだまさしの名曲『風に立つライオン』の世界ですよ。一人でも病に苦しむ人を助けたい。私の専門の整形外科で言えば、現地には当時まだポリオが残っていて、その治療や予防に全力を尽くしたんです。現地にも薬はあったし、やろうと思えば投与だってできるんだけれども、治安が悪かったり、道がなかったりして、感染地域に薬を届けることができない。私自身、若かったですからね。悔しくて、もどかしくて、何度も泣いたもんです。それが今になってね、『日本人医師がコンゴで子どもを殺していた？』。冗談じゃないですよ。我々の努力をなんだと思っているんですかっ！」

豪快な先輩医師がビールを飲みながら憤慨しているその隣で、誠実な人柄の後輩医師が冷静に当時の状況を説明してくれた。

「私がコンゴに赴任したのは一九八〇年代でした。鉱山の閉鎖が現実味を帯び始めていた後期にあたり、診療体制が初期の頃とはだいぶ異なっていたように思います。ムソシ鉱山の病院には当初、他大学から内科医が派遣されていたと聞いていましたが、操業開始後の一九七〇年代後半に私たち長崎大学医学部整形外科の教授が現地を訪問し、『この治療内容なら整形外科の方がいいですね』と判断なされて、以来、長崎大学からは整形外科医が現地に赴任することになったのです。うちの医局からは一九七八年に最初の医師が赴任した後、現地の治安が悪化する一九八一年までの間、我々を含めて一年交代で医局員が派遣されていました」

「現地の診療体制はどのようなものだったのでしょうか？」と私は後輩医師に尋ねてみた。

「私が勤務していた当時に限って言えば、長崎大学から派遣されてきた日本人医師が一人、日本人看護師が一人、ベルギー人医師が一人、コンゴ人医師が一人の体制でした。診察は専門分野で分業していて、整形外科は日本人医師、内科はベルギー人医師、産科はコンゴ人医師が診ていました。コンゴ人医師は――こう言うと大変失礼なのですが――とてもいい加減な方で、率直に言えば、『仕事のできない人』でした。だから今回、大学から突然、産科に関する問い合わせが来たとき、『ああ、彼の分野だな』と思ったんです」

「大学から問い合わせが来たんですか？」と私は少し驚いて尋ねると、後輩医師は「ええ、医局の若い教授から電話を受けたので、知っている限りでお答えをしました」と内実を明かしてくれた。日本に一時帰国する前、熱帯医学研究所の教授を通じて当時を知る医師の紹介を求めてはいたが、大学側はどうやら関係する医師に事実確認を行っていたようだった。

「赴任した歴代の医師の間で、日本人と現地人の間に生まれた子どもが話題に上ることはなかったのでしょうか？」と私は二人の医師に尋ねた。

「いえ、まったくありませんでした」と右側に座った後輩の医師が答えた。「歴代の医師と言っても、初代と二代目の方はすでにお亡くなりになっております。でも、私自身、そのような話はこれまでに聞いたことがありません。ただちょっと思い出したのは、コンゴ人は——あるいは黒人の子ども全般がそうなのかもしれないのですが——生まれたての赤ちゃんの肌の色は割と白いのです。それが成長するにつれて徐々に黒くなる。なので、出産直後に現地人女性が日本人男性を病院に呼び出して、『これはあなたの子どもなのよ』と認知させて、お金を巻き上げていた、という話はどこかで聞いたことがあったような気もします。でも、そんな程度の認識です。今回、三浦さんがお持ちになった写真を見ていると、やはりそういうことがあったのかもしれないな、と今思っているところです」

「いや、まったくその通りですよ」とかなりお酒の進んだ先輩医師が後輩の話に割って入った。

「私はね、中国地方の出身で、親族が広島で被爆しているんですよ。私も出生時は未熟児で、本来は生きながらえることができなかったらしい。でも、医学の力でなんとか助けられた。だからそういう背景もあって、私は子どもの頃からずっと医者になりたくて、苦学して医師になったんです。原爆の遺伝子はね、たぶん私の中にもあって、そういう土地に生まれ育ったから、これまでにも生きたくても生きられなかった人をたくさん見てきました。そんな医師が子どもを殺せると思いますかっ！」

顔を真っ赤に染めた先輩医師の言葉を、私はまったくその通りだと受け止めた。私自身、アフリカに赴任することが決まった直後には、一割前後の確率で取材中に命を落とすのではないかと覚悟していた。三〇年以上も前の時代であれば、その不安は今と比べものにならなかったに違いない。彼らは言葉通り全力で現地医療にあたったのだろう。それを引退直前の数十年後になって「現地では日本人医師が子どもを殺していた」と国際的に報じられることの悔しさを、私は十分に理解することができた。

「アフリカで私は、本当に色々な意味で勉強をさせてもらいました」と後輩医師が最後に言った。「自然の雄大さや人間同士のつながり。そして命の重さや軽さといった、そのような医師の根幹に関わるものです。今回このような取材を受けるのは非常に残念なことですが、私のアフリカに対する思いは今後も変わらないと思います」

医師たちの証言を聞きながら、私にはどうしても、彼らの言葉に嘘の気配を感じることができなかった。

第一一章　闇の奥へ

32

八三歳になるというその老人はアフリカの雄大な風景とは似ても似つかない、東京・多摩地区の新興住宅街に住んでいた。ＪＲ新宿駅で私鉄に乗り換え、ひどく読みにくい名前の駅で降りると、私は煌びやかな看板を掲げたファストフード店や携帯電話のセールス店が立ち並ぶ駅前通りを暗い気持ちで歩いた。「近代都市は人間に安心を与え、代わりに表情を奪った」と学生時代に都市計画の教授から教えられたが、どうやらそれは真実らしかった。人間は集団で生活することにより自然から被るリスクを低減させたが、その分暮らしは平板でつまらなくなり、自然に打ち負かされたりそれを乗り越えたりしたときに生じる怒りや喜びを喪失した。人類にとってそれは「進化」だったのか、あるいは「退化」だったのか。私にとってその町はアフリカ以上に乾燥しているように見えた。

老人は駅前の人混みの中で私を待っていてくれた。東京近郊でよく見掛ける上品でこざっぱりとした身なりの老人だった。

「自宅はここからそう遠くない場所ですので、歩いて行きましょう」

老人は穏やかに微笑むと、私の少し先を一人で歩き始めた。時折、私の方を振り返りながら懐かしそうに言った。

「私がアフリカから帰ってきた頃は、ここら辺はまだ未舗装の泥道でね。雨が降ると道が沼のようになるものですから、家内に駅までよく長靴を持ってきてもらいました。それを履いて何度か自宅と駅を往復したものです」

彼の自宅は駅から徒歩十数分の場所にあった。戦後の宅地造成によって無数に生み出された築数十年の古家で、漫画「サザエさん」に出てくる家にどこか似ていた。

玄関に入ると小型犬の鳴き声が聞こえ、屋内から柔らかな表情を湛えた婦人が姿を見せた。

「家内です」と老人は私に紹介した。「実は家内も帯同してコンゴに赴任していたのです。子どももルブンバシで生まれましてね。もうとっくに成人してしまいましたが」

夫人は夫に紹介されて一瞬嬉しそうな表情で口を開きかけたが、夫から事前に今回の取材の趣旨を聞かされていたのだろう、感情の発露を慎むように小さくお辞儀をすると、台所に駆け込んで老人と私にお茶を出し、「少し外しますね」と言い残して小型犬を連れて玄関口から出て行った。

老人は夫人が玄関から出て行ったことを確認すると、大きく深いため息をつき、「わざわざ遠いところをおいでいただきまして、誠にありがとうございました」と丁寧な口調で頭を下げた。

「この度は我々どもの会社が色々とご迷惑をお掛けしたようで……」

その挨拶に私は少し戸惑った。老人の言い方が、不祥事を起こした政治家がよく使う「誤解を招いたようであれば、大変申し訳ない」といったどこか表面的で無責任さを含んだものではなく、真摯に心を痛めているかのような、そんな印象を与えるものだったからである。老人はそれ以上、謝罪らしき言葉を口にしなかったが、私はその一言から老人が誠実さを持った人間であることを理解することができた。

部屋の装飾は彼が敬虔なクリスチャンであることを物語っていた。そして今回、私と彼とを結びつけたのもやはり、キリスト教によるものだった。

私が彼の存在を知ったのは、コンゴ・ルブンバシ市の修道院でシスターを務める佐野浩子を通じてだった。日本には海外の発展途上国で暮らす宣教師たちを支援する団体がいくつか存在している。佐野がある日、その支援者の一人とメールでやりとりしていると、送信者の男性がふと「自分もかつてコンゴで生活をしていたことがある」という事実を漏らしたのだ。男性は素性を明かさなかったが、佐野はその際、「私は今、この地に残された日本人の子どもたちのお世話をしています」と打ち明け、「何か情報をお持ちであれば、ご協力をお願いできませんでしょうか」と男性に協力を求めていた。

男性は当初、佐野の問い掛けに「まったく存じておりません」と回答した。しかし、やはりクリスチャンなのだろう、数日後には「私は嘘をついておりました。彼らのことを知っています」という内容に改め、「実は先日ご紹介いただいたツイッターの写真を見たとき（佐野は日本人残留児の存在を伝える私のツイッターを男性に紹介していた）、罪の意識で胸が押しつぶされそうになりました」といった趣旨のメールを佐野に向かって返信していた。

その男性こそが、私が最も会いたいと切望していた日本鉱業の元幹部、当時の現地事務所長だったのである。その事実と肩書きが判明したとき、私は目に見えない力によって導かれているような、そんな神がかり的なものを確かに感じた。

私はすぐさま佐野を通じて元幹部に取材依頼のメールを送った。彼はシスターからのお願いを断り切れなかったのだろう、数日後、「私が知っていることであれば、お話しいたしましょう」と私が一時帰国した際にインタビューに応じてくれることを約束してくれていた。

「何からお話しすればよろしいでしょうか」

元幹部は自宅のリビングで私に聞いた。私は通常通り、彼の主な経歴を最初に尋ねた。

「コンゴには二度赴任しました」と彼は取材用に準備していた数枚のメモを見ながら言った。

外語大を卒業後、外務省に入省し、外交官としていくつかの在外公館に勤務した、しかし、官僚組織の雰囲気に馴染めず、半ばヘッドハンティングされるような形で日本鉱業に転じた後、一九七〇年代と一九八〇年代にそれぞれ数年間ずつコンゴに赴任し、主に日本鉱業の代表者としてコンゴ政府側との交渉を担当していた、と元幹部は語った。

「コンゴに赴任したのは、操業を始める前後の一九七〇年代前半と操業を終える直前の一九八〇年代前半です」と元幹部は誠実な態度で私に言った。「現地の様子は鉱山の建設時と操業が始まった後では随分状況が異なっていました。鉱山の建設時には建設会社やその下請け業者、ボーリング調査の専門家、坑道内に設置するための機械関係の技術者など様々な人間が日本から派遣されてきており、加えて医師やコック、小学校の先生などを含めると日本人だけでも約五五〇人、家族を入れると六六〇人以上があの場所で生活をしていました。さすがに風紀は乱れていたようで、夜になると若い人たちは皆、飲み歩いていたようです。とはいえ、近くに飲食店があるわけではなく、鉱山近くの村のただ丸太が置いてあるような場所でお酒を飲むような感じです」

元幹部はそこで息継ぎをするように手元のお茶を飲んだ。

「他方、操業から何年も経った私の二度目の赴任時の頃には、もう建設関係の人はすでに帰国してしまっており、現地にいる日本鉱業関連の社員は一〇〇人を切っていたように思います。派遣されてきた人の中には私のような事務方の人間もおりましたが、もちろん、鉱山関係の人たちもたくさん含まれていました。国内の鉱山が立ちゆかなくなり、北海道や秋田、茨城などから送り込まれてきた人たちでした」

元幹部は極めて紳士的な話し方をする人物だった。落ち着いていて、使う言葉も洗練されている。元外交官だったこともあり、コンゴ勤務時にはその博識さから「学者さん」と呼ばれていたと当時の関係者からは側聞していた。私はそんな「学者さん」には若干答えづらそうな質問をあえて尋ねた。

「当時、日本人と現地人の間に子どもが生まれ、その子どもたちが撤退時に取り残されてしまったという事実について、ご存じありませんでしょうか？」

「ええ……その通りだと思います」

私は元幹部が疑惑をそのまま認めてしまったので、驚きのあまりすぐには次の質問を発せなかった。

「えっ、お認めになるのですか？」

元幹部はわずかに目を閉じて頷いてから、私の質問に答えた。

「私自身は現地に子どもを残してきたわけではありませんし、直接は知り得ていません。しかし、私たちの同僚や下請け会社の方たちが現地の女性と子どもをもうけ、今も現地に子どもたちが取り残されているといったことはどうも、やはり事実であるようです。実は我々は今でも年に数回、当時の事務方が集まって東京で会合を開いています。三浦さんのツイッターでの発言を見てから数人に連絡を取ったところ、いずれも『苦しい思いを抱いている』という反応でした。『仕事に汚点を残してしまった』という思いと、『現地の子どもたちには本当に申し訳ないことをしてしまった』という思いが私の胸にはひしめいています」

やはり事実だった——私は当時の最高幹部がコンゴに日本人の子どもたちを残してきたとい

う疑惑をすんなりと認めたことに小さくない衝撃を感じていた。一方で、彼が私の質問のいずれにも「……と思います」「……のようです」と伝聞調で回答していることに若干のひっかかりを覚えた。

その理由を問うと、元幹部は少し困ったような表情で「お恥ずかしいことなのですが、私自身は当時、ご指摘の状況についてはあまり詳しく知り得なかったのです」と釈明をした。

元幹部の説明は次のようなものだった。

当時、日本鉱業の幹部として現地に赴任し、ムソシ鉱山の経営全般を任されてはいたものの、主な業務がコンゴ政府との交渉だったため、二度の赴任とも鉱山のあるカスンバレッサ町ではなく、そこから約七〇キロ離れた本社機能のあるルブンバシ市内で生活していた。よって日本人労働者たちが寝起きしていたカスンバレッサ町の状況については詳しく知り得なかった、というのである。

私は元幹部の釈明を苦々しく耳にしていたが、彼の態度を見る限り、元幹部が自分の責任を免れるための言い逃れをしているようには思えなかった。

「あくまで今考えれば、ということになるのですが」と彼は慎重に言葉を選ぶようにして言った。「鉱山の建設時、日本人労働者が現地人女性と家庭を築くことになった背景には、あるいは会社側の制度的な欠陥があったのかもしれません」

「制度的な欠陥？」

「はい」と老人は大企業の元経営幹部らしく、落ち着いた表情で会社側の非について語った。「鉱山の建設時、日本人労働者には一時帰国制度がありませんでした。中には五年も六年も日本に帰っていない人がいると聞いたことがあります。生産開始後には一年に一カ月間ほど日本に帰れる制度が創設されましたが、同時にこれらの休暇を買い上げる制度も作られ、帰国しない労働者には少なくない額のお金が支払われていたと記憶しています。飛行機代や代わりの人員を確保することを考えれば、会社側としてもその方がずっと安上がりだったのです。労働者側としましても当時は一回の赴任で場所によっては故郷に家が建つとさえ言われていました」

「日本鉱業が当時、現地で所帯を持った人に専用の宿舎を提供していた、という話も取材で聞きました」と私はこれまでのコンゴでの現地取材で得た証言をぶつけた。

「いや、それはなかったと思います」と彼はその質問については明確に否定した。「会社としては当時、現地人との結婚やその子どもについての規定はありませんでしたし、会社がそのような人たちに住居を買い与えたということもありません。もしそのようなものがあれば、私が知り得ているはずです。現地で結婚した日本人労働者の方は茅葺《かやぶ》きのような家で暮らしていたと聞いていますが、それらはおそらく自分たちで購入したものだと思います」

「日本人労働者が最終的に帰国するとき、会社が妻や親族に一律一〇万円を支払っていたという話もあります」

「それも実際にはあり得ない話だと思います」と元幹部はその話についても否定した。「会社がそのようなお金を支払うためには、それ相応の予算を組まなければなりません。今回取材を受けるにあたって撤収時の状況を当時の総務担当者に確認したところ、『現地に家族がいる者は、当面経済的に困らないよう、禍根を残さないようにしてほしい』と社員に話したということを聞いています。もしそのような話が出ていたのだとすれば、現地で不公平がないように、日本人労働者の方々が自分たちで金額を決めていたのかもしれません」

「でも、それでは……」と私はそこまで述べて言葉を呑み込んだ。

「おっしゃりたいことはよくわかります」と元幹部は謙虚な姿勢を崩さずに言った。「取り返しのつかないことをしてしまったという思いは、私の中で消えることはありません。でもその一方で、企業が組織的に家族を切り裂いたという事実はどう考えてもあり得ない。そこだけはどうか信じていただきたいのです……」

我々の間に深い沈黙が流れた。私は夫人が出してくれたまま手を付けずにいたお茶をすすり、お茶菓子を口に含んだ後、目の前の老人にこれまで撮りためてきた日本人残留児たちのポートレートを見てもらうことにした。老人は十数分ほど神妙な顔つきで三二人分のポートレートを見ていたが、ある日本人残留児の写真にさしかかったところでふとページをめくる手を止めた。

「この写真の中に一人だけ、おそらく私の知っている方の息子さんだと思われる方がいらっしゃいます」

「どなたですか?」

「ムルンダさんのお父さんです」

「ムルンダの……」

「ムルンダさんのお父さんはきっと私のかつての同僚だと思います」と元幹部は両目を閉じて苦しそうに語った。「彼のお父さんは日本鉱業の子会社で、当時は運送車両の責任者を務めておられました」

一瞬、ムルンダの屈託のない笑顔が脳裏に浮かんだ。

「ムルンダさんのお父さんとは現在連絡が取れるのでしょうか？」と私は聞いた。

「いえ」と老人は表情を歪めてその質問を短く否定した。「ムルンダさんのお父さんは最近亡くなったと伺いました」

「亡くなった……」

「はい」と元幹部はわずかに声を震わせながら言った。「私の胸中は今、本当に申し訳ない気持ちでいっぱいです。なんてことをしてしまったのだろうと。三浦さんがツイッターでお書きになっていたように、父系社会のあの国では父親なしで生活することがどんなに厳しいか、私にも容易に推測がつきます。何より自分の親に会いたいという気持ちは、人間の誰もが抱いている本能的な願望に違いありません。もう少しだけ早くお話を伺えていたら、あるいはムルンダさんにお父上の手紙などを届けることができたかもしれないと思うと……」

老人はそう言うと深々と頭を垂れ、クリアファイルに納められたムルンダの笑顔の写真を指でそっとなでるような仕種をした。

「申し訳ありません。本当に申し訳ありません……」

老人は何度も懺悔《ざんげ》するように同じ言葉を繰り返した。

33

「県境を跨《また》いだ向こう側はあまり詳しくないのだけれど、それでもいいかね?」

関東地方にある私鉄沿線の駅前で客待ちをしていたタクシー運転手にそう告げられ、私は約束の待ち合わせの時間にはまだ余裕があることを確認してからタクシーに乗った。

私は関東地方の県境近くで暮らす、ある男性の自宅に向かっていた。自宅は車で数十分の距離にあり、バス停からも遠いことからタクシーを使う以外に選択肢はなかった。

「県境っていうのは不思議なものだよ」と運転手はアクセルを踏みながら独り言のように言った。彼によると、明確な線や検問所があるわけではないのに、県境を越えると人も物も風景もすべてが違って見えるのだという。「タクシー会社は県ごとに免許や監督官庁が違うから、そういうのもあるのかもしれないんですけどね」

その感覚はアフリカで勤務する私にも少しわかるような気がした。アフリカ大陸でも一九世紀以来、旧宗主国の都合によって一方的にひかれた「国境」という名の線により、民族は分断され、文化は断絶し、人々は後付けの「国家」に押し込められた。戦争も紛争もすべては一本の「線」をひくことから始まる。その意味で言えば、地上に一本も国境という「線」を持たない日本は、世界的に見ればやはり幸せな国なのかもしれなかった。

タクシーが指定された県境の住所に近づくと、男性はなぜか自宅前でシートノック用とみられる金属バットを素振りしながら私の到着を待っていた。訪問者を威嚇して取材の出端をくじこうという意図はさすがになさそうだったが、それでも取材対象者がバットを持って自宅前で待機しているのは初めての経験だったので、私はいささか面食らってしまった。バットを持ったままの男性と挨拶を交わし、玄関ではなく小さな庭に面した裏口から自宅の中の書斎へ通された。途中の床の間には数十キロはありそうな巨大なアフリカゾウの象牙が飾られていた。

「アフリカ勤務が終わるときにお土産として持って帰ってきたものです。ワシントン条約で取引が禁止される前のものだから、特に問題はありません」

男性はそう言うと、書斎のイスに両脚を大きく開くようにして腰掛け、太い腕を私に見せつけるようにして腕組みをした。

私が日本鉱業の元幹部と知り合えたきっかけが「キリスト教」だったとするならば、私と男性を結びつけたものは「柔道」だった。

かつてムソシ鉱山で知り合ったコンゴ人の柔道の元チャンピオンが、当時柔道を教えてくれた日本人指導者として、彼の名前を記憶していたのである。

私にとって男性は取材を続ける上でどうしても会っておきたい人物だった。

彼が日本鉱業の現地事務所長のような幹部ではなく、日本鉱業に入社後間もなくコンゴへと派遣された現場の人間だったからである。

男性の当時の担当は日本人社員の福利厚生であり、彼もまた日本人労働者たちと一緒にカスンバレッサ町で暮らしていた。彼ならば日本人残留児たちの父親について具体的な情報を持ち合わせているに違いない――そんな確信が私にはあった。

「私にはあなたに話せることと話せないことがあります」

男性は面会前からそう言おうと決めていたのだろう、私に向き合うとまずそう宣言した。「話せることは話します。でも話せないことは話せない。今回の取材を受けるかどうかは、私なりにかなり悩んだのです。そこだけは理解してください」

「わかりました」と私は応じた。「ただ、取材を円滑に進めるためにも、何がお話しできて、何をお話しできないのか。取材に入る前に伺っておくことは可能ですか？」

「父親についてです」と男性は断言するように言った。「私はコンゴに取り残されている子どもたちの複数の父親の名前を実際に知っています。でも、それをあなたに開示することはできない。プライベートなことでもあるし、それに……」

「それに？」

「いや、いいでしょう」

男性はそう言うと、余計なことを口走ってしまったとでもいうように一方的に会話を打ち切った。我々の間に一瞬、不穏な空気が漂った。その空白に私は男性への取材がタフなものになることを覚悟した。

それでも男性と実際に雑談を交わしていくうちに、私は彼が当初想定したような堅物ではないことが徐々にわかってきた。一見かなりの強面《こわもて》で硬骨な性格であるように見受けられるが、男性には多くの柔道家がその鍛錬の過程で修得している礼節や相手へのいたわりといったようなものが備わっており、言葉の端々から清々《すがすが》しさや温かさのようなものを感じることができる人物だった。

経歴を尋ねると、高校時代には柔道でインターハイや国体に出場したことがあり、大学では柔道部の主将を務めたこともあったらしい。大学卒業と同時に日本鉱業に就職し、「人間の真の生き様を見てみたい」と自ら希望して入社二年目でコンゴへと赴任していた。

「当時の担当は日本人労働者たちの福利厚生でした」と男性は私の質問に答える形で当時の仕事の内容を教えてくれた。「つまり日本人の衣食住の全般です。中でも最も重要だったのはやはり食事でした。いくらアフリカで生活をしているとはいえ、日本人は現地の食事は食べられませんし、米を食わなければ、肝心の力が出ません。米はスワジランド（現在のエスワティニ）などアフリカで稲作している地域から購入していましたが、味噌《みそ》などの食品は日本から半年かけて船便で輸入していました。魚もそれまでは近くの湖から淡水魚を仕入れていたのですが、日本人にはやはり海の魚を食わせたいということになり、私の赴任三年目からは南アから冷凍のマグロやイカ、タコを輸入するようになりました」

男性はそこで何かを思い出したように突然笑った。

「水は煮沸したものを飲んでいましたが、問題は現地調達のビールでした。スワヒリ語でライオンを意味する『シンバ』とゾウを意味する『テンボ』という銘柄があるのですが、時折瓶の中をのぞいてみるとハエやゴキブリが混じっていたり、なぜか木の根っこが入っていたりするんです。牛乳も現地のものを使っていましたが、よく言われる『防腐剤入りの牛乳』ではなくて、『牛乳入りの防腐剤』に近い代物でした。三〇度を超える室内に何日も放置しておいても腐らない。労働者にしっかりした食事を取らせないと健康を維持できないので、私はなるべく新鮮なものを食べてもらおうと必死でした」

「日本人労働者の宿舎はかなり劣悪だったと聞いています」と私はそれまでの医師の取材で耳にした内容を男性に尋ねた。

「ええ、その通りです」と男性は素直に認めた。「当時、カスンバレッサでは鉱山から少し離れた場所に日本人の幹部住宅があり、家族連れで赴任している日本鉱業の幹部たちはそこで暮らすことになっていました。それとは別に鉱山の敷地内に単身赴任者用の住宅があり、私も家族を呼び寄せるまでの半年間はその単身赴任者用住宅で暮らしていました。初めて宿舎を見たときは柔道部出身の私でさえもぞっとしましたよ。一棟二戸建ての簡素なプレハブ造りなのですが、床はコンクリートがむき出し、六畳一間に木製の机とベッドがあるだけで、窓には針金のカーテンレールに汚い布きれがぶら下がっているだけなのです。窓枠には泥棒の侵入を防ぐために鉄格子がはめられており、まさに昔の監獄さながらの光景でした」

「一時帰国制度がうまく機能していなかった、という話も聞いています」

「よくご存じですね」と男性は苦笑いして頷いた。「そのご指摘は正しいと思います。当時は一部の幹部を除いて日本人労働者のほとんどが単身赴任者でした。彼らは一年に一カ月間だけ日本に帰国することが許されていましたが、帰国しなければ会社からかなりの額のお金が手当として支給されるため、帰国を希望しない者がたくさん出ていました。娯楽などは何もないところです。使う場所は限られていました。食事とゴルフ、そして『気分転換』でした」

気分転換、と私はその言葉に違和感を覚えながら、彼のさらなる説明を待つことにした。

「男だけの世界ですからね」と彼は私の心象を察してか、当時の状況を言いづらそうに話し始めた。「仲間内で酒を飲んでいてもすぐにケンカになってしまうような、そんな殺伐とした環境だったんです。若い鉱員たちは仕事が終わると、鉱山の近くにある『チロリン村』と呼ばれていたところによく遊びに行っていました。電気のない村で、飲み屋と言っても、『ニュンバ』

と呼ばれる丸太と干し草で作った小屋で飲むだけの、そんな場所です。『シンバ』や『テンボ』というお決まりのビールの他に、『ルトク』と呼ばれる現地人が好きな白濁した飲み物がありました。女性がトウモロコシを口の中で噛み砕き、唾液と一緒に瓶の中に吐き出して発酵させたものらしく、勧められるままに二、三杯飲んだのですが、次の日は頭が割れるように痛くなったのを覚えています。つまみはそこら辺を駆け回っている鶏を調理してもらうことが多く、椰《や》子《し》油と唐辛子のソースで味付けしただけですが、とても美味しかった記憶があります。一方、器に盛られた唐揚げのような『つまみ』をドンブリいっぱい食べた後、それらが実は毛虫のフライだったとわかって大騒ぎしたこともありました。電気がないので、よく見えなかったのです。女性と一緒にお酒を飲んだり、一緒にダンスを踊ったり。彼女たちの腰の動きはエロティシズムに満ちていて……その後はご想像の通りです」

男性は私のインタビューに対し、日本人労働者による現地女性への買春行為が行われていたことについては否定しなかった。

日本鉱業は当時、日本人労働者たちにスワヒリ語のハンドブックを配布しており、彼らがその小さな単語帳を片手に現地人女性らとやりとりしていたことは、コンゴにおける取材の中でも複数の関係者が証言していた。日本人労働者の中には数カ月間の滞在でスワヒリ語を相当流暢に話せるようになった人もいたらしく、私が取材したコンゴ人の元妻の中には「日本人は日本でもスワヒリ語を話すものだと思っていた」と証言する人までいた。

「会社の倉庫で驚いたことがあるんです」と男性は声のトーンを下げて言った。「段ボールを開けると、箱いっぱいにものすごい数のコンドームが箱詰めされていたんです。同僚に『なんでこんなにコンドームがあるのか』と聞くと、『一枚では破れるかもしれないから、二枚重ねて使用してほしいと伝えているんだ』と教えられました。正直に言えば、最大の目的は避妊ではなく、性病の予防でした。現地人と性行為をした後は力いっぱい小便を一気に出すように、そうすれば病原菌も一緒に流れ出るから、といった『指導』もされていたと聞いています。淋《りん》病《びょう》、梅毒、インキンタムシ。日本人労働者たちはありとあらゆる性病にかかりました。鉱山の職場には大きな風呂があったのですが、ある日、私がふざけて鼻の下まで湯船に浸かったら湯の表面にたくさんのケジラミが浮いていて、慌てて湯船を飛び出したこともあります。性病にかかると尻に注射を打たれるので、車やバスで尻を浮かして座っている奴を見ると、ああ、こいつは性病にかかったな、と推測がついたものです。そんな生活を私たちはあの場所で何年も続けたんです。多くが今となっては懐かしい思い出ですが、そうでないことがあることも、私は立場上、もちろん理解しています」

「先ほどは『コンゴに取り残されている子どもたちの複数の父親の名前を実際に知っている』とおっしゃいました」と私は頃合いを見計らって取材の本題に近い質問を男性へと切り出した。

「ええ、実際に見たことがあります」と男性は明言した。「見ただけでなく、何人かの現地人妻を持った日本人労働者の家に遊びに行ったこともあります。福利厚生の資材調達の下請けに入っていた日本人労働者がよく現地人妻とその子どもを職場に連れて来て、『俺の妻子を見てくれよ』と言うので、彼の家にお邪魔しました。丸太と枯れ草でできたような簡素な家で、床板はなく、夫婦は木のベッドで寝ているようでした。子どもは現地風に土の地面の上に寝かされていた。別の労働者の家には、現地人の家には見られない蚊帳《かや》や日本語の百科事典などが置かれていることもありました」

男性はその証言の中で一度だけ、うっかり現地人女性と家庭を持っていたという日本人労働者の名字を口にした。それは私がかつて取材した日本人残留児のうちの特に貧しい女性の父親に該当する名字だった。

「でも誤解しないでいただきたいのは、現地で家族を持った日本人労働者の多くは、本当に家族を心から愛していたんです」と男性は言った。「現地人妻を持った社員の中には、日本にいる妻と離婚してすべての給料を現地人妻に手渡していた社員もいれば、帰国時にルブンバシの空港で『俺はどうしてもコンゴに残りたい』と泣き叫んで大騒ぎした社員もいました。私はそれが誰なのかを知っていますが、当時の私はなぜ彼がそんなに泣き叫ぶのか理解できませんでした。今考えると、妻や子どもを現地に残していくことがどれほどつらいことだったのかわかります。でもね……」

男性は両腕を組み、柔道家の視線で私に言った。

「私は、それはもう過去の話だと思っているんですよ。この問題をなんとかしたいというあなたの熱意には敬意を表します。コンゴに残されている子どもたちが今も苦しい状況に置かれている、彼らを少しでも助けたい、と思う気持ちはアフリカに勤務していたことがある私も同じです。でも……」

私は安易に頷かず、彼の話の続きを無言で待った。

「私はあなたが今後も取材を続けて彼らの父親を訪ねて行くことが、どうしても正しいことのようには思えないんですよ」と男性は言った。「なんと言えばいいのか、この直感はあなたのような年齢ではなく、私のように人生が終わりにさしかかった人間にしかわからないのかもしれない。ただそれは正しくないことだと今、私にはわかるのです」

「コンゴに置き去りにされている子どもたちの父親を探し続けることが、決して『正しい行為』ではないと？」

「ええ、その通りです」と男性はきっぱりと言い切った。「それはあなたにとっては『正しい行為』なのかもしれない。でも、それはあなた以外の人にとっては『不幸につながる行為』になりかねない。父親にはすでに日本に家族がいるだろうし、いきなり訪ねて来られても、父親も家族も相当に困るし、迷惑だろう。コンゴの子どもたちだってきっと父親に会えば、なぜ自分を置き去りにしたんだ、なぜ母や私に苛酷な生活を強要したんだ、と負の感情が胸にわき起こるんじゃないだろうか。補償や賠償を求める動きも出てくるかもしれない。それは彼らにとっても本当に幸せなことなのだろうか。今よりも問題がもっと複雑になり、生きることがもっと困難になるんじゃないか。そんなふうにも思えるのです」

私は彼のそんな発言を深い悲しみの中で聞いていた。彼の考え方を全否定するつもりはなかったが、それは極めて「加害者」側にとって都合の良い、自分勝手な言い分に聞こえた。コンゴに家族を残して日本に帰国した父親たちにとっては、それは遠い昔の「思い出」に過ぎないのかもしれない。でも、アフリカの貧困の中で置き去りにされ、苦しい生活を強いられている日本人残留児にとっては、それは今もすべてにおける悲劇の「起点」であり続けている。


実を言うと、私はその後の取材で一度だけ、日本人残留児たちの父親らしき人物に遭遇したことがあった。確実に「父親だ」と断定できたわけではなかったが、かなりの確率で「父親に違いない」と思えるような人物だった。

手掛かりとなったのは名前である。日本人残留児の中には何組かの兄弟がおり、私が取材したその兄弟には姓名ともに日本名が付けられていた。その兄の方が、ムルンダほど詳細ではないものの、父親がコンゴに赴任する前に暮らしていた日本の都市名を記憶しており、兄弟の名前についても「父親も二人兄弟で、俺たちはその兄弟の名前をそれぞれ引き継いだんだ」と証言していた。

私がその北日本の町に出向いてかつて鉱山があったとされる地域の周囲を散策していると、その町の東端に日本人残留児の弟と同じ名前を持つ小さな雑貨店が営まれていることがわかった。雑貨店の店主はすでに他界していたが、その兄がやはり日本人残留児の兄と同じ名前であり、親類の一人が「若いときに海外の鉱山で働いていた」と教えてくれた。親類は「それがアフリカかどうかはわからない」と私に言った。

兄は町から少し離れた大きな牧場に勤務していた。自宅の住所はわからなかったため、私は牧場に面会依頼の手紙を書いたが、返事はなかった。

数日後、私がその牧場に出向くと、兄は面会には応じたものの、私の取材のすべてを拒否した。言動から私の取材の趣旨を理解しているはずなのに、「手紙なんて読んでいない」と言い、「なぜ、そんなことをするんだ」「お前さんになんの権限があるんだ」と私の行為を責め立てた。

取材を拒否されてしまうと、私にはもう打つ手がなかった。立ち退こうとする私に向かって、男性は乱暴に言い放った。

「そんなことして、誰が幸せになるもんか！　俺は全然関係ないけど、そういう人たちだって日本には日本の家族がいるんだろうが！」

それは至極真っ当な言い分であり、私に対する正当な糾弾でもあった。

少数者の利益を追い求める行為によって、不用意に多数者の幸福を傷つける可能性があるのではないか。それこそがこのテーマに関わり始めてからずっと私に亡霊のようにつきまとってきた懸念であり、足枷《あしかせ》でもあった。

そしてその実例を私は小さな図書館で垣間見ていた。

その「声」は茨城県のＪＲ日立駅前にある日立市立記念図書館に保存されていた。日本鉱業の発祥の地である日立鉱山の跡地に設置された資料館「日鉱記念館」を見学した後、ＪＲ日立駅前にある記念図書館に立ち寄ると、そこにはさすが企業城下町の図書館らしく、国会図書館にも所蔵されていない日本鉱業や日立鉱山の資料が多数保管されていた。私は資料の中からフランス語のタイトルが付けられた、日本鉱業がコンゴでムソシ鉱山を開設していた際に現地で発行していたとみられる小冊子を見つけると、それを閲覧席で一枚一枚めくっていった。

そこにはカスンバレッサの社宅内で恒例の盆踊り大会が開かれたことを紹介する記事や、現地に勤務する日本鉱業社員の座談会に添えて、日本で暮らす家族や子どもたちからの手紙を紹介するコーナーが設けられていた。そこに掲載されているいくつもの「声」に目を通しながら、私は自分の心がひどく粟立っていくのを感じた。

〈お父さんお元気ですか。ぼくも元気です。お父さんが行ってから、一年八カ月すぎました。今年の夏休みはあつい日がなかったので、あまり泳ぎませんでした。このままえお父さんからきた手紙に、おみやげはどんなのがいいかとありましたが、絵ハガキとペンダントがほしいです。わすれないでね。ぼくと、お母さんと、お兄さんと三人で羽田空港へむかえに行く日をたのしみにまってます〉

〈おとうさん、お元気ですか。わたしたちも元気でくらしています。おとうさんが、アフリカにいってから、二年はんになりますね。おとうさんがアフリカにいくとき、わたしはまだ学校にあがりませんでしたが、もう三年生になりました。わたしのとくいながっかは体育です。毎日いっしょうけんめい勉強しています。おとうさんはいま、なにをしていますか。もうアフリカのせいかつになれたと思いますが、いろいろたいへんでしょうね。この前、おかあさんとおにいちゃんとわたしでアフリカに行った夢をみました。とてもたのしいゆめでした。なんだか本当にいってみたくなりました。おとうさんがいなくてさびしいですが、おとうさんはわたしよりさびしい思いをしているのだなあと思って、がまんをしています〉

〈私は、楽しい夏休みをすごしています。去年の夏、お父さんと海へ行ったり、かき氷を食べたりしたことを思い出しています。今年は、おじさんと海へ行きました。又、かき氷は作りませんでした。今度は、家族で食べましょうね。楽しみにしています。それからこちらは、もうすっかり秋らしくなってしまいました。だからプールへも三回ぐらいしか入れませんでした。ザイールはどうですか。知らせて下さい〉

子どもたちから寄せられた手紙の数々は、現地で働く日本人労働者たちには日本にかけがえのない家族がいることを物語っていた。所々に習ったばかりの漢字を使い、遠く離れて暮らしている父親に自らの気持ちや近況を伝えようとする文面は、それらが平易な表現によって記されているがゆえに、より心にしみいる内容になっていた。

一方で、アフリカには今も父親の帰りを待ち続けているコンゴの日本人残留児たちがいる。私は彼らもおそらくかつて同じような手紙を——より切実な思いを込めて——アフリカから日本へと投函し続けていたのではないかと想像した。

これまでは決して交わることがなかった、日本とアフリカという二つの「世界」。それらを取材という行為で結びつけることは、果たして「正しい行為」と呼べるものなのか——。


自宅での取材が終わると、柔道家の男性は帰路、私を最寄り駅まで車で送ってくれた。

「そう言えば、今思い出したんだが」と彼は車の中で突然、私に向かって語り始めた。「昔、コンゴで地元の女性たちに日本の歌を教えたことがあってね。当時流行っていた細川たかしの『心のこり』っていう歌なんだけど……」

「知ってます」と私は言った。「今でもみんな覚えていますよ。『私バカよねおバカさんよね』っていうアレですよね」

「本当に？」と彼は心から驚いたように言った。「すごいな。まだ覚えているんだあ。実はあの歌はちょっとした裏の事情があってさ。当時、現地に赴任していた日本人労働者たちはたくさんの現地人労働者を使いながら仕事をしていたんだけれど、昔のことだからさ、現地人労働者に『バカ、バカ』と罵声を浴びせながら働かせていたことがあったんだよ。ところがあるとき、労働争議の場でその『バカ』という言葉が問題になって、慌てて現地従業員や現地人の女性たちが当時歌っていた『私バカよね』という流行歌にかこつけて、『バカ』という言葉は暴言じゃない、愛情を込めて使う言葉なんだ、と誤解させて強引に乗り切ったことがあるんだよ」

「ひどい話だなあ」と私は日本の流行歌を今も自慢げに歌う日本人労働者の元妻たちの顔を思い出しながら顔を歪めた。

「本当にね、ひどい話だ」と男性は反省したような表情で言った。「それで今思い出したんだ。現地に勤務しているとき、彼らはとにかくいい加減で仕事の覚えが悪いのだけれど、反面、日本人労働者のことをよく見ているところがあってさ。ずっと白人たちの奴隷として働かされてきた過去の記憶や歴史が彼らにそうさせるのかもしれないと思ったことがある。そしてある日、仲の良かったコンゴ人の労働者にこんなことを言われたんだ。『かつて白人は我々にムチを打って働かせた。でも彼らは少なくとも、この地に骨を埋める覚悟で、ここで俺たちと一緒に生きようとした。でも日本人はそうじゃない。ここに骨を埋めるつもりなどさらさらなく、皆、日本に帰る日のことばかり考えている。それでどうやって俺たちと信頼関係を結べるというのか』とね。私は頭をトンカチで叩かれたような気がしたよ。言われてみれば、確かにそうなんだ。当時、現地に赴任する日本人は赴任期間分のカレンダーを日本から持ち込んで、毎日カレンダーの日付に『×』をつけながら日本に帰る日を待ちわびていた。彼が指摘したように、私たち日本人は常に自分たちだけのことばかり考えていたんだ。私は自分はそうじゃないと思っていたし、だからこそ日本から畳を運び込み、終業後、毎日希望者を集めて柔道を教えた。でも彼らの側から見れば、私もやはり『帰る人』だったのかもしれない。だから今、こうも思うんだよ。あの地で妻や子どもを作り、帰国の空港で『俺はコンゴに残りたい』と泣き叫んだ日本人労働者たちは、少なくとも彼らと共に生きようとした、あるいは彼らにとっては信頼のおける『日本人』だったのかもしれないと――」

駅のロータリーで車を降りた後、私は再会を誓って柔道家と別れた。駅のホームでは、学校帰りの高校生たちが缶入りのコーンスープを飲みながら、スマートフォンの表面をしきりに指で操作していた。

次の瞬間、私の胸ポケットに入れていたスマートフォンが突然鳴った。慌てて取り出して画面を見ると、コンゴで暮らすムルンダからのメールだった。下手な英語で「お父さん、見つかった？」と尋ねてきていた。

「ムルンダ、実は君のお父さんは……」

そう書きかけて、指を止めた。

かつて地の果てのように遠く感じられ、いくつもの家族を引き裂いた、アフリカと日本の間に横たわる約一万キロという距離。今はあらゆる感情が電子のスピードでそれらを簡単に飛び越えてしまう。
その距離と時間の不均衡な歪みが、私には限りなく残酷に思えた。

第一二章 伴走者への手紙

34

前略、田邊好美さま

お元気ですか。少しご無沙汰しております。先日、一時帰国した日本から南アフリカに帰ってまいりました。日本で実施したコンゴの日本人残留児たちに関する取材のご報告をいたしたく、今、ヨハネスブルクの自室でこのメールを書いています。

まずは「子どもたちの会」の新会長であるムルンダが記憶していた父親の日本の住所についてです。

彼が長年記憶している住所を実際に訪ねてきました。その場所は現在「東京都西東京市」と住所が変更されており、西武鉄道新宿線の小さな駅からバスに乗り換え、公立中学校の少し手前のバス停で降りたところに戸建て住宅が軒を連ねる典型的なベッドタウンの風景が広がっていました。四〇分ほど周囲を歩いてみたのですが、当該住所にはそれらしき建物を見つけることができなかったため、古くから配達を続けていそうな酒屋に飛び込み、通行人を装って女店主に「ここら辺に日本鉱業という会社の社員寮はありませんでしたか？」と尋ねてみました。すると、女店主はいかにも人のよさそうな感じで「ああ、ありましたよ。日本鉱業の家族寮でしたね。もう随分前に取り壊されてしまいましたが……」と教えてくれました。

「家族寮？」と私が驚いて尋ねると、女店主は「ええ、確か寮の前に看板があったはずです。皆さんご家族でお住まいで。何度も注文品をお届けに行ったことがありましたが、確かに家族寮でした」と店の奥から昔の地図まで引っ張り出してきて、寮があった場所を確かめてくれました。その古い地図に刻まれた町名は確かに、ムルンダが記憶している住所と同一のものでした。

女店主の説明を聞きながら、私はそれらが推認させる事実の重みにしばらくの間、身動きが取れませんでした。ムルンダが今も大切に記憶に留めているその日本の住所はかつて家族寮があった場所だった。それはすなわち、ムルンダの父親にはコンゴに赴任する前、家族がいた事実を示唆するものでした。ムルンダの父親がコンゴへと出国する前にその家族と離縁したのか、あるいはそのまま家族寮に住まわせてコンゴに赴任したのかについてはわかりませんが、彼はなぜコンゴを出国する際に残していくムルンダやその家族たちに家族寮の住所を教えたのか。ムルンダや彼の母親がコンゴやザンビアから必死に出し続けていた手紙のいくつかが、あるいは彼や彼の日本の家族が暮らすこの家族寮に配達されていたのではないかと思うと、私は急に胸が苦しくなってしまい、何も買わずにそのまま酒屋を飛び出してきてしまいました。これらの事実をムルンダにどのように伝えれば良いのか、私は今も正しい答えを持てないでいます。

次に、フランス24やBBCにより「嬰児殺し」の疑惑をかけられている日本人医師たちへの取材結果です。

当時、ムソシ鉱山の病院で実際に勤務した経験のある日本人医師三人に対面で取材をすることができました。彼らはいずれも「嬰児殺し」の疑いを完全に否定し、海外メディアの報道自体を強く非難していました。彼らの証言はすべて我々のこれまでの取材結果と合致するものでした。

改めてここに書き記すまでもありませんが、私は日本人医師による「嬰児殺し」をにおわす一連の海外メディアの報道については、その事実性が故意にねじ曲げられた可能性があると考えています。もう少し踏み込んで言えば、その取材過程において「不正」が混入している可能性を排除できない、ということになると思います。

我々がその「不正」を初めて認知したのは、コンゴの首都キンシャサで日本人残留児の一人であるタカシから「子どもたちの会」の発足当初の話を聞いたときでした。

タカシは我々の取材に次のように証言しました。

「ある日、海外メディアで働くコンゴ人記者（筆者註・タカシはここで実名を挙げている）が僕たちのところにやってきて、『俺がこの疑惑を報じてやるから、万一、日本政府や日本企業から賠償金が支払われた場合には、その総額の二〇％を俺にマージンとして支払え』と言ったのです」

私は突然飛び出した彼の「爆弾証言」に思わず耳を疑いました。報道関係者が「事実」を報道する見返りに取材対象者から金銭を要求することなど、これまで聞いたことがありません。見ると、田邊さんも眉間にしわを寄せており、私が問い直すことを待たずに事実関係を彼に尋ね直してくれました。

「嘘ではありません」とタカシはコンゴ人記者からの金銭要求があったことを認めただけでなく、さらにこうも付け加えました。「金銭の要求については、『子どもたちの会』のおおかたみんなが知っていることです。記者からの要求は何度もありましたし、僕たちは一カ所に集められて念押しするような形で何度もお金を要求されたのですから」

そのとき私は初めて、「子どもたちの会」の元会長であるケイコを取材したとき、彼女がなぜ海外メディアが報じる日本人医師の「嬰児殺し」の疑惑について「知らない」ではなくて「答えたくない」と話したのか、その理由の一つがようやくわかったような気がしたのです。

我々は急いでルブンバシ市へと戻り、ケイコを含めた「子どもたちの会」の歴代の幹部をそれぞれ別々の場所に呼び出して、取材を受ける際にコンゴ人の記者から金銭要求があったかどうかを確かめました。彼らはいずれもあっさりと記者からの金銭要求を認めました。彼ら曰《いわ》く、

「金銭を要求してきたのはコンゴ人記者だけでなく、コンゴの国会でこの問題を取り上げたルブンバシ選出の国会議員も裏で関わっていた」。詳しく聞くと、フランス24の報道の中で取り上げられていたあの国会議員の名前でした。彼らはコンゴ人記者から取材を受けた際、ルブンバシ選出の国会議員の事務所に集められ、その場で「日本側から賠償金が支払われた場合には、総額の二〇％を記者に手渡すように」と要求されていました。

一連の取材を終えた今、私はフランス24やＢＢＣが報じた日本人医師による「嬰児殺し」の疑惑はやはり、ニュースの送り手が事実を報じたのではなく、金銭の取得を目的に自らに都合の良いストーリーを作り上げてしまった可能性を否定できないと考えています。この一年間、我々がどんなに現場をかけずり回ってみても「日本人医師が子どもたちを殺していた」という証言はどこからも得られず、フランス24やＢＢＣの記者がそれらの情報をどこか複数のソースで確認していたとはどうしても思えないからです。

ではなぜ、国も組織も違う二つの海外メディアがそれぞれ同じ疑惑を報じているのか。

調べてみると、答えは簡単でした。フランス24やＢＢＣの取材の双方には、「報道により日本政府や日本鉱業から賠償金が支払われた場合には、成功報酬として自らに二〇％のマージンを支払え」と要求しているコンゴ人記者がそれぞれ現地助手的な役割で取材に関わっているからです。

現地に人脈を持たない海外特派員は、その情報収集や現地取材のサポートの多くを現地人の取材助手に頼っています。日本人医師による「嬰児殺し」の報道はおそらく、このコンゴ人記者によってもたらされた「疑惑」であり、「ニュース」ではなかったか。それらの容疑が浮かび上がったとき、私は驚きのあまりしばらくの間口をきくことができませんでした。

金銭を要求したとされるコンゴ人記者が誰であるのかはすぐに判明しました。日本人残留児たちが彼の名前を覚えていましたし、田邊さんも過去にその人物と接触したことがあり、偶然彼の名刺を持っていたからです。我々はそのコンゴ人記者（筆者註・ここではKと表記する）と連絡を取り、当時私が定宿にしていた小さなベルギー資本のペンションのレストランで対面取材することにしました。

Kはひどく調子の良い、人の話を聞くよりも、自分が話す方を優先させるような、よほど記者に向かない性格の持ち主でした。受け取った名刺には大きく「ＢＢＣ」という報道機関名が印刷されていましたが、それは私の知人であるＢＢＣの記者が使っているものと大きさもデザインも紙の質感もまったく同じものでした。彼は実際にはフランスやベルギーから派遣されてきた特派員ではなく、コンゴ国内で働くいわゆる「現地助手」と呼ばれる記者でした。

彼は極めて横柄な態度で我々の取材に応じました。我々が拒否しても、一目で秘密警察とわかる強面の男性を取材に同席させ、我々が「日本人医師が子どもを殺したという事実を本当に確認できているのか？」と何度尋ねても、「俺はジャーナリストだ。すべてを知っている」「お前ら日本人はコンゴ人の子どもを殺した事実を隠蔽しようとしている」と怒鳴り散らすだけで、まともに質問に答えようとはしませんでした。あまりの横柄さに私たちは問答を諦めて三〇分ほどで取材を打ち切りました。

一連の取材で明らかになった「金銭要求」はおそらく、Kが独断でやったこと（あるいはその立案段階には国会議員も関わっていたかもしれないですが）のように思われ、フランス24やBBCの本社はもちろん、現場で彼と一緒に取材にあたった特派員でさえ、金銭要求の事実はあるいは知らなかったのではないかと個人的には推察しています。

しかし、それによって誤認を誘導する番組を制作し、誤った事実に基づく記事が広く世界に報道されてしまったのだとすれば、報道機関にはそれらを報道前に十分にチェックすることができなかった責任と、それらの誤りを真摯に訂正し、検証し、謝罪する義務があるように思います。

「日本人医師が当時、日本人労働者と現地人女性の間に生まれた子どもたちを殺害していた疑いがある」と伝える一連の報道は、当時一人でも多くの命を救いたいと現地に赴任した日本人医師や日本人看護師の名誉を傷つけているだけでなく、かつて父親たちは自分たちを殺害しようとしたのだと信じ込まされてきた日本人残留児たちの心にも深い傷を残しています。誤った報道の内容を正すことは日本人医師らの無実を証明するだけでなく、コンゴで暮らす日本人残留児たちの心の傷を癒やす行為でもあるように思えるのです。

その隠された「不正」の一端を覚知したとき、私はアフリカで生活をする日本人の一人として悔しさを感じる一方、報道に携わる者としてこれらの「不正」の存在をどこかで明らかにし、疑惑を向けられている日本人医師たちの汚名をそそがなければいけないという決意を固くしました。

しかし、そんな私の小さな決意も成し遂げることがいささか困難になってしまいました。私事で恐縮なのですが、先日、二〇一七年八月を限りにアフリカ特派員を離任し、日本へ帰国するよう上司から命じられました。上司からの電話では離任の理由については特段の説明はなく、社内外的には任期三年の満了なのですが、新聞社の経営が厳しくなり、多くの特派員の任期が大幅に延びている中での三年ですので、個人的にはやはり、今回の異動については一連のツイッターでの発信を受けての「更迭」の意味合いが大きいように感じています。私自身、それらの「処分」を覚悟した上での行動でしたので、今回の異動については特に不服を申し立てることなく、内示を受け入れることにいたしました。

他方、私には――あるいは我々にはと言った方が正しいかもしれませんね――このアフリカでまだやらなければならない仕事が残っています。

それらはもちろん、コンゴに取り残されている日本人残留児に関する取材です。まずフランス24とBBCについては、然《しか》るべきタイミングで我々のこれまでの取材内容を開示し、再調査によって報道内容が誤りであることをしっかりと改めてもらう必要があります。

でも、それらはあくまでも前駆的なものに過ぎません。

田邊さんが常々口にしているように、我々がより強く希求しなければならないものは、それらの海外メディアの報道の誤りを正した上で、このアフリカの地に日本人の子どもたちが取り残され、厳しい暮らしを余儀なくされているという現実を日本へと伝えることで、一人でも多くの残留児たちの生活状況を改善し、父親と再会できる環境を整えることです。

修道院で暮らすシスター・佐野浩子さんの言葉を私は今もしっかりと胸に刻んでいます。

「一人でも二人でもいい、彼らが将来親子の絆を取り戻せるような、そんな記事を書いてほしい。父親に会いたいという願いは、人間ならば誰もが持っている普遍的な愛なのですから」

私が実際に会って取材できた三二人の日本人残留児たちは、そのほとんどが四〇歳を超えています。父親の年齢は今や七〇代か八〇代と予測され、疫病や紛争や交通事故で命が簡単に消えていくこの大陸で、彼らが父親に再会できる可能性がどこまで残っているのか、私には正直なところよくわかりません。

でももし、その可能性がほんの少しでも残っているのであれば、私は日本に帰ってからも田邊さんやシスターや他でもない日本人の子どもたちとの約束を果たすべく、全力を尽くしてみようと思っています。

田邊さん、これまで本当にありがとうございました。今回の取材で田邊さんにお会いできたことを、私は心から嬉しく、そして有り難く思っています。

帰国前には必ずルブンバシに伺う予定です。そしてそれがたぶん、最後のコンゴ訪問になるのではないかと思います。

草々

二〇一七年七月　三浦英之

第一三章　正しく生きるということ

35

高度三〇〇〇メートルの上空から眺めると、コンゴ・ルブンバシ国際空港はうっすらと霧のような薄い雲に覆われ、街全体が柔らかな繭に包まれているように見えた。サウス・アフリカン・エクスプレス・エアウェイズの小型機はその巨大な繭の内側に吸い込まれるようにゆっくりと機体を降下させると、滑走路で三度ほど大きなバウンドを繰り返し、エンドラインぎりぎりで機体を止めた。いかにもアフリカらしい、寿命が数年縮まりそうな荒々しい着陸だった。荷物棚の扉が開いて手荷物がいくつか床に散乱したため、男性のキャビン・アテンダントが機内放送で「I am very sorry about it, but…」(大変申し訳ありません。でも……)と短く謝罪し、「This Is Africa」(これがアフリカだよ)と付け加えた。突如、客室内から歓喜にも似た弾《はじ》けるような笑い声が沸き上がる。TIA(これがアフリカ)。その渇いた能天気さも、やはりアフリカらしかった。

私が最後にルブンバシを訪問できたのは、日本に帰国する直前の八月上旬だった。数日後にケニアの大統領選挙や北アフリカ・アルジェリアへの出張を控えていたため、滞在に許された時間はわずか一泊に過ぎなかったが、私はどうしても最後にこの地を訪れておきたかった。

空港のロビーで田邊好美と落ち合うと、我々はそのまま彼の自宅へと車で向かった。コンゴにおける最後の夜を、私はこれまで定宿にしていたベルギー資本のペンションではなく、伴走者としてずっと取材に尽力してくれた田邊の自宅で過ごすことに決めていた。田邊とは話したいことが山ほどあったし、伝えなければいけないこともいくつかあった。

田邊の借家はルブンバシ市内から車で四〇分ほど離れた郊外にあった。ジャカランダの木が生い茂る大きな庭を備えた一軒家だったが、家屋は想像していたよりも相当に古く、部屋の床のタイルもはがれ、壁も崩れかかっていた。民家というよりも、それは朽ち果てる前の教会に似ていた。

その日の夜は停電で照明がつかなかったので、私と田邊はろうそくを灯《とも》し、スーパーで買い込んできた食事を囲んだ。ビールを開けて場の雰囲気が温まってきたとき、私は日本人残留児たちの取材の半ばで帰国しなければならなくなったことを謝罪し、我々が今後取るべき方針について——具体的にはフランス24やBBCへの対応について——夜遅くまで意見を交わした。

「三浦さんの方で質問状を送付することは難しいですか？」と田邊は単刀直入に私に聞いた。

「質問の文面については私の方で作ることはできますが、一度、アフリカ特派員の肩書きを失ってしまえば、私の方から主体性を持って相手に質問を送付することは難しくなると思います」と私は「主体性」という言葉を用いて自分が考えていることを正直に伝えた。

「わかりました。では私がやりましょう」と田邊は長い熟考の末、ろうそくの揺れる炎の中で言った。「これはそもそも、私がやるべき問題だったのですから」

私は田邊の言葉を聞きながら、自分自身を情けなく思った。職業記者でありながら、自ら始めた取材を自らの意志で完結させることさえできない。

「三浦さん、私はね」と田邊は私を慰めるように言った。「今回、あなたがこうやって取材に来てくれたことに心から感謝しているんですよ。現場に長期間足を運んでいただき、初めに言われたように『深く長く』取材をしてくれた。正直なところを言いますとね、最初に電話で『深く長く取材させてください』と言われたときは『本当かな？　まあ、とりあえずは様子見だな』と思ったものです。でも、本当に『深く長く』取材をしてくれた。一軒一軒、子どもたちの自宅を回って、しっかりと話を聞いて、彼らが直面しているコンゴの現実を見てくれた。私は『ああ、いい人に来てもらって良かったな』と思ったんです。これは佐野《アスンタ》さんも同じ気持ちだと思います」

田邊の言葉を聞きながら、私は目頭が熱くなっていくのがわかった。

「だから、今度は私の番なのでしょう」と田邊は言った。「どうしてあのような報道が作られてしまったのか。日本人の医師たちがコンゴ人との間にできた子どもを虐殺していたというあり得ない話を、今ここでは多くの大人や子どもたちが事実だと信じ込んでしまっている。それはとても悲しいことですし、正しくないことです。事実が何であるのかを、それを知る人間がしっかりと提示しなければならない。三浦さんが自力で突破することが難しくなったのであれば、今度は私がそれをやる番なのかもしれません」

そしてその言葉通りに、田邊は動いたのである。

私が日本に帰国した直後の二〇一七年一一月、田邊は日本人残留児たちに関する報道の信憑性についての確認と問題の再調査を求める質問状を英語とフランス語に翻訳した上で、「日本カタンガ協会」からそれぞれフランス24とＢＢＣの本社に送付したのだ。アフリカで暮らす一介の日本人が、世界的な報道機関を相手に事実の再取材と報道の修正を求めるという勇気のいる行動だった。

残念ながら、フランス24からの回答は来なかった。一方、ＢＢＣからは何度かの確認要請の末、正式に取材・報道過程の調査に乗り出すとの通知が届いた。

私と田邊はその返信に驚くと共に、再調査が正しく行われ、事実が明らかになることを心から期待した。我々はコンゴでの取材結果に絶対的な自信を持っていたし、再調査さえしてもらえれば、「嬰児殺し」の疑惑など存在し得ないことがすぐに明らかになるものと信じ込んでいたからである。

二〇一八年三月、私と田邊はＢＢＣから送られてきた調査報告書を大きく期待しながら読んだ。

そこには次のような見解が記されていた。

親愛なる田邊様
コンゴの日本人の報道に対する貴殿の質問状について我々の調査が完了しました。
最初に、記事は我々のP記者によって執筆され、初期に取材対象者に接触した人物がK氏（コンゴ人記者）でした。P記者はBBCアフリカの『ストリンガー』であり、これはBBCと記者として働く契約を交わしていることを意味します。一方、K氏は『フィクサー』（筆者註・現地で取材のアレンジをする人）でより緩いフリーランスの契約になります。
K氏は二〇一〇年にフランス24によって報道された動画の取材助手でもありました。

BBCは報告書の冒頭、我々が「捏造」を指摘したKが自社の取材をアレンジしたことや、フランス24の報道にも携わっていた事実を認めた。
その上で、我々が質問状で投げかけた三つの疑問について——すなわち日本人医師による「嬰児殺し」の信憑性と、日本大使館への確認の有無、そしてKが取材時に日本人残留児たちにキックバックを要求していたことについて——それぞれ小見出しを立てて次のように説明していた。

「嬰児殺し」の主張について

　P記者は当該地域に赴き、すべてのインタビューを彼自身で行っています。音声やオンラインによる録音も残されています。記事では名前のない取材対象者が存在しますが、複数の取材対象者が自分たちの子どもは嬰児殺しの犠牲者であると主張していることに疑いはありません。（中略）貴殿が参照するフランス24のドキュメンタリーでも、多くの人々がカメラの前で同じ主張をしているのがわかります。

　これらのことは、複数の家族が自らの子どもが病院で殺されたり、ジャングルに連れ出されて亡くなったりしたと信じていることを示しています。彼らは日本人との間に生まれた子どもの死亡率が高かったとも言っています。これはBBCの記事の六年前に報道されたフランス24の記録でも見られ、フランス24の報道やP記者によって行われたインタビューの両方から、これらが地元の人々からの申し立てであることがわかります。もちろん、彼らが正しいという意味ではありませんが、我々はこれらの申し立てがジャーナリストによって企てられたものではないと確信しています。

　私はBBCの報告書を読み進めながら、彼らの説明に首をかしげざるを得なかった。BBCの調査報告は「現地の人がそう言っていたので、我々はただそれを報じただけです」と釈明しているに過ぎない。そのようなものは「事実」でもなければ、「報道」でさえない。報道機関が疑惑の真偽を確かめることなく当事者の一方的な言い分だけを報じれば、視聴者や読者は「疑惑」を「事実」として受け取りかねない。この業界で働く者であれば誰もが熟知しているように、何かの「疑惑」を報じる際には必ず疑惑を向けられている当事者の言い分が——それが難しければ、当事者に取材を尽くしたという経緯の説明が——絶対的に必要なのだ。

それにもかかわらず、ＢＢＣは「疑惑」の存在を現地住民の発言だけに寄りかかり、あろうことか、それを「フランス24も報じています」といった同業者の行為によって補完しようとしているように私には読めた。でもそれらが支えになることは今回の場合は決してない。ＢＢＣも調査の冒頭で認めているように、そのフランス24の動画についてもキックバックの疑いが持たれているＫが携わって制作されたものなのである。

次の項ではその「Ｋへのキックバック」についての考察が述べられていた。

Ｋ氏への支払いについて

貴殿はＢＢＣがこの問題を報じた結果として、取材対象者が何らかの補償を受け取ることができた際に、その二〇％をＫ氏に支払うようになっていたという懸念を表明しています。

我々はＫ氏にコンタクトを取りましたが、彼は完全に否定しています。そのような支払いはＢＢＣの編集規則の深刻な違反であり、我々としては極めて深刻に扱い、厳正な調査を実施しました。我々は貴殿が特定した取材対象者とコンタクトを取り、インタビューを実施し、そのような要求がK氏からあったかどうかを特定しようとしました。（中略）この調査によって、我々は支払いの要求があったという確証を得ることができませんでした。情報提供者はいずれも、それらが行われたことや、矛盾する証言を与えたことについても否定しています。

ＢＢＣの説明を私は小さな憤りを感じながら読んだ。疑惑をかけられている本人に尋ねても不正を否定することは目に見えている。他方、ムルンダや「子どもたちの会」の幹部たちは私や田邊の取材にKからのキックバックの要求について明確に証言していたし、それらの証言はそもそも彼らの側から我々にもたらされたものでもあった。

ＢＢＣがどのような環境下で、どのような質問をしたのかがわからなかったが、私は「支払いの要求があったという確証を得ることができませんでした」という一文に、調査はおそらくＢＢＣから依頼を受けた現地の契約記者が準備した質問を投げかけ、その回答を自らの都合の良いように翻訳して報告したのではないかと疑った。

「日本大使館への確認の有無」についてはさらにひどいものだった。

日本大使館

貴殿の三番目の懸念はＢＢＣがインタビューの要求を日本大使館にしたが、大使館にはその記録がないというものです。我々はＰ記者と話しましたが、彼は明確に大使館に直接書面で要求を出しています。これはＢＢＣが日本大使館にアプローチしたと言ってよい実例です。理想的には、電話などで要求のフォローアップをし、日本大使館からの反応を得ようと努力すべきでした。しかし、我々の記者がそれら大使館とのコミュニケーションの欠如について責任を負うべきではありません。

「日本大使館」の項に関して言えば、ＢＢＣの調査不足は明らかだった。我々が質問状で「日本大使館は『海外報道機関からの問い合わせは一切ない』と明言している」と指摘しているのに、ＢＢＣは当該の記者に確認しただけで、本来真っ先に確認しなければならない日本大使館に事実の照会すらしていない。本人に聞けば、「取材しました」と言うに決まっている。それなのにＢＢＣはその言質《げんち》だけをもって、「日本大使館に要求を出している」と決めつけている。

田邊から転送されてきたＢＢＣの報告書を読み進めながら、私はこれらの内容がすべて自らの取材・報道内容を擁護するような「結論ありき」の回答であることに強い憤りを感じていた。これは国外の取材現場で私が常々感じてきたことの一つだったが、海外の著名な報道機関に所属する記者たちは多くが――それらがニューヨークタイムズの記者であっても、ＢＢＣの記者であっても――危険な紛争地や疫病の蔓延地帯に乗り込んでいく勇敢さや、アフリカ大陸の独裁者に強烈な体制批判を浴びせるような強い正義感を持ち合わせているものの、事実の認定については随分と「甘い」――具体的に言えば、日本では当事者や役所に何重にも裏を取った上で記事を執筆する記者が圧倒的多数であるのとは対照的に、彼らは現場に飛び込んで自分が見たり聞いたりしたことを「事実」と認定し、その「事実」に立脚して記事を組み上げていくスタイルを多くの記者が採用しているように思われた。

それは、どちらが「正しい」と一概に言えるようなものではおそらくなかった。

役所発表に頼りがちな日本の報道機関は権力機構の操縦を安易に受けやすい反面、事実から大きく外れた「誤報」は生まれにくい。一方で、福島で起きた原発事故の発生当時がそうであったように、現場に飛び込んで見たり聞いたりした事実を大胆に描けないことで、読者や視聴者への警告が大幅に遅れ、社会的に大きな不利益をもたらす結果につながってしまう。

それでもＢＢＣの報告書に記されている内容を読み進めていくうちに、私には彼らの調査があまりにも後者の考えに――つまりは欧米的な主観主義報道に――立脚して作成されているように感じられてならなかった。コンゴで暮らす女性たちが「日本人の医師により、子どもたちが殺害された」と言っている、それが事実かどうかまでわからなかったが、警笛を鳴らす意味でもそれらを伝える意味はあるのだ、と。でも、それではありもしない事実によって疑惑を「報じられた側」は一体どうなってしまうのか――。

ところが、報告書の末尾につけられた「結論」の章にさしかかったとき、私はそこに書かれていた文章に思わず「えっ」と声を出して驚いてしまった。

そこには思いも寄らない「結論」が記されていた。

結論

ＢＢＣのポリシーではすべてのコンテンツを報道前にエディターが見ることになっています。この記事を見たエディターはＢＢＣを去っています。現在、ＢＢＣアフリカには新しいエディターがおり、すべての素材が編集規則に沿うように新しい仕組みが存在しています。（中略）
これら厳しい基準によって我々は今回、これらの記事は我々の通常の高いスタンダードには至っていないという見解に達し、いくつかの記述はあいまいだということを受け入れます。

私は驚きのあまり目を疑った。ＢＢＣが調査報告書の中で自らの配信記事を「ＢＢＣの基準に達していない」と判断し、いくつかの記載を「あいまいだ」と認めたのである。

続く文章にはさらに驚くべき見解が記されていた。

ただ不運なことに、ウェブサイトの技術的な変更により、我々はそれらの記事を修正することができません。我々は記事を信頼していますが、それらが本来あるべき形だったかどうかが明確ではないため、我々は記事を削除します。

ただしこれは、我々がP記者が日本人の子どもに関する見解や記事を誤って伝えたということを受け入れたものではありません。

二〇一八年三月二七日
Director, BBC News and Current Affairs
Fran Unsworth

ＢＢＣが配信記事を削除した――。

私はその決定文を読みながら、一瞬気を失いそうになってしまった。もしこれが本当であれば、ＢＢＣという世界的報道機関が報じた「事実」を、コンゴで暮らす一人の日本人の質問状がひっくり返したことになる。海外報道の世界に生きる人間にとってそれは紛れもなく、目が飛び出るほどのビッグニュースだった。

ＢＢＣはその削除の理由を「ウェブサイトの技術的な変更により、我々はそれらの記事を修正することができない」としていたが、その直前にはＢＢＣの基準に達していないという認識を示しており、それらは事実上、配信記事の「取り下げ」とも言える極めて異例の判断だった。

「すごいことになりましたね」と私はすぐさま田邊に国際電話を掛けて興奮した声で賛辞を述べた。「ＢＢＣが配信記事を取り下げるなんて、ちょっと想像できませんよ」

「まあ、そうですね」と田邊はいつものように穏やかに笑いながら言った。スマートフォンから漏れ伝わってくる田邊の声から察するに、彼はＢＢＣが記事の誤りを認めたことよりも、一連の記事がネット上から削除されることで、日本人残留児たちをめぐる不本意な噂がこれ以上拡散しなくなることに喜びを感じているようだった。

「それよりも、三浦さん」と田邊は私に明るく聞いてきた。「次に打つ手はどうしましょうか？」

我々にとっての真の目的は日本人医師による「嬰児殺し」の疑惑を晴らすことではなく、コンゴに取り残されている一人でも多くの日本人残留児たちを生きているうちに父親に引き合わせることだった。

田邊の執念には凄まじいものがあった。彼はその後もシスターの佐野浩子と協力してコンゴで暮らす日本人残留児たちを励ましながら、日本政府や日本鉱業の後継企業の社長に対して問題の解決に乗り出すよう強く求める要請書を送付し続けたのである。

二〇二〇年三月、彼が日本鉱業の後継企業の社長にあてて出した手紙は次のようなものだった。

「日本カタンガ協会」の名誉会長をしております田邊好美と申します。「子どもたちの会」の会長ムルンダ君のフランス語による書簡を同封いたします。

同会の会員は御社グループ従業員とコンゴ人妻との間に生まれた子どもたちで、現会長がムルンダ君になります。ほぼ一九七〇年から一九八三年にかけて生まれた子どもたちです。

ムルンダ会長の手紙の趣旨は①自分たちが御社グループ従業員とコンゴ人妻との間に生まれたことを会社として認めてほしいということ②自分たちの父親を探してほしいということです。

子どもたちや孫たちが肉親に会いたいという心情は抑えがたい願望です。また父親、祖父の方も子たちや孫たちに会いたい方々がいらっしゃると確信いたします。

二〇二〇年三月三一日
日本カタンガ協会

田邊が手紙を出してから約一カ月後、後継企業からは社長名で回答が送られてきた。そこには「御手紙を先週受領し拝見しました。併せて担当からの説明を受け、状況についても把握しました」という内容と共に、感染拡大中の新型コロナウイルスの影響で時間がかかるかもしれないが、「誠意をもって対応することをお約束いたします」との文章が記されていた。

誠意をもって対応する――その一文に田邊と彼を取り巻く日本人残留児たちがどれほど歓喜したかは想像に難くない。私はこれまで誰にも見向きもされなかった日本人残留児たちの問題にわずかだが光が差し込み始めたような、そんな淡い希望のようなものをその内容から感じた。

文面には今後の対応や連絡については後継企業の執行役員を通じて行うことが明記されていた。田邊はすぐさま調査を担当することになったその執行役員にこれまでの経緯と自らの思いを込めた長文のメールを送った。

父親探しはまず、子どもたちのアイデンティティーの問題です。自分が一体誰の子なのか、母親から日本人の子と聞かされていても、やはり父親に一目会いたいと云うのは人情と存じます。小さい時、近所から「日本人、日本人」と云われ差別を受け、「ムズングブジ」(白い山羊)と馬鹿にされて育ちました。就職口も差別されました。履歴書の出身部族の欄に記入する「部族」が空欄です。日本と書いても相手にされませんでした。子どもたちは日本人の父親の名前を踏襲しています。それが父親の名前なのか、苗字《みようじ》なのかの区別も知りません。しかし、日本の名前が彼らの誇りです。教科書やメディアでしか知らない国、あるいは僅《わず》かに残された写真でしか知らない日本人の父親への思いをずっと抱き続けてきました。(中略)

大変デリケートで難しい件とは重々承知しておりますが、父親探し、よろしくお願い申し上げます。子どもたちのひたすらな願いを実現させてやってください。

36

コンゴにおける最後の夜を田邊の自宅で過ごした翌日、私と田邊はシスターの佐野が勤務するルブンバシ市内の修道院へと車で向かった。

修道院の談話室では、佐野と一緒に「子どもたちの会」の会長であるムルンダが私の到着を待ち受けていた。

「日本、どうだった？」とムルンダは私に会うなりいきなり聞いてきた。

「うん、相変わらずだった」と私は彼の質問を曖昧にかわした。

「相変わらずって？」

「うん。相変わらず、人も車もいっぱいだった」

「それで僕のお父さん、見つかった？」とムルンダは聞きたいことを私に向かって直球で投げてきた。

「あ、うん……」と私は一瞬言葉を詰まらせた。「いや、見つからなかった」

「見つからなかった？」

つばを飲み込むようにして次の言葉を待っているムルンダを前に、私は事実を伝える覚悟を固めた。

「ねえ、ムルンダ」と私は周囲の雰囲気を意識的に和らげてから言った。「今から僕が言うことは、あくまで僕が日本で取材した内容だということをまず理解してほしいんだ。真実じゃないかもしれないし……つまり、情報が間違っている可能性があるかもしれない」

「うん、わかったよ」とムルンダは人の倍ぐらいある大きな瞳で何度も瞬きして頷いた。「それで、お父さんは？」

「うん……」と私はムルンダに追い詰められるようにして言った。「僕が取材した結果では、ムルンダのお父さんはもう亡くなっている（passed away）可能性がある」

「亡くなっている（passed away）？」と英語の得意ではないムルンダが聞き返してきた。

「死んでいる（died）ということ」

私がそう伝えると、ムルンダは大きく息を吐き出し、次の瞬間、両目から大粒の涙をポロポロと流し始めた。彼の行動に私は一瞬胸を衝かれ、しばらくその場で動けなくなった。ムルンダの涙が彼の汚れたTシャツの胸の部分に大きな黒いシミを作り、隣でシスターの佐野が目を閉じて静かに祈りを捧げていた。田邊は眉間にしわを寄せながらムルンダの表情をじっと見ていた。

私はムルンダに釈明を続けた。「まだ、本当に亡くなっているると確定したわけじゃないんだ。私が取材した人物が『ムルンダさんのお父さんは最近亡くなったと聞いている』と話していただけで、その人物が思い違いをしているかもしれないし、ムルンダのお父さんがその人物に『死んだことにしてくれ』と伝えた可能性だって否定できない……」

「いや、いいんだ」とムルンダは涙を流しながら首を振った。「違う。たぶん、僕のお父さんは死んでいる。僕もずっとそんな気がしていたんだ。だって、いくら手紙を出しても全然返ってこなかったから。生きているなら、きっと返事を出してくれるはずだもの。お父さんも伝えたいことがたくさんあっただろうし……。死んでしまっていたら、そりゃ手紙を出せないものね」

強がるムルンダに私はもう一つの取材結果を——より残酷な方の事実を——伝えなければならなかった。

「ムルンダ、実はね、ムルンダのお父さんは、日本にも別の家族がいた可能性があるんだ」

「別の家族?」

「うん」

「会ったの?」

「いや、会ったわけじゃない」と私は知り得た事実をできるだけ丁寧に伝えようとした。「日本に帰国したとき、ムルンダが教えてくれたお父さんの住所を直接訪ねてみたんだ。そうするとね、そこにはもう建物がなかったんだけれど、周囲の人がね、かつてそこには鉱業会社の『家族寮』があったはずだ、と教えてくれた。つまり……」

ムルンダは涙を流したまま、しばらくの間考えていた。

「日本に帰った後も、別の家族と暮らしていたってこと？」

「うん、そうかもしれない……」

ムルンダはそこで大きく息を吸うと両目をつぶった。彼はしばらく何かを考えていたが、私には彼がそのまぶたの裏にどんな光景を思い浮かべているのかはわからなかった。日本人の父親と一緒にコンゴで暮らした幼少期か。父親の帰国後、隣国のザンビアから母親と一緒に日本に向けて手紙を出し続けた数年か。あるいは最愛の母親を失った後、その訃報を伝えたくて父親との再会を望み続けた数十年間か——。

「そうか……」とムルンダは両目を涙でいっぱいにして言った。「わかったよ。三浦さん、色々と調べてくれて、ありがとう……」


その日の午後は車に乗って、田邊や佐野が中心となって進めている私立学校の建設現場へと四人で向かった。田邊と佐野はコンゴに取り残された日本人残留児たちがこれからも安心して働けるように——何よりその子どもたちが優先的に教育を受けられるように——ルブンバシ市の郊外に空き地を借りて私立学校を建設する計画を進めていた。

学校の名前は「マリア・アスンタ学校」。おそらく田邊が命名したものなのだろう、佐野のクリスチャンネームが冠された学校だった。

「つい最近、屋根がついたばかりなんだ」と田邊がお世辞にも立派とは言えないレンガ造りの建物の前で笑った。「それまでは雨が降る度に一階はひどい雨漏りで」

敷地は思いのほか広く、将来的には同じ敷地内に教会や学生寮、修道院などが建てられる予定だと田邊は言った。キリスト教会を通じて日本からの寄付も三〇〇万円ほど入っており、建物については一階部分は完成しているものの、二階部分はまだ壁の一部しか造られていない。

田邊によると、建物はすでに幼稚園として使われており、九月には小学校一年生から三年生の募集が始まるという。「うまく軌道に乗れば良いのだけれど」と田邊は言ったが、アフリカではあらゆることが計画通りには進まないことを彼は誰よりもよく知っている。

レンガを積み上げただけの階段を登って二階へ上がると、未完成の教室で田邊が近未来のプランを私とムルンダに語ってくれた。

「日本の資金を使って造るのだから当然、日本人残留児やその子どもたちを優先的にここで働かせたり学ばせたりしたい。例えば、マサオは教師だからここで勉強を教えることができるかもしれないし、コウヘイには看護師の資格があるので保健室を任せられるかもしれない。庭師でも警備員でもいい、どんな仕事でもいいから、まずは日本人の子どもたちが働ける場を作りたい。そしていずれは学生寮を整備して、彼らの子どもたちを——かつて鉱山で働いた日本人労働者たちの孫たちを——ここで住まわせながら学ばせたい。それが……言ってみれば、今の私の夢です」

克服すべき課題は多々ありそうだったが、いかにも田邊らしいプランだと私は思った。七〇代に入りアフリカで暮らす田邊はおそらく、自らの寿命があとどれほども残されていないことを知っている。彼は子どもたちの未来に自らの命を託そうとしている。

その傍らで、私はそのとき、田邊や佐野がここでやろうとしていることの本質とは一体何なのだろうと一人想いを巡らせていた。

わずか一五〇年前に近代化の道を歩み始め、工業立国を目指したものの、絶望的に資源を持たない東洋の島国はかつて、他国を侵略することでしかエネルギーを確保することができなかった。手痛い敗戦ですべてを失い、やがて未知なる大陸へと足を踏み入れたものの、宿命的に失敗し、撤退を余儀なくされた。

その際、この地に置き去りにされた者たちは最初に企業に見捨てられ、続いて国家に見放された。そんな知られざる小国の歴史の「傷」を今、この地に暮らすたった二人の日本人たちが自ら「かさぶた」のように覆い被さり、癒やそうとしている。

それを具現化したものがこの「学校」なのだろうか——。

「まあ、仕方がないわね」

私の隣でシスターの佐野が突然、温かみのある日本語で私に声を掛けてきた。

「仕方ない？」と私は少し驚いて聞き返した。

「先ほどの話」と佐野は穏やかに言った。「まあ、ムルンダもつらいでしょうけれど、人には人生の中でいくつも乗り越えなければいけない『崖』のようなものがあるのよ。日本人はそれを包み隠して小さく低くしてしまうけれど、アフリカだと、そうね、やっぱりそれはそのまま、乗り越えていかなければいけない険しい『崖』のようなものよ。文化の違いというよりは、あるいは、人間性の捉え方の違いかもしれないけれど」

「人間性の捉え方？」

「そうよ」と佐野はいたずらっぽく笑って言った。「私もこのアフリカに来てね、たくさんの『生』と『死』を見てきたわ。多くがそのままというか、むき出しの形でね。貧しい人々が決して衛生的とは言えない環境で、病を得てバタバタと死んでいく。一部の権力者たちが限られた、かつ豊富な資源を奪い合い、その欲望に煽《あお》られて、若い人たちがお互いに武器を持って殺し合う。それは悲しいけれど……でもそれこそがここでの現実だし、人間そのものの姿なのよ。日本ではそれを――その現実や人間性を――とかく包み隠してしまうけれど、やっていることは本質的には変わらないわね。だからどこにいても、私たちは多かれ少なかれ、人生の中で『崖』を乗り越えなければいけない。それを包み隠して小さくするか、そのまま提示するかの違いはあるけれど、我々はやっぱり乗り越えなければいけない」

「アスンタさん、最後に二つ質問していいですか？」と私はこの機会にどうしてもシスターに聞いておきたいことがあった。

「どうぞ」と佐野は小さく頷いた。

「アスンタさんは死ぬのは怖くないですか?」

「怖くはないわ」と佐野は即答し、でも数秒後に少し言い直した。「いや、どうかしらね、実際にその場になってみたら怖いと思うのかもしれないわ。正直、よくわからないわ」

私は小さく笑って本当に聞きたい方の質問を尋ねた。

「正しく生きることは、難しいことですか?」

「正しく生きること?」

「ええ」と私は言った。それは私がこの取材中ずっと悩み続けてきた命題だった。「正しく生きることは、やはり難しいことなのでしょうか?」

「それは簡単よ」と佐野は何かを見通したように笑って言った。「それはいつだって、あなた次第だから」


帰りの車の中で、ムルンダはもう普段の陽気さを取り戻していた。

「僕はさ、実はこの学校で日本語を学びたいと思っているんだ」と私と一緒に後部座席に乗り込んだムルンダは言った。「学校ができるまでは、シスター・アスンタの修道院に少しずつ通って日本語を学ぶつもりだ。いつか日本の家族とも話したいから」

「日本の家族？」と私はびっくりして聞き返した。

「そりゃ、そうだろう」とムルンダは当然のように言った。「お父さんは向こうで日本の家族を作っていたんだろう？　それならば、僕と向こうの家族はやっぱり『家族』だろ。いつか日本で会えたとき、お父さんの話もできるだろうし、そのときには日本語が必要になるだろう？」

実にアフリカ的な「家族」の捉え方に、私は思わず噴き出してしまった。確かにアフリカでは伯父も叔母もその両親も一族は皆「家族」である。私はそのアフリカ的なおおらかさに胸の痛みが少しだけ和らいでいくのを感じていた。

「でも、大変だぞ」と私は少しからかうようにムルンダに言った。「日本語は世界でも一番難しい言語だと言われているんだ。基本となる『ひらがな』や『カタカナ』に加えて、数千もの『漢字』を覚えなきゃいけない。独特の言い回しや敬語だってある」

「大丈夫だよ」とムルンダは屈託のない笑顔で私に言った。「僕は意外と優秀だし、真面目なんだよ。日本語だってすぐに覚えるさ。前にも言っただろう？　僕は五一％は日本人なんだから」

車の運転席で田邊が大笑いするのが聞こえた。

「そして、僕は最後にもう一つだけ、三浦さんにお願いしたいことがある」とムルンダは後部座席で私に向き合って言った。

「何だい？」

「まず、僕は三浦さんがこれまで僕たちにしてくれたことに心から感謝している。それを忘れないでほしい」とムルンダは真剣な表情で言った。「その上でなんだけれど、もう一つだけ、日本に帰国しても僕たちの父親のことを――つまり僕以外のということだけれど――探す努力を続けてほしいんだ。そして僕らのことを――何より僕らが今もまだコンゴで暮らしているという事実を――日本で暮らす多くの人々に伝えてほしい。この前、ツイッターでやったようなことじゃなくて、もっとしっかりと、もっと目に見える形で。僕らは肌の色も、目の色も違うし、今はコンゴで暮らしているけれど、歴とした『日本人』なんだ。それをどうか伝えてほしい。僕たちも三浦さんや田邊さんやシスター・アスンタと同じように、自分が『日本人』であることをずっと誇りに思って生きているという事実を――」

私がルブンバシ国際空港へと向かうまでの間、我々は一度修道院に戻り、佐野が淹れてくれたコーヒーを飲みながら時間を過ごした。

別れの挨拶を交わし、私が空港へと向かう田邊の車に乗り込もうとしたとき、佐野が慌てて車に駆け寄ってきて、日本語で書かれた一冊の聖書と小さな布袋を私の胸へと押しつけた。

「これ、記念に持っていって。子どもたちのことで色々やってくれたから。感謝の気持ち」

私が布袋を開けようとすると、佐野は胸の前で小さく「×《バツ》」のジェスチャーをした。

「この地で採れたマラカイト（孔雀石《くじゃくいし》）よ。周囲の人たちに見られると危ないから、出発してから車の中で見てちょうだい」

マラカイト――銅の二次産物として産出され、濃緑が渦を巻くように見えるその石は、コンゴでは「危険が迫ると砕けて知らせる」という強力な魔力を持つと信じられている。石言葉は「危険な愛情」。それは確かに今回の取材の記念品として私に贈られるには最もふさわしい石なのかもしれなかった。

「さようなら」と佐野は私の心を見透かしたように先んじて言った。「大丈夫よ。どんなに遠く離れていても、あなたは決して孤独ではないわ。あなたはきっとまたアフリカに戻ってくる。だって『アフリカの水を飲んだ者は必ず再びアフリカに戻ってくる』って言うじゃない」

私はすぐにはその意味がわからないふりをした。いつかこの地に帰って来たい、そう思う自分の気持ちを目の前のシスターに素直に伝えることはできなかった。

日本人残留児たちの父親と同じだ、と私は心の中でかすかに思った。

人は正直に生きられない、組織や常識といった目に見えないものに絶えず縛られ、生きたいように生きるという、そんな簡単なことが思うようにできない。

あるいは「彼ら」も同じ気持ちだったのか――。


田邊がアクセルを踏み込むと、茶色のクレヨンで塗りつぶされたような泥だらけの町がサイドミラーの奥の方へ吸い込まれていった。私は後部座席のウィンドウを下げて、小さくなっていくシスターに向かって手を振り続けた。

佐野の隣でムルンダがヒマワリのような顔で笑っている。私が日本に帰国して仲間たちの父親を探し出してくれると信じて疑わない笑顔で、アフリカの赤い太陽の下、大きく大きく手を振っている。

太陽の子――。

そんな形容がふと胸に浮かんだ。口の中で小さくつぶやいてみると、それは彼らの生い立ちを最も適切に表現する比喩であるようにも思えた。

資源を持たない極東の島国が遥か一万キロ先の灼熱の大陸に置き去りにしたものは、巨大な開発計画の失敗とさび付いた採掘工場群。

そして今、ここにヒマワリのように笑う「太陽の子」がいる。

田邊は黙ってハンドルを握っていた。激しい振動の中で、私はふと膝の上に置いている布袋の存在を思い出し、その袋のひもを緩めた瞬間、両目からあふれ出す涙を抑えることができなかった。

布袋に入っていたもの――。

それはこの取材の期間中、一度たりとも神の存在を信じることができなかった私へと贈られた、小さな十字架のついた濃緑色のロザリオだった。

＊

日本鉱業の後継企業は二〇二一年八月、日本カタンガ協会の田邊好美に対し、日本人残留児の調査については「ＯＢや関係者にヒアリングを可能な限り実施したが、残念ながら結果的に得られるものはなかった」と結論づけた上で、「弊社としては責任の負担ではなく、人道的見地から別の形で支援ができないものかを検討させていただきたい」との見解を伝えた。

あとがき

悲しき宿命の残影

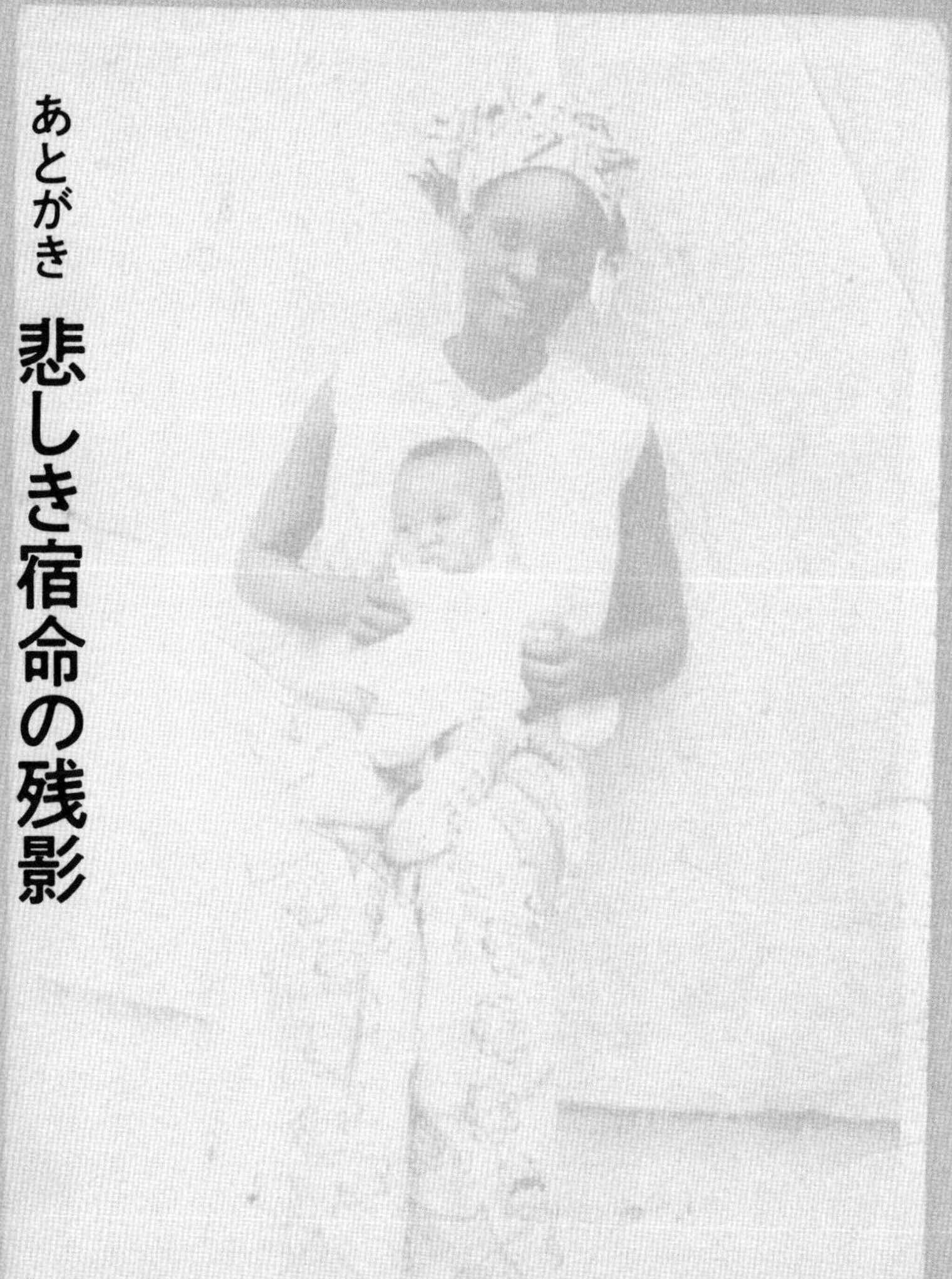

この作品もまた取材から執筆まで実に六年もの月日がかかってしまった。日頃、新聞記者という殺伐とした日常を生業としているために、個人的なテーマに向き合おうとするとどうしても執筆の時間は深夜か早朝に限られてしまう。人々が寝静まった深夜、あるいは朝日が昇る前の早朝に一人、パソコンの電源を入れ、言葉の海に身を沈める。経営の悪化が著しく、急速な人員整理が進む全国紙において、人の少ない地方勤務は身を削るような激務だ。日々睡眠不足に悩まされ、加齢で目もかすみがちになる中で、それでも幸いなことに、私はこの作品の執筆中、「このテーマを書かない」という選択肢をついに一度も持ち得なかった。文章で身を立てている人間がその生涯において「自分はこれを書くために生まれてきた」と思えるテーマにいくつ出合えるのかを私は知らないが、この作品は紛れもなくそういった類いのテーマであったし、私にとってそれは二度目の経験だった。

二〇一五年七月、私は『五色の虹　満州建国大学卒業生たちの戦後』という作品で集英社などが主催する第一三回開高健ノンフィクション賞を受賞し、事実上のデビューを果たした。受賞作は、日中戦争当時、日本が満州国に設立した最高学府「建国大学」をテーマにしたルポルタージュだった。満州国の官僚育成を目的として設立された建国大学では当時、満州国が国是として掲げていた「五族協和」を実現するため、国を構成する日本、中国、朝鮮、モンゴル、ロシアの各民族からひときわ優秀な学生たちが集められ、塾と呼ばれる寮において約六年間、寝食を共にしながら語学や国際政治、軍事的知識などを学んでいた。それゆえに戦後、建国大学で学んだ異民族の学生たちはそれぞれの祖国に戻ると「日本帝国主義への協力者」と見なされ、各国の政府や為政者によって厳しく弾圧され続けた。ある学生は殺され、ある学生は自殺し、ある学生は数十年間も僻地での強制労働に従事させられていた。そして、それらの事実は決して公に語られることなく、歴史の深い闇へと葬られていた。

二〇一六年三月、私がアフリカに取り残された日本人の子どもたちの存在を初めて知ったとき、前著である『五色の虹』で描いた満州とその構図があまりに似通っていることに驚いた。

帝国時代の日本が地下資源を求めて中国東北部を侵略し、敗戦と共に多くの悲劇と残留孤児を大陸に残して逃げてきた忌々しい過去をまるでトレースするように、高度経済成長を迎えていた戦後の日本も資源を求めてアフリカに進出し、現地で紛争に巻き込まれた結果、多くの日本人の子どもたちを現地に置き去りにして撤退していた。そしてそれらの過去についてもやはり、決して公にされることなく、まるで何もなかったかのように歴史の「空白部」として忘れ去られているのだ。

二つの悲劇の水脈は、この国が抱える「ある宿命」によって通底している。

それは世界的な工業立国でありながら、それを生み出すために必要な地下資源をまるで持たないという悲しき「宿命」。言い換えれば、国家が繁栄するためには他国や個人を絶えず犠牲にし続けなければならないという不幸な「呪縛」でもあった。その業を抱えているがゆえに、この国は元来、「過去」を振り返ることを好まない。「過去」が現在、そして未来へと絶え間なく継続しているために、それを検証することも、総括することもできず、結果、何度も同じ過ちを繰り返してしまう。

満州も、アフリカも、すべては一本の道によってつながっているように私には見える。そしてその道の先で待ち構えていた悲劇を、我々は一生忘れないだろう。二〇一一年三月に日本の東北地方で起きた原子力災害は、国内に資源を持ち得ない日本が巻き起こした最大級の、かつ最も象徴的な「悲劇」ではなかったか。

本書では理由があって書き記すことができなかったが、アフリカで鉱山開発に携わった少なくない数の労働者たちが帰国後、新しい「純国産エネルギー」を支えるため、各地の原子力発電所へと送られている。そういう意味においても、アフリカに置き去りにされた日本人の子どもたちの存在は、この国の本質を見極めるために不可欠な、過去と現在、そして未来をつなぐ「失われた一片《ミッシング・ピース》」なのである。

＊

この本が世に出ることで、日本から遠く離れたアフリカの地で今も苦しい生活を余儀なくされている日本人の子どもたちの存在が社会で広く認知され、救済の光があたることを心から願っている。六年に及んだ取材や執筆に二人三脚で取り組んでくれた田邊好美と、半生を通じて子どもたちに寄り添い続けたシスターの佐野浩子には、相応の感謝の言葉が見つからない。佐野には「清貧」という言葉がもたらす心の安らぎを教えてもらった。

本書の取材や出版をめぐっては、周囲の心ある方々から私の新聞社内での立場を心配する様々など意見を頂いたが、結論として私は自ら目撃した不条理を見て見ぬ振りをすることができなかった。「青い」と言われればそれまでだが、その「青さ」を失ってしまえば、私は今後何一つ物を書くことができなくなる。それを自覚した上で、持てる力のすべてをこの作品に注いだつもりだ。

書籍化に際しては、本書が満州と福島を結ぶ位置づけであるとの意味合いも込めて、前述の『五色の虹』を担当した出和陽子と、アフリカからの帰国後に福島をテーマにした書籍『白い

土地　ルポ　福島「帰還困難区域」とその周辺』を担当した森山聡平に担ってもらった。現地に取り残された子どもたちというセンシティブなテーマに向き合うため、両編集者には幾度も東北に足を運んでもらい、十数時間にも及ぶ話し合いを続けた。この本の中には確かに、二人の編集者の苦悩と葛藤が編み込まれている。

最後に、日頃から私の執筆活動を支えてくれている外国の街の名を冠した妻と「稲」「絆」という二人の娘へ。

三人がそこで笑ってくれるなら、私に神様の言葉はいらない。

二〇二二年夏　盛岡にて

三浦英之

参考文献

・アンヌ・ユゴン『アフリカ大陸探検史』(堀信行監修、高野優訳、創元社、一九九三年)
・伊藤正孝回想録刊行委員会編『駆けぬけて――回想 伊藤正孝』(伊藤正孝回想録刊行委員会、一九九七年、非売品)
・井上信一『モブツ・セセ・セコ物語――世界を翻弄したアフリカの比類なき独裁者』(新風舎、二〇〇七年)
・小川真吾『ぼくらのアフリカに戦争がなくならないのはなぜ?』(合同出版、二〇一二年)
・コンラッド『闇の奥』(中野好夫訳、岩波文庫、一九五八年)
・笹川陽平『残心――世界のハンセン病を制圧する』(幻冬舎、二〇一四年)
・日本鉱業株式会社総務部編『日本鉱業株式会社社史 1956―1985 創業八十周年記念』(日本鉱業株式会社、一九八九年)
・沼沢均『神よ、アフリカに祝福を』(集英社、一九九五年)
・藤永茂『「闇の奥」の奥――コンラッド/植民地主義/アフリカの重荷』(三交社、二〇〇六年)
・吉国恒雄「アフリカに渡った日本人」(日本ペンクラブ編『海を渡った日本人』福武文庫、一九九三年所収)

「日本人残留児」たちの氏名については、原則として「子どもたちの会」および「日本カタンガ協会」の表記に準じ、関係者のプライバシーに配慮して名のみを用いた。また本書における記載については、すべて当事者からの聞き取りにもとづいて作成しているが、当事者からの希望などにより、事実関係を損なわない範囲で一部を省略したり変更したりしている部分がある。外国語の映像や文献等、引用資料の翻訳はすべて著者による。登場人物の敬称は省略し、年齢などは取材当時のものを使用した。

写真　朝日新聞社（撮影はすべて三浦英之）
ブックデザイン　鈴木成一デザイン室
編集協力　株式会社 集英社クリエイティブ

三浦英之　みうら・ひでゆき
一九七四年、神奈川県生まれ。朝日新聞記者、ルポライター。『五色の虹　満州建国大学卒業生たちの戦後』で第一三回開高健ノンフィクション賞、『日報隠蔽　南スーダンで自衛隊は何を見たのか』（布施祐仁氏との共著）で第一八回石橋湛山記念早稲田ジャーナリズム大賞、『牙　アフリカゾウの「密猟組織」を追って』で第二五回小学館ノンフィクション大賞、『南三陸日記』で第二五回平和・協同ジャーナリスト基金賞奨励賞、『帰れない村　福島県浪江町「DASH村」の10年』で2021LINEジャーナリズム賞を受賞。その他、第八回城山三郎賞候補作に『白い土地　ルポ　福島「帰還困難区域」とその周辺』、第五三回大宅壮一ノンフィクション賞候補作に『災害特派員』がある。現在、岩手県盛岡市在住。

太陽《たいよう》の子《こ》　日本《にほん》がアフリカに置《お》き去《ざ》りにした秘密《ひみつ》

二〇二二年一〇月三一日　第一刷発行
二〇二三年 九 月二五日　第二刷発行

著者　三浦英之《みうらひでゆき》
発行者　樋口尚也
発行所　株式会社 集英社
〒一〇一－八〇五〇 東京都千代田区一ツ橋二－五－一〇
電話 編集部 〇三－三二三〇－六一四一
読者係 〇三－三二三〇－六〇八〇
販売部 〇三－三二三〇－六三九三（書店専用）
印刷所　大日本印刷株式会社
製本所　株式会社ブックアート

定価はカバーに表示してあります。

ISBN978-4-08-781721-8　C0095

JASRAC 出 2207127-201